Tina Voß

EX & Mops

Tina Voß

Ex & Mops

DRYAS

Das für dieses Buch eingesetzte Papier ist ein Produkt
aus nachhaltiger Forstwirtschaft.

1. Auflage 2014

Herausgeber: Dryas Verlag, Frankfurt am Main,
gegr. in Mannheim.

Herstellung: Dryas Verlag, Frankfurt am Main
Lektorat: Kathrin Lange, Söhlde
Korrektorat: Birgit Rentz, Itzehoe
Umschlaggestaltung: © Guter Punkt, München (www.guter-punkt.de),
Julia Jonas unter Verwendung von Motiven von Shutterstock und
privaten Bildern der Autorin
Zeichnungen „Le Mops“: © Kathrin Wessel, Hamburg
Satz: Dryas Verlag, Frankfurt am Main
Gesetzt aus der Palatino Linotype
Druck: CPI books GmbH, Ulm

Bibliografische Information der Deutschen Bibliothek:
Die Deutsche Bibliothek verzeichnet diese Publikation in der Deutschen
Nationalbibliografie, detaillierte bibliografische Daten sind im Internet
über http://dnb.ddb.de abrufbar

ISBN 978-3-940855-54-1
www.dryas.de

To all pugs in the world

(Diesen Satz kann man nur auf Englisch schreiben;
pug = Mops in Einzahl)

„Ich will nichts essen, das Alfalfa heißt."

Das klang kindisch, aber das war mir egal. Ich verschränkte die Arme vor der Brust und wartete auf Johannes' immer gleichen Einwand. In wenigen Sekunden würde er sagen, dass die Ausbeute an Vitaminen im Vergleich zur Kalorienzahl der Hammer sei.

„Die Sprossen haben im Gegensatz zu ihrem Brennwert einen bombastischen Vitamingehalt!"

Oha, er ließ den Hammer aus und marschierte, ohne über Los zu gehen, direkt zur Bombe.

„Marzipanschokolade hat im Vergleich zu ihrem Fettgehalt einen bombastischen Geschmack."

„Schokolade?", schnaubte er. „Null vegan, absolut null."

„Alfalfa? Null lecker, absolut null."

„Aber gut fürs Gewicht", erwiderte er und kniff mir in die Rolle, die sich partout nicht in die Hüftjeans schieben ließ. Wer diese Hosen erfunden hatte, war ein Frauenhasser. Alles quoll raus. Hosen sollten am besten bis zur mittleren Rippe gehen. Dann war alles gut verstaut. Johannes konnte man nur in die Augäpfel oder in die Hoden kneifen. Vermutlich waren das die einzigen nicht durchtrainierten Teile seines Körpers. Hatten Hoden eigentlich Muskeln? Augen ja, sonst könnte man sie nicht rollen. Aber Hoden? Die hingen da nur unmotiviert in der Gegend rum. Hatte da schon mal jemand geforscht? Das musste ich unbedingt googeln. Ich beugte mich in den Fußraum und angelte nach meiner Tasche.

Mit einem Ruck kam der Wagen zum Stehen. Ich knallte mit dem Kopf ans Handschuhfach und hinterließ dort einen Abdruck meiner Stirn.

„Aua!"

„Wir sind da", sagte Johannes und stieg aus.

Ich rieb mir die Stirn und pellte mich aus dem Gurt. Draußen lief Johannes um das Auto herum – wie ein Hütehund, der aufpasste, dass die Reifen nicht gleich in unterschiedliche Richtungen das Weite suchten. Kaum war ich ausgestiegen, rannte er voraus und umrundete die Plexiglas-Garage der Einkaufswagen.

Neben unserer schwedischen Familienschaukel, ein zu weit vorausschauendes Geschenk von Johannes' Eltern, hielt ein schwarz glänzender Mercedes Kombi. Kaum stand das Auto, ging automatisch hinten die Klappe auf, ein Yeti sprang raus und landete auf vier Beinen. Mit einem spitzen Schrei wich ich zurück und prallte gegen unseren Volvo. Gingen Yetis nicht aufrecht, und, falls nein, waren die Vier-Fuß-Yetis gefährlicher? Das musste ich auch googeln. Der Yeti spitzte die Ohren und kam auf mich zugetrabt. Oh Gott! Fletschte der die Zähne? Und, falls ja, wo waren die überhaupt? Was tat man, wenn man von so einem Vieh bedroht wurde? Als ich noch hin und wieder mit Johannes gelaufen war, hatte er mir eingeschärft, was man in so einer Situation tun sollte. Dazu hatte er auch etwas in seinem Lauftipp-Blog geschrieben. Aber was war es bloß gewesen? Der Hunde-Yeti pirschte langsam näher. Wo war denn sein Herrchen? Eine weizenblonde, kleine Frau in Jeans stieg telefonierend aus dem Mercedes, schaute kurz zu uns herüber und sprach einfach weiter. Hallo? Ihr Raubtier nahm Maß – und sie plauderte? Vermutlich konnte die zarte Person dieses Vieh sowieso nicht halten und warf daher lieber Fremde dem Tier zum Fraß vor.

Endlich fiel es mir ein! Arme hochreißen, rudern und schreien. Das war's. Dann würde er den Rückzug antreten.

„AAAHHHH! JIHAIIIII! ANDELE! ANDELE! AAAAAHHHHHHHH!“ Ich schrie und rollte mit den Armen wie eine Windmühle auf Speed.

Der langhaarigen Blondine fiel das Telefon aus der Hand. Sie starrte mich mit offenem Mund an, der Hunde-Yeti senkte seinen Kopf, wuffte und schnellte wieder hoch. Direkt vor mir stoppte er, machte Bocksprünge, rannte zu seinem Frauchen, buckelte jetzt und war mit zwei Sätzen wieder bei mir. Okay, also noch mal!

„JIHAIIIIII! ANDELEEEEE!“ Wieder ruderte ich. Hoffentlich hielten die Arme in ihrer Verankerung.

Der langhaarige Hund warf seinen Kopf in den Nacken und jaulte wie eine Sirene. War das der Angriffsruf? Im Augenwinkel sah ich, dass Johannes den Einkaufswagen stehen ließ und auf uns zu rannte. Die Hundebesitzerin stützte sich an ihrem Autodach ab und ... lachte! Die lachte? Ihr Riesenviech wollte mich fressen, und die kriegte sich gar nicht mehr ein? Johannes stand plötzlich neben mir und stoppte meine Windmühlenarme. Sofort hörte der Hund mit seinem Geheul auf.

„Sag mal, spinnst du jetzt total?“, zischte Johannes.

„Spinnen? Wenn ich nicht so geistesgegenwärtig gewesen wäre, hätte mich das Monster zerrissen!“

Der Hund beobachtete uns mit schief gelegtem Kopf, kam aber nicht näher. Ich schaute über den Parkplatz. Überall standen Menschen in unterschiedlichen Stadien ihrer Tätigkeiten – auf dem Weg in den Supermarkt, beim Autoeinladen oder mit Tüten in der Hand. Sie wirkten wie eingefroren. Als hätte jemand mal kurz die Pause-Taste gedrückt. Alle starrten zu uns herüber. Ein Auto weiter japste jemand. Die Hundefrau bekam vor Lachen keine Luft mehr. Mehrfach nahm sie Anlauf, um etwas zu sagen, kreischte aber stattdessen gleich wieder los.

„Entschuldigung", murmelte Johannes in Richtung des Mercedes und zog mich am Ellbogen mit sich. Langsam setzten sich die Passanten, immer noch lachend, wieder in Bewegung.

„Was sollte denn der Auftritt?"

„Auftritt? Hast du mir nicht eingeschärft, was man tun soll, wenn man von einem Hund angegriffen wird?"

„Ach. Ich? Was denkst du, was du grad gemacht hast?"

„Laut geschrien, mich groß gemacht und mit den Armen gerudert. Genauso, wie du es in deinem dämlichen Blog empfohlen hast."

Johannes musterte mich wie etwas, das die Katze mit reingebracht hatte, und schüttelte den Kopf.

„Du hast echt gar keine Ahnung von Hunden, oder?"

„Was soll denn die Frage?"

„Kay, das alles tut man, wenn eine Herde Kühe auf einen zu läuft."

„Oh."

Im Supermarkt schien Johannes meine Rinderhirtentätigkeit sofort wieder vergessen zu haben. Wie Pacman flitzte er zwischen den Regalen und dem Wagen hin und her.

„Hast du neue Batterien drin?", fragte ich. Mir wurde schon beim Zugucken schwindlig. Johannes grinste nur und rannte zur Gemüseabteilung.

„Falls ja, nehme ich sie dir gleich wieder raus", murmelte ich seinem Windhauch hinterher.

Wir planten keinen Urlaub, ohne dass er einen – seinen! – Marathonlauf inkludierte. Er lief, und ich sollte juchzend mit einem Fotoapparat an der Strecke stehen. Möglichst an mehreren Stellen, damit die Freunde hinterher staunen konnten, wie toll er während des gesamten

Laufes ausgesehen hatte. Vorher druckte er mir Stadtpläne aus, markierte den Parcours und notierte die Zeiten, wann ich ihn wo erwarten konnte.

Mit seiner blökenden Herde trabte er Kilometer um Kilometer einen narrensicheren Parcours von zweiundvierzig Komma eins neun fünf Kilometern, während ich zu Fuß, mit dem Rad, einem Taxi, der U-Bahn oder welchem Transportmittel auch immer zu den vorgegebenen Kilometerabschnitten hetzte, nur um ihn strahlend an mir vorbeisausen zu sehen.

Gerade mal eine Millisekunde dauerte das, dann schulterte ich den Rucksack und hastete quer durch die jeweilige Stadt zum nächsten Kontrollpunkt. Am Ende eines Marathons war ich fix und fertig und er der strahlende Langstreckenläufer.

Von jedem Rennen hob er Finisher-Shirt, Startnummer und die Medaille in seiner Siegesvitrine auf. Alle Schuhe, mit denen er jemals einen Marathon gelaufen war, kamen am Ende ihrer Lebenszeit wieder in ihren Originalkarton, auf dem auf die zweite Nachkommastelle genau die Zielzeit notiert wurde. Johannes aß nur so viel, bis er die zuvor errechnete optimale Kalorienmenge erreicht hatte. Jeden Tag wog er sich auf seiner WLAN-Waage, die die Ergebnisse sofort in ein Programm übertrug, das auch die Anzahl seiner Schritte und die Tiefe seines Schlafes überwachte. Morgens schlurfte er schon mal missgestimmt ins Bad und hielt mir sein iPhone unter die Nase. „Ich war dreimal wach, und meine Tiefschlafphasen waren viel zu kurz."

„Und?" Ich starrte auf den Bildschirm mit Balkendiagrammen und Kurven, die genauso gut den DAX oder die Urinmenge von Rindern im Jahresverlauf darstellen konnten.

„Du hast den Fernseher wieder nicht ausgemacht."

„Mein Unterbewusstsein lernt, wenn der Fernseher nachts läuft."

„Ach. Was denn?"

„Na, was so kommt. Waffensysteme der Zukunft, die tödlichsten Schlangen der Welt oder Tarnkappenbomber im Wandel der Zeit." Ich konnte nun mal nur einschlafen, wenn im Hintergrund eine Reportage lief. Während der Sprecher die Vorzüge der XXL-Brücken Südamerikas erläuterte, schlummerte ich, von seiner Stimme sanft getragen, davon. Die Fernbedienung begrub ich unter mir, damit Johannes nicht mitten in meiner Einschlafphase die Reportage abschalten konnte. Meist hatte ich am nächsten Tag bis mittags Zahlen von null bis neun auf der Wange und einen perfekten Abdruck vom runden Ausschaltknopf.

„Kay, träumst du?"

Ich zuckte zusammen. Johannes stand mit einem Arm voller Ananas vor mir und legte sie in den Einkaufswagen. Bevor ich antworten konnte, war er wieder verschwunden und jagte Wassermelonen, Pomelos oder Physalis. Danach würden wir noch ins Reformhaus fahren und so seltsame Dinge wie Mandelmus, Quinoa (das hatte ich anfangs auch googeln müssen) und Agavendicksaft kaufen. Pfui Deibel! Was sprach gegen Buletten? Diese kleinen, vorgebratenen Dinger aus dem Kühlregal? Lecker!

„Gleich habe ich alles zusammen, und dann kannst du uns einen veganen Zucchini-Auflauf zaubern. Der hat im Vergleich zu einer Lasagne neunzehn Mal weniger Kalorien!"

Kaum war er wieder verschwunden, schaufelte ich Marzipanschokolade, kleine Buletten und Gummibären in den Wagen. Dann drapierte ich die Ananas darüber und machte mich auf den Weg zum Zeitungsstand, um die Klatschzeitschriften mit den fiesesten Enthüllungen über Prominente (Pfeil auf rausgerutschten Oberschenkel mit der Headline: „Schwere Cellulite! Wer hätte das gedacht?") zu kaufen. Es gab nichts Wohligeres, als zu lesen, dass auch wunderschöne Lichtgestalten nicht makellos durchs Leben stöckelten.

Wo war denn jetzt der Einkaufswagen hin? Den hatte ich doch direkt vor dem Kondomregal geparkt. Der Platz war meist frei. Ich hatte zumindest noch nie jemanden beobachtet, der die Bedienungsanleitungen der Packungen studierte und abwog, ob er Noppen, Geschmack oder doppelte Sicherheit haben wollte. Wer hatte den Wagen geklaut? Das gibt's doch nicht!, dachte ich. Dann sah ich ihn. Johannes schob den Wagen vors Süßigkeitenregal und packte meine Einkäufe wieder aus. Ich grollte.

„Du zahlst", sagte ich an der Kasse.

„Aber du bist dran!"

„Wenn wir irgendwas gekauft hätten, was ich freiwillig essen würde, gerne. Aber so?"

Johannes zuckte mit den Schultern und beglich den Betrag. Während ich die Ananasplantage in die Papiertüten zwängte, tippte Johannes etwas auf seinem Smartphone und sah mich fragend an. „Wir haben es ja nicht eilig, gell?"

Bevor ich antworten konnte, klingelte mein Smartphone. Aus Coolnessgründen hatte ich das „Pling!" eines U-Boot-Sonars als Ton gewählt. „Klara Briese ruft an", stand im Display.

„Warte hier! Ich brauche noch ein paar Schritte. Liege voll unter dem Tagespensum", rief Johannes beim Rausgehen, schob mich neben den Parkplatz für Einkaufswagen und rannte los.

Ich nahm den Anruf an. „Hey Klara, was für eine Überraschung. Alles fein?"

„Kay, Süße! Ich habe die Nachricht des Jahrtausends!" Klaras Stimme kiekste wie die eines Justin-Bieber-Groupies, das die Nacht mit dem Star verbringen durfte.

„Oha. Was ist passiert?"

„Ich habe eine Zusage! Ein anderer Teilnehmer ist kurzfristig ausgefallen, und nun kann ich mit."

„Mit? Wohin? Auf den Mars? Nach Hogwarts? Mittelerde? Klara, du sprichst in Rätseln."

„Simbabwe!"

„Simwas? Simbabwe? Du meinst nicht das Fastfoodrestaurant in der City – du meinst das Land?"

„Exakt."

Ich schwieg, während mein Gehirn vom Einkaufs-Stand-by auf maximale Kapazität hochfuhr. Klara hatte vor wenigen Wochen ihr Medizinstudium beendet, was wir mit der ganzen Clique ausführlich gefeiert hatten. „Was sagst du? Ist das nicht der Hit?"

Während ich noch mit offenem Mund, nur beobachtet von Tüten voller Ananas, die Einkaufswagen bewachte, rannte Johannes grad zum zweiten Mal vorbei und streckte den Daumen nach oben.

„Aber ... aber, das kommt so plötzlich. Was musst du da machen? Wann geht es los? Wir wollten doch nächste Woche shoppen gehen?"

„Das brauchen wir nur um ein Jahr zu verschieben. Mir gefallen die aktuellen Kollektionen sowieso nicht. Ich kann sofort starten, wenn ich hier alles geregelt habe. Deswegen rufe ich dich auch an."

Ich schrie auf. Johannes hatte mich von hinten in die

Kniekehlen gestupst, so dass ich beinahe umgefallen wäre, und rannte weiter.

„Hey, so zum Schreien ist das nun auch wieder nicht."

„Das war Johannes. Während wir telefonieren, rennt er um den Supermarkt, damit er sein Trainingspensum an Schritten voll bekommt."

„Johannes, der Läufer. Ich weiß. Sag mal, hast du eine Idee, wer für ein Jahr meine Wohnung haben möchte? Die Miete wäre kein Problem, ich bräuchte nur die laufenden Nebenkosten."

Klara lebte in einer wunderschönen Maisonettewohnung mit Blick auf den Stadtwald, während wir im Garten von Johannes' Eltern in einem von ihnen finanzierten Fertighaus lebten. Seine Eltern hatten gleich zwei Kinderzimmer eingeplant und mehrfach dezent darauf hingewiesen, dass sie auch die weitere Einrichtung und Erstausstattung finanzieren würden, wenn ich ihnen den sehnsüchtig erwarteten Enkel schenken würde. Was hieß hier überhaupt „schenken"? Seitdem nahm ich heimlich die Pille.

„Da kannst du doch richtig Geld für verlangen!"

„Ja, aber es gibt einen Mitbewohner: Bernd. Der Süße kann nicht mit nach Simbabwe, und den muss ich in guten Händen wissen."

Ich lachte. Klaras Mops war der Hit. Möpse waren auch keine Hunde, sie waren irgendwie besser. Menschlicher. Klara hatte ihn nach dem Züchter benannt, nachdem sie während der Verkaufsphase einmal mit ihm im Bett gewesen war und er beim Sex genauso geschnauft hatte wie seine Hunde. Das hatte sie ihm in einer anderen Nacht wohlig schnurrend gestanden. Danach war der Kontakt abgebrochen. Klara rätselte immer noch warum.

„Wenn ich niemanden finde, der Bernd betreut, kann

und will ich nicht mitfahren", seufzte Klara. „Fällt dir nicht jemand ein, der vertrauenswürdig ist und Hunde mag?"

Johannes war zu kurzen Sprints mit spontanen Richtungswechseln übergegangen und grinste, als er wieder und wieder federnd an mir vorbeilief.

„Ich hab da eine Idee ..."

„Auf dich ist Verlass! Ich wusste es. Wer wird mein Hundesitter?"

„Ich."

2.

Auf dem Weg nach Hause saß ich, wie in einer Blase von der Welt abgetrennt, neben Johannes im Auto. Was hatte ich getan? Wie sollte ich ihm beibringen, dass er mir so sehr auf die Nerven ging, dass ich bei der ersten Fluchtmöglichkeit davonlief? Und zwar direkt in die Pfoten eines Mopses. Ob es einfacher wäre, wenn ich einen anderen Mann als Grund angeben würde? Eine kugelrunde, vergnügte Couch-Potato! Jemand, der mit mir gemeinsam alberne Fernsehserien schauen würde, statt mich bei jedem Wetter zum Outdoorsport zu treiben. Der mir bei meinen seltenen Joggingrunden nicht hinterherrufen würde, dass das, was ich da veranstaltete, in seinem Laufblog unter der Rubrik „Schnelles Stehen" abgehandelt würde.

Der Anruf von Klara, der rote Flucht-Teppich – und auf einmal lag alles so deutlich vor mir, als hätte jemand bei einem Beamer die Linse scharf gestellt. Endlich konnte ich die Leinwand genau sehen. Apropos Beamer! Was würde ich mit Bernd machen, wenn ich arbeiten ging? Durfte man Hunde mitbringen? Verdammt! Daran hatte ich noch gar nicht gedacht. Ich musste Juli anrufen und alles mit ihr besprechen. Sie würde Rat wissen. Verglichen mit ihren Problemen war mein Leben ein Streichelzoo – jetzt bald einer mit Mops.

„Na, überlegst du schon, was du uns kochen magst? Ich habe bei meinen Lieblingsgerichten Knicke in die neuen Kochbücher gemacht."

Ich fuhr zusammen und war umgehend wieder im Hier und Jetzt. „Haben wir denn Sahne und Gouda gekauft, damit wir das Zeug überbacken können?"

„Sahne? Gouda? Hallo? Wir stellen um auf vegane Ernährung. Da sind Milchprodukte ein absolutes No-Go."

„Ach. Und wenn wir morgen zu deinen Eltern zum Sonntagsbraten gehen? Kennt deine Mutter das Wort ‚vegan' überhaupt?"

„Lass Mama da raus. Das ist etwas anderes."

„Lass mich da besser ebenfalls raus. Ich möchte auch weiterhin meinen Cappuccino trinken. Mit Milch! Nicht mit Soja-Ersatz-Schlotze. Apropos: Hast du an die Kaffeebohnen gedacht?"

Johannes schüttelte den Kopf, als würde ich fortwährend behaupten, die Erde wäre eine Scheibe.

„Ich habe Matcha gekauft. Zusammen mit der Hafermilch wird daraus ein Matcha-Shake. Der ist beruhigend und gleichzeitig stimulierend."

„Matscha? Was ist das nun wieder? Und wenn er beruhigend und gleichzeitig stimulierend ist, was bringt das dann? Dann ist es doch genauso, als hätte ich ein Glas Wasser getrunken. Wenn Wasser gleichzeitig den Harndrang treiben und bremsen würde, bliebe alles gleich. Wenn es mich wachsen und schrumpfen ließe, bliebe ich hundertfünfundsechzig Zentimeter hoch. Kapier ich nicht."

„Du willst es nicht kapieren!“

Beim nächsten Halt erreichte Johannes seine Frustrationsgrenze. Das fühlte ich genau. Leider kam ich grad erst in Fahrt, aber er ignorierte die Zeichen.

„Matcha ist grüner Tee mit einem höheren ORAC-Wert, als normaler grüner Tee aufweist, und war übrigens das Kultgetränk der Samurai.“

„Die danach besonders angriffslustig und friedfertig wurden, die losstürmten und sofort wieder umdrehten?“

„Kay!“

„Ja, ist ja gut. Ich fahre gleich noch mal zu Juli, und wenn sie da ist, klau ich ihr ein paar Kaffeebohnen.“

„Du musst ja wissen, ob du dich noch mit Kaffee aus Kinderhänden vergiften und weiterhin die Muttermilch einer anderen Spezies trinken willst.“

Nun war meine Frustrationsgrenze erreicht, und ich begann in Gedanken zu zählen. Aus Erfahrung wusste ich, dass ich mich nach solchen Gesprächen schnell wieder beruhigte – meist wenn ich bei einer mittleren vierstelligen Zahl angekommen war.

Für einen beschleunigten Cool Down holte ich mein Smartphone raus und rief Julis und meinen Bandwurm-WhatsApp-Chat auf, der seit Jahren durch mein Smartphone kroch. Irgendwann würde mir Herr WhatsApp wegen Missbrauchs den Speicherplatz kündigen. Juli und ich schrieben uns nämlich am liebsten absurdes Zeug. Sie war die Königin von Absurdistan und ich ihre Zofe.

„Eile sie mir zu Hülfe! Ich werde Mops-Mutter, Maisonette-Wohnungsbesitzerin und Single.“

Nach wenigen Minuten brummte mein Smartphone, und ich öffnete den Chat.

„Sie bringe die Kartons für den Umzug und den Champagner zum Anstoßen.“

„Was schreibst du da schon wieder?“ Johannes versuchte, einen Blick auf mein Smartphone zu erhaschen.

„Nix.“ Ah, seit Kindertagen liebte ich diese Antwort. Ganzes Gesicht voller Schokolade. Was isst du da? Nix. Wühlend in der hintersten Ecke des Elternschrankes? Was machst du da? Nix. Oder mit Mamas Schuhcreme riesige schwarz-braun-graue Elefanten an eine weiße Wand gemalt. Was machst du da? Nix!

„Bist du zu Hause und hast Zeit?“, tippte ich und hielt wie früher in der Schule die Hand vors Smartphone, damit keiner abschreiben konnte.

„Ich lasse die Brücke herunter und erwarte Ihre Ankunft“, ließ mich Juli wissen und setzte das Icon mit der Prinzessin dahinter.

Johannes fuhr das Auto in den Carport und stieg aus. Eigenbau mit Papa am Wochenende – die Frauen, also seine Mutter und ich, hatten derweil Kuchen gebacken. „Für unsere Männer“, wie seine Mutter mir verschwörerisch zugeflüstert hatte.

„Ich denke, dir wird schlecht, wenn du beim Fahren was lesen oder schreiben musst.“

Ich riss die Augen auf, presste die Hand vor den Mund und machte dicke Backen.

„Raus aus dem Wagen! Bevor du das teure Leder vollkotzt!“

Johannes sprang auf meine Seite und riss die Tür auf. Ich eilte nach drinnen, schloss mich im Bad ein und biss mir vor Lachen in die Faust. Übersprunghandlung – eindeutig. Ich war dabei, mein Leben kräftig durchzuschütteln und die handelnden Personen auszutauschen. Vor wichtigen Entscheidungen wurde ich immer albern. Das passierte mir aber auch, wenn ich müde oder betrunken war.

Draußen hörte ich Stimmen. Hoffentlich waren sie

wirklich draußen und nicht in meinem Kopf. Wenn sie in mir waren, hatte einer meiner Dämonen die vorwurfsvolle Stimme von Johannes' Mutter. Oh Himmel! Wenn ich schon schizo bin, dann lasst mich doch bitte die Besetzung frei wählen.

„Warum ist sie denn so schnell reingelaufen?", fragte Johannes' Mutter, die vermutlich den ganzen Tag wie ein Trojaner im E-Mail-Programm hinter der Gardine lauerte und, sowie sie ihren Goldjungen sah, aktiviert wurde. Dann drang sie NSA-mäßig umgehend in unsere Privatsphäre ein und setzte sich hartnäckig fest. Sie tarnte diese Überfälle durch Wäschemachen („Kindchen, mit den Schlüpfern und kurzen Hemdchen erkältest du dir aber die Nieren!") und Staubsaugen („Ihr jungen Leute seid ja nach Feierabend mit ganz anderen Dingen beschäftigt." Zwinker, zwinker ...).

„Ihr ist übel", antworte Johannes.

„Übel? Sie wird doch nicht etwa ..." Die Stimme kiekste leicht nach oben.

„Mama, Quatsch. Das hat sie manchmal beim Autofahren. Sie ist nicht ..."

Enttäuschtes Gemurmel folgte, als beide außer Hörweite in die Küche gingen. In meinem eigenen Haus – also in Johannes' eigenem Haus – musste ich die Pille verstecken. Wobei mein Versteck mich jeden Tag aufs Neue erfreute. Schwangere – oder solche, die es werden wollten – sollten regelmäßig Folsäure einnehmen. Also hatte ich mir ein Glas mit Folsäuretabletten besorgt, die Dinger ins Klo gekippt – vermutlich gab es in der Kanalisation jetzt kerngesunden Rattennachwuchs – und meine Einphasenpille aus dem Blister genommen und in das Fläschchen gefüllt. Ich wusste genau, an welchem Tag Johannes' Mutter beim NSA-Schnüffeln die richtigen Schlussfolgerungen gezogen hatte. Sie hatte mir abends beim Nachhausekommen über die Wange gestrichen und mir unauffällig – ist klar, genauso unauffällig, wie sich ein Elefant hinter einer Birke verstecken konnte – auf den Bauch geblickt. Hoffentlich häkelte sie jetzt nicht heimlich an der Erstausstattung.

Endlich verstummten die Mutter-Sohn-Stimmen. Ich verließ das Bad und schnappte im Flur meinen Autoschlüssel, um zu Juli in die Stadt zu fahren. Erst seitdem wir in dem Spießer-Vorort wohnten, fuhr ich überhaupt wieder Auto. In der Stadt kam man viel besser ohne klar, zudem ich einparkte wie eine Wurst, sagte Johannes, aber in der Welt der Pendler mit Doppelgarage und zwei Kindern benötigte man den Zweitwagen. Galt das auch für den Zweitmann? War sowas verbreitet? Das musste ich auch mal googeln.

Als ich wurstfrei und exakt am Bordstein ausgerichtet vor Julis Wohnung einparkte, fühlte ich mich wie ein geflohenes Entführungsopfer vor einer geöffneten Polizeiwache. Unendlich erleichtert, verstanden und in Sicherheit. Ich klingelte und musste wie immer beim Blick auf die Klingel lachen. „Juli August", stand da. Juli musste dringend jemanden heiraten, der – oder in ihrem Fall besser die – mit Nachnamen „September" hieß. Der folgerichtige Doppelname ergab dann ein Quartal.

Die Tür brummte wie eine Hornisse, und ich schmiss mich mit der Schulter dagegen. Für einen ahnungslosen Beobachter sah das aus, als würde ich das Mietshaus stürmen. Eingeweihte wussten, dass die alte Jugendstiltür keine Wetterumschwünge mochte und sich aus Protest verbog.

Gemächlich machte ich mich an den Aufstieg. Nur

Johannes war bei seinen seltenen Besuchen im ehrenwerten Haus, wie Juli manchmal als Adresszusatz schrieb, ab hier meist schon losgerannt. Er nannte das „Bergtraining“. Wenn ich den zweiten Stock erreicht und mich am Geländer hochgezogen hatte, trabte er mir meist schon wieder entgegen, an mir vorbei nach unten und wieder hoch.

Das Haus bestand aus fünf Stockwerken. Altbau – also eigentlich zehn. Manchmal steckte ich mir was zu trinken ein, bevor ich zu Juli hochkletterte. Heute musste es ohne gehen. Mit einem Technobeat-Herzschlag erreichte ich ihr Stockwerk. Wieso wohnten alle meine Freunde unterm Dach? Immer. Ausnahmslos.

„Von allem zu viel ist auch ein Stil“, stand in goldenen Buchstaben auf einer pinken Postkarte, die Juli unter ihr Namensschild geklebt hatte.

Bevor ich mich auf Chillout-Beat runterfahren konnte, ging die Tür auf. Juli hielt sich eine hellblaue Kuckucksuhr vor den Bauch und drückte einen Knopf. Aus dem Türchen über der Uhr sprang mir blökend ein rosa Schaf entgegen.

„Ich habe die Zeit gestoppt. Du warst schneller als sonst.“

„Du ... du ... wenn ... ich ...“ Ich hätte zwar genügend Worte als Antwort parat, aber der Weg war wegen des Sauerstoffmangels blockiert. Die Worte warteten atemlos hinter eine Schranke, bis die endlosen Waggons mit Sauerstoff durchgerattert waren. Ich schnaufte wie im Ziel eines Zehn-Kilometer-Rennens. Oder zumindest nahm ich an, dass Zehn-Kilometer-Renner so schnauften. Oh Himmel, ich dachte schon wieder an Läufer! War das ein Zeichen? Falls ja, wofür? Gehen? Bleiben? Mops oder Mann? Waren Möpse nicht auch gefährlich?

„So kannst du nicht rein. Deine rote Birne beißt sich total mit meinem neuen pinken Sofaüberwurf.“

Juli zwinkerte, und es sah aus, als würde sich ihr

dramatischer Lidstrich durchbiegen. Dann hängte sie die Kuckucksuhr wieder an die Wand. „Ich mache uns mal einen Cappuccino."

Nach der Sporteinheit war mir warm. Ich hängte meinen blauen Kapuzenpulli an ein silbernes Hirschgeweih, das an der blauen Wand hoffentlich als Garderobe diente. Neben der Kuckucksuhr wirkte meine Jacke wie ein farblich abgestimmtes Deko-Element. Wie die Auslagen einer Parfümerie veränderte sich Julis Wohnung von Besuch zu Besuch. Als gelernte Schaufensterdekorateurin musste man vermutlich zwanghaft immer etwas neu arrangieren.

„Mein Italiener ist heiß. Kann losgehen mit Koffein, kann losgehen mit der Geschichte."

Julis Espressoautomat zischte und ratterte. Unten rotzte er einen dünnen Faden mit zäher schwarzer Brühe raus, die Juli in ein Glas mit aufgeschäumter Milch kippte – der Babynahrung einer anderen Spezies.

„Juli, tut deiner Maschine Kaffeemachen weh? Es sieht aus, als würde sie den Espresso unter großen Schmerzen absondern. So als würde ein Mensch mit einer Blasenentzündung pinkeln."

„Du Banause hast keine Ahnung. Der Espresso ist perfekt, wenn er sich wie ein kleines Mäuseschwänzchen aus dem Siebträger schlängelt. Euer Schweizer ist dagegen seelenlos."

„Und wenn schon. Zuverlässig, effizient und ohne Blasenprobleme bereitet der kleine Eidgenosse mit blinkendem Display den schönsten Kaffee."

Ich fand unseren Vollautomaten super. Draufdrücken – Kaffee fertig. Moment mal ... Unser? Nein, das war Johannes' Automat. Aber wenn er jetzt vegan lebte, konnte ich den bestimmt mitnehmen. Mitnehmen? Schlagartig fiel mir wieder ein, dass ich nicht nur Kaffeebohnen schnorren wollte, sondern auf eine Katastrophe zusteuerte, die nach einer Juli-Strategie verlangte.

„Na, dann erzähl mal."

„Wusstest du, dass Klara sich als Entwicklungshelferin oder so in Simbabwe beworben hat?"

Julis geschürzte Lippen blieben kurz vor der Tasse in der Luft hängen, weil ihr Arm auf dem Weg zum Mund einen ungeplanten Zwischenstopp einlegte. Klirrend stellte sie die Tasse auf der Küchenzeile ab. Ihr Mund stand nun offen. Schnell ein Foto! Zu spät. Juli atmete geräuschvoll aus.

„Sie will was machen?"

„Entwicklungshilfe und irgendwas mit Medizin."

„Sind in Europa alle Stellen für junge Landärztinnen vergeben?"

„Frag Klara."

„Was hat das mit dir zu tun?"

„Ich hüte ihre Wohnung."

„Du? Wie kommt sie denn auf die Idee?"

„Gar nicht. Ich hab's ihr angeboten."

„Und wie kommst du auf die Idee?"

„Einfach so. Spontan. Ich weiß auch nicht."

„Kay, Klara hat einen Hund. Was passiert mit dem?"

„Das war leider die Bedingung. Den muss ich auch hüten. Hoffentlich beißt der nicht."

„Du? Was weißt du denn über Hunde?"

Ich runzelte die Stirn. „Lass mich überlegen: Säugetiere, vier Beine, die Jungs haben einen Penis, die Mädchen dann vermutlich eine Vagina. Sie legen keine Eier, halten keinen Winterschlaf und können nicht fliegen."

„Bist du dir sicher?"

„Dass sie nicht fliegen können? Na ja, ich kenne nicht alle Rassen. Vielleicht gibt es da ..."

„Kay! Ich will wissen, ob das eine gute Idee ist."

„Von den Hunden? Das sollten die selber entscheiden."

Juli beugte sich nach vorne. Zornig zog sie die schmal gezupften Augenbrauen zusammen.

„War nur Spaß! Natürlich weiß ich nicht, ob das eine tolle Idee ist. Aber Johannes nimmt mich doch nur wahr, wenn ich einen Marathon unter drei Stunden laufe und mich anschließend in einen Rettich verwandle. Auch seine Mutter nimmt mich nicht als eigenständige Person wahr, sondern möchte, dass ich eine Kreißsaal-Legende werde und ihr jährlich einen Enkel in die Winkfleisch-Arme lege. Niemand von denen fragt, was ich möchte."

„Und was möchtest du?"

„Die Muttermilch einer anderen Spezies trinken, die ganze Spezies danach gut durchgebraten aufessen und Buletten kaufen. In der Stadt wohnen. Ohne Doppelgarage und fremde Mutter auf Horchposten."

„Dafür würdest du sogar einen Hund in Kauf nehmen?"

„Mir ist ein bisschen mulmig dabei. Hoffentlich ist der gut erzogen. Aber anstrengender als Johannes' Mutter ist er sicher nicht."

„Kay, das ist ein Mops, kein Rottweiler. Wenn der sich schlecht benimmt, trägst du ihn einfach weg. Ich glaube nicht, dass der Menschen beißt."

„Und wenn, dann kriegt er halt einen Maulkorb."

„Mops mit Maulkorb? Wo willst du den anbauen? Du weißt doch, wie er aussieht."

Wir diskutierten noch eine Weile alle Unwägbarkeiten, die es bei dem Projekt so geben könnte. Speziell das mit dem Hund bereitete mir Unbehagen. Was machte man den ganzen Tag mit so einem Vieh? Setzte man den vor den Kinderkanal, wenn er Langeweile hatte? Je mehr ich aber vor Juli meine Entscheidung verteidigte, desto sicherer war ich mir, dass das genau das war, was ich machen wollte.

„Okay. Es scheint so, als würdest du in den Schoß der Großstadt zurückkehren. Was sagt denn Johannes dazu?"

„Ich frag ihn nachher."

„Du hast noch gar nicht mit ihm gesprochen? Uff ..."

„Ich wollte erst ein wenig Rückendeckung und Klarheit haben – ohne Vorwürfe. Die Entscheidung ist schließlich auch erst wenige Stunden alt."

„Viel Spaß. Aber Johannes ist ja wohl endgültig raus. Und wie bringst du das der Schreiber bei?"

Unsere Chefin Kordula Schreiber war eine knallharte Personalfrau, die den Laden von der Pike auf mit aufgebaut hatte. Sie schaute immer noch jeden Tag persönlich im Lager vorbei, um zu prüfen, ob die neuen Arbeitsabläufe beim Einpacken der online bestellten Klamotten endlich griffen. Juli war gelernte Schaufensterdekorateurin und hatte anfangs die Szenen für die Fotoshootings der Artikel dekoriert. Als die Firma den Großauftrag ergatterte, die Kollektionen einer Molligen-Mode-Serie ins Programm zu nehmen, wurde sie als Model entdeckt, arbeitete seitdem meist vor der Kamera und wurde von anderen Menschen dekoriert. Ich durfte die Schreiber als Junior-Referentin unterstützen und hoffentlich irgendwann in ihre Fußstapfen treten. Seit ich „Der Teufel trägt Prada" gesehen hatte, wusste ich, dass es immer auch noch schlimmer kommen könnte.

„Montag erzähle ich es ihr. Dann begleitet mich Bernd in die Firma, kriegt sein Bett an meinem Schreibtisch und gut."

Ich tat viel selbstsicherer, als ich mich fühlte. In Gedanken sah ich mich mit einer beigefarbenen Kampfdrohne an der Leine, die wahllos in Hosenbeine biss.

„Kay?"

„Ja?"

„Die Schreiber hasst Hunde wie die Pest."

Ich fuhr so langsam, dass mich Menschen hupend überholten. Wenn ich zu Hause ankam, war ein Gespräch fällig, das ich nicht führen wollte. Dieser Gedanke lähmte meinen Gasfuß. Vielleicht sollte ich warten, bis Johannes auf eine seiner Laufrunden trabte. Zack! Klamotten in die Koffer und weg. Natürlich würde ich ihm einen Brief hinterlassen und alles erklären – ich war ja kein Unmensch. Der Text könnte lauten: „Liebster, verzeih mir. Ich bin gegangen. Bernd braucht mich. Such nicht nach mir und werde glücklich." Am Ende des Briefes wäre die Schrift verwischt – von meinen Tränen. Dazu müsste ich aber mit Füller schreiben. Mist. Hatte ich einen Füller? Nein! Aber Johannes' Mutter besaß einen. Mit dem schrieb sie Weihnachten die Platzkarten für die Familie. Bei mir setzte sie immer schon Johannes' Nachnamen hinter den Vornamen: Kay Eske Zwickel. Das fand ich empörend. Selbst wenn ich Johannes wollte, würde ich so nicht heißen wollen. Der Name klang engstirnig.

Meinen zweiten Vornamen verschwieg ich meist und wollte auch ihn auf keinen Fall auf einer Platzkarte lesen. Als meine Eltern damals den Namen Kay beim Standesamt beantragten, mussten sie sich schnell einen weiblichen Zusatznamen wie Gertrud oder Waltraud überlegen, damit deutlich wurde, dass ich wirklich ein Mädchen war. So kamen sie aus unerklärlichen Gründen auf Eske. Gott sei Dank hieß die Cousine des Standesbeamten auch Eske, und er trug ohne Widerworte den zweiten, vermeintlich rein weiblichen Vornamen ein, der aber ebenfalls auch ein Jungenname war. Das war das mit Abstand Illegalste, was meine Eltern jemals getan hatten. Meine Mutter dachte noch Jahre später, wenn es an der Haustür klingelte, dass sie wegen Vortäuschung eines nicht eindeutigen Mädchennamens verhaftet werden würde.

In der Familie Zwickel war alles viel traditioneller und feiner. Da wurde man nicht spontan nach entfernten Verwandten eines unbekannten Beamten benannt. Irgendein Ururgroßvater hatte Johannes geheißen. Nach der Familientradition hieß dann jeder Erstgeborene automatisch Johannes. In Kombination mit dem Nachnamen klang das schrecklich. Ich war froh, wenn der aktuelle Johannes – der soundsovielte – bei der Nennung seines Namens niemanden anspuckte. Ich konnte „Johannes Zwickel" auch nur spucklos sagen, wenn ich vorher einmal geschluckt hatte.

Gottogott, ich musste diese Gedankenspirale verlassen. Sonst würde ich Johannes anschreien, ohne dass er wüsste, was überhaupt los war. Ich bog in unsere – falsch: bald ex-unsere – Straße ein und rollte am Elternhaus vorbei auf den Zwickelschen Hinterhof, wo unser Fertighaustraum samt Doppelgarage aussah, als wollte er sich vor der Straße verstecken.

Als ich am Elternhaus vorbeifuhr, bewegte sich die Wohnzimmergardine. Im selben Moment wurden auch in unserem Haus die Vorhänge zur Seite geschoben. War NSA-Spitzel-Zwickel-Mutter an zwei Orten gleichzeitig, oder war Hinter-Gardinen-Lauern erblich? Ich stieg aus dem Wagen und lächelte überall hin, wo sich Gardinen bewegten. Noch bevor ich die Haustür aufschließen konnte, wurde sie von innen geöffnet. Showtime!

„Wieso dauert Kaffeebohnenholen so lange?", begrüßte mich Johannes ungehalten.

„Weil ich sie von meiner Freundin geholt habe und nicht aus einem Discounter. Das mache ich immer so. Wir plaudern miteinander, erzählen uns Neuigkeiten. Klar, dass du sowas nicht kennst, es sei denn, jemand läuft neben dir und redet auf dich ein."

Erst jetzt fiel mir auf, dass Johannes in kompletter Laufmontur vor mir stand. Da war zum einen die atmungsaktive Jacke mit Netzeinsätzen unterm Arm, abgepolsterten Reißverschlüssen und reflektierenden Nähten. Wenn er in das Scheinwerferlicht eines Autos lief, dachte der arme Fahrer bestimmt, dass vor ihm gerade ein Ufo landete. Die dazu passende Hose hatte sogar unterschiedlich aufgebaute Klimazonen, schließlich kühlte der Körper unterschiedlich aus. Johannes bezeichnete sich als Kopfschwitzer. Als er mir die Hose nach dem Kauf detailliert erklärte hatte (Hallo? Das war eine Hose, kein Raumschiff!), bezeichnete ich ihn als Kniekehlen- und Poschwitzer und er mich als ignorante Kuh.

„Wenn Sprechen eine Disziplin wäre, bei der Qualität die Quantität sticht, dann würdest du mit deiner komischen Freundin auf dem letzten Platz landen."

Hoppla! War der schon immer so giftig gewesen? Oder sah ich das plötzlich so ungefiltert, weil ich durch Klaras Anruf einen Ausweg aufgezeigt bekommen hatte und somit die Gardine vollständig zur Seite gezogen worden war?

„Ich würde gerne, wenn das geht, ein paar inhaltlich wertvolle Sätze mit dir sprechen."

„Spinnst du? Ich bin seit zwanzig Minuten überfällig. Heute sind auf meiner Runde Tempoläufe und Intervalle dran. Ich wusste nur nicht, ob du deinen Schlüssel mitgenommen hast und ob andernfalls Mama da wäre."

Oh! Das war zumindest fürsorglich. In meinen Gedanken tat ich ihm wohl unrecht, und ich schämte mich.

„Wenn du dich ausgesperrt hättest, hätte das mit dem Essen ewig gedauert. Nach so einer Einheit brauche ich Kohlenhydrate. Das Rezept habe ich dir im Buch aufgeschlagen. Wenn du jetzt damit anfängst, bin ich punktgenau zurück. Die Kichererbsen kochen lange."

Er trabte auf der Stelle, damit seine vorgestretchten Muskeln nicht kalt wurden. Und ich kochte – ganz ohne Kichererbsen – vor mich hin und brauchte keine körperliche Betätigung. Fürsorglich? Pah!

„Johannes, ich möchte mich von dir trennen. Ich ziehe aus. Wir passen nicht zusammen."

Hatte ich das gesagt? Einfach so? Die Sätze hatten keinen Umweg über mein Gehirn genommen, wo ich sie in ein Mäntelchen aus liebevollen Girlanden wie beispielsweise: „Es ist besser so für uns", „Lass uns befreundet sein, aber kein Paar", „Wir haben verschiedene Ziele im Leben", „Ich möchte keine kleinen Johannes-Zwickel-Namensträger ausbrüten" oder „Ich will nicht immer sonntags zu deiner Mutter" hätte einkleiden können. Ich hatte es gesagt. Einfach so. Und das fühlte sich richtig an.

Johannes hörte nicht auf zu traben. Ich suchte nach einer Reaktion in seinem Blick, doch dazu musste ich nicken wie ein Wackel-Dackel auf Speed. Hüpfende Augenhöhe war anstrengend.

„Du hast sie doch nicht alle!", sagte er, schüttelte den Kopf und lief los.

Hatte er mich nicht verstanden?

Bei seinen Eltern ging die Terrassentür auf, und Mama Zwickel kam raus. Johannes lief zu ihr, sagte etwas, und beide schüttelten den Kopf. Er lief weiter. Sie stemmte kurz die Hände in die Hüften, schaute mich an und marschierte auf mich los. Hilfe!

„Kay Eske, was höre ich da grad von Johannes?"

„Das Evangelium?"

Schon wieder fehlte der Umweg über die Blut-Hirn-Schranke und somit über eine Kontrollinstanz. Mama

Zwickel wusste genau, dass ich nicht Eske genannt werden wollte. Das löste in mir einen Widerstands-Tourette aus, der Frechheiten produzierte, die ich nicht steuern konnte. Würde ich jetzt ein Trennungsgespräch mit seiner Mutter führen?

Meine Bemerkung ignorierend, baute sie sich vor mir auf, brachte die Hände wieder in die Ausgangsposition an die Hüften und holte tief Luft. Warum hatte sie die Hände da nicht gelassen, als sie mit großen Schritten zu mir geeilt war? Das hätte dann wie Square-Dance ausgesehen, und wir hätten ein Tänzchen wagen können. Jetzt würde es eine Anklage werden, wo sie Richter, Staatsanwalt und Kronzeugin in einer Person sein konnte.

„Johannes sagte, dass ihr morgen nicht zum Essen kommt, weil du dich von ihm trennen willst?"

Da hatte der Sohn sicherlich recht. Aber mir war nicht klar, was sie so empörend fand: die Absage zum Sonntagsbraten oder die Trennung.

„Das stimmt. Aber mehr kann ich dir auch nicht sagen, weil er ja weggerannt ist, statt sich mit mir zu unterhalten."

„Findest du das nicht unverschämt?"

„Dass er weggerannt ist? Absolut."

„Kay Eske! Du weißt genau, was ich meine."

„Äh ... nein. Irgendwie nicht."

„Du wohnst hier nahezu mietfrei, wir füttern dich durch, akzeptieren, dass unser Sohn dich liebt, bereiten euch ein Nest – und jetzt das?"

Heute Morgen hätte ich es nicht für möglich gehalten, dass ich mich so schnell zu einer Trennung entschließen würde, und bis eben hätte ich nicht geglaubt, dass ich das dafür notwendige Gespräch mit Johannes' Mutter statt mit ihm führen würde.

„Ich verstehe, dass ihr enttäuscht seid und dass das

alles sehr plötzlich kommt. Vielleicht ist es ganz gut, dass ich vorübergehend die Wohnung einer Freundin übernehmen kann. Ich denke, so werden wir ein wenig Abstand kriegen."

Hatte ich wirklich „wir" gesagt? Jetzt dachte seine Mutter bestimmt, dass ich damit auch sie und ihren Mann meinte.

„Wenn du denkst, wir nehmen dich nach so einer Nummer wieder mit offenen Armen auf, hast du dich gewaltig getäuscht. Entweder du bleibst und kommst ganz schnell zur Vernunft, oder ich will dich hier nicht mehr sehen."

Ich kannte ja „Ich heirate eine Familie", aber auf „Ich trenne mich von seiner Familie" war noch kein Drehbuchschreiber gekommen. Und ohne das richtige Skript wusste ich nicht, was die weibliche Hauptrolle – also ich – auf die Drohung der Mutter antworten sollte. Ich könnte mal an ihren ondulierten Haaren ziehen oder sie kneifen. Oder einfach auf ihr Angebot eingehen. Hilfe! Ich brauchte eine Werbepause. Bitte blendet ganz schnell eine Frau ein, die sagt, dass sie dank des täglichen Genusses einer weißlichen Zuckerplörre endlich wieder aufs Klo kann. Dieses Gespräch fühlte sich nicht real an. Johannes war weggerannt, seine Mutter drohte mir, und ich stand hier – eingerahmt von Zwickelhäusern – und erwartete die Vertreibung aus dem Paradies. Mir fehlten die Worte, zumindest die angemessenen, und ich beschränkte mich aufs Glotzen.

Doch das fasste Johannes' Mutter bedauerlicherweise als Zustimmung auf. Schweigen als zustimmende Antwort war sie schließlich auch von ihrem Mann gewohnt.

„Ich sehe, wir haben uns verstanden."

Ich sah das nicht so. Aber damit war auch das Kernproblem schon genannt. Keiner hier sah etwas so, wie ich es wahrnahm, oder wollte es so sehen.

„Ohne Johannes bist du doch nicht wirklich lebensfähig", legte sie nach. „Wenn ich nur an das Chaos im Haus denke, das du täglich veranstaltest. Wie gut, dass ich immer nach dem Rechten sehe."

„Du siehst nach dem Rechten? Du schnüffelst in unseren Sachen herum, tauchst ungefragt zu jeder dir genehmen Zeit auf und hast noch nie gefragt, ob ich das gut finde!"

„Ach, Kindchen, was weißt du schon vom Leben und wie man einen Haushalt führt?"

„Du hast recht. Es wird Zeit, dass ich das mal herausfinde. Alleine. Ohne euch. Ich gehe."

Johannes' Mutter zog die Augenbrauen hoch und sah mich an wie etwas, das die Katze mit reingebracht hatte. Jetzt wusste ich endlich, woher ihr Sohn diesen Blick hatte.

„Ich will dich hier nie wieder sehen. Sieh zu, dass du morgen weg bist. Viel zu packen hast du ja nicht."

Mit hochgerecktem Kinn rauschte sie davon.

Mein Herz trommelte wie irre. Was hatte ich nur getan? Mich von Johannes' Mutter und dem Fertighaus getrennt? Galt das, was gerade gesagt worden war, auch für Johannes? War das ein Trennungspaket, oder musste ich einige Unterpunkte noch separat verhandeln? Es konnte doch nicht sein, dass ein erwachsener Mann meinen Wunsch nach einem Beziehungsende nicht ernst nahm, seine Mutter schickte und die mir dann auch noch drohte? Doch, konnte es. Ich hatte es gerade erlebt. Eine Mutter, die einen egozentrischen Sohn herangezogen hatte, den sie sich wie eine Kiefer in den Garten pflanzte und regelmäßig verbal zurechtstutzte. Ich war das Unkraut, das sich soeben eigenhändig weggerupft hatte, und nun klopfte sie das Erdreich wieder fest. Ich musste hier weg! Auf dem Absatz drehte ich mich um und lief ins Haus.

Ein Cocktail aus Wut, Erleichterung und Hilflosigkeit jagte durch meine Eingeweide. Mein Telefon piepte und zeigte eine neue Nachricht an:

„Hallo Süße, Montagabend könnte es losgehen! Dann würde ich das komplette Vorbereitungsprogramm noch schaffen. Ist das zu schnell für dich?"

Das war ein Zeichen! Ein Sprung ins neue Leben – innerhalb von vierundzwanzig Stunden. Mit klopfendem Herzen tippte ich zurück:

„Alles perfekt. Wenn du willst, bin ich heute Abend bei dir und bleibe gleich da. Johannes' Mutter hat mich quasi rausgeschmissen."

Senden!

Nach wenigen Sekunden piepte es erneut:

„Oha! Ich will alles wissen. Bin zu Hause und räume den Schrank frei."

Das war mein Stichwort. Ich kramte im Hauswirtschaftsraum nach den knallblauen IKEA-Taschen und schmiss meine Klamotten direkt aus dem Schrank hinein. Nach nur zwei Stunden waren Schlafzimmer, Schuhschrank und Badezimmer ausgeräumt. Meine wenigen Küchenartikel, die beim Einzug vor den Augen der Zwickels Gnade gefunden hatten, packte ich in die letzte Tasche und schleppte alles zum Wagen. Ich wollte unbedingt noch mit Johannes reden und war beim Packen das Gespräch schon unzählige Male in Gedanken durchgegangen. Als ich die letzte Tasche im Kofferraum verstaut hatte, sah ich seine Laufschuhe ordentlich auf der Matte vor der Terrassentür stehen. Das gab es doch nicht! Er saß bei seiner Mutter? Und ließ mich die Sachen packen?

Kein Wort? Kein Warum? Ein brennender Kloß bildete sich in meinem Hals. Ich schluckte. Jetzt bloß nicht heulen. Wenn es ihm so wenig bedeutete oder er derart beleidigt war, dass er nicht mal mehr in meine Nähe kam, war es Zeit zu gehen. So oder so.

Mein kleiner Nissan war bis unters Dach mit den IKEA-Taschen vollgestopft. Dieser Auszug war mein erstes und sein letztes Aufbäumen. Nächste Woche würde der TÜV uns wohl trennen. Nach hinten war die Sicht komplett versperrt. Aber sollte mich das, was hinter mir lag, überhaupt noch interessieren? Es war Zeit, nach vorne zu blicken. Klara, ich komme! Ich werde auf dein Marzipanschwein aufpassen, die Wohnung hüten und mir ein Jahr lang überlegen, was ich mit dem großen Rest meines Lebens anfangen werde.

Ich fuhr vor den Gebäudekomplex, in dem Klara ihre Wohnung hatte, und parkte meinen Uraltwagen neben ihren Audi Q5 auf den freien Platz, der wie der andere, auf dem ihr Wagen stand, mit „KB" gekennzeichnet war. Zum ersten Mal fiel mir auf, dass Klara und ich die gleichen Initialen hatten. Wie praktisch! Ich drückte auf ihre Klingel, auf der ebenfalls nur die beiden Buchstaben standen, und besah mir mein neues Zuhause. Direkt am Stadtwald hatte das Gebäude, das aus der Luft wie ein riesiges E aussah, früher den Engländern als Militärhospital gedient. Vor einigen Jahren war alles in elegante Eigentumswohnungen umgebaut worden. So passierte es, dass die Bewohner heute im ehemaligen OP-Saal, in Krankenzimmern oder im Schwesternzimmer lebten. Zum Glück wohnte Klara unter dem neu errichteten

Dach. Das war auch früher nur ein Dach gewesen und hatte kein schlechtes Karma wie beispielsweise die Pathologie. Die Kindertagesstätte direkt neben dem E war im ehemaligen Krematorium untergebracht. Das fand ich spooky. Hoffentlich besuchte die Kindergartentruppe nicht auch noch das Festival of Darkness oder hielt Séancen im Sitzkreis ab, um Geister herbeizurufen.

„Willkommen in deinem neuen Zuhause", begrüßte mich eine aufgekratzte Klara durch die Gegensprechanlage und drückte den Summer. Ich wuchtete die ersten Taschen in den Fahrstuhl. Jetzt ging es aufwärts!

Als die Türen in der obersten Etage sanft aufglitten, stand ich einer strahlenden Klara gegenüber und ... Bernd. Kaum hatte ich einen Schritt aus der Kabine gemacht, fiel mir oben Klara um den Hals, während unten Bernd an mir hochsprang. Der Hund kratzte mit den Vorderpfoten an meinen Beinen, als würde er die Hose abschaben wollen, und bellte dazu wie Joe Cocker. Hatten Klara und Bernd die Nacht durchgezecht? Wieso war dieses kleine Ding so schlecht bei Stimme?

„Ach, Kay, ich freu mich, dass sich alles so wunderbar fügt", erzählte Klara meinem Hinterkopf beim Im-Arm-Halten. Joe Cocker stimmte heiser bellend zu.

Gemeinsam entluden wir das Auto. Bernd war nirgends zu sehen. War das ein gutes Zeichen? Oder musste ich mir mehr Mühe geben, ihn zu mir locken und ihn mit Schnitzel oder Rippchen bestechen? Dabei käme ich mir aber albern vor. Freundschaft musste schließlich wachsen. Bei einem Bericht über Pferdeflüsterer für Hunde hatte ich mal gesehen, wie der Flüstermann den Hund ignorierte. Das fand ich lässig. Hinterher hatte er erklärt, dass das wichtig sei, denn so würde der Hund von selber Vertrauen fassen. Genauso würde ich es auch machen. Ignorieren und abwarten.

Klara bereitete unseren Cappuccino in einem kinderleicht zu bedienenden Vollautomaten aus der Schweiz zu – das Nachfolgemodell von Johannes' Kaffeemaschine. Das fand ich angemessen, nachdem ich mein altes Leben hinter mir gelassen hatte. Nur noch die nachfolgenden Modelle für mich! Als ich Klara von Johannes' Reaktion und vor allem der seiner Mutter erzählte, war sie keineswegs überrascht.

„Babe, ich konnte Johannes noch nie wirklich leiden."

„Davon hast du nie was gesagt!"

„Musste ich auch nicht. Du warst verliebt und blind. Irgendwann, das wusste ich, würdest du die rosarote Brille abnehmen und ihn sehen, wie er wirklich ist: ein egozentrisches Muttersöhnchen. Nun ist es wegen Simbabwe nur etwas beschleunigt worden."

„Machen wir das bitte beim nächsten Mann anders? Sag mir, wenn ich mir wieder einen Idioten angle."

„Versprochen."

Ich zückte mein Notizbuch, um mein neues Leben in Stichworte zu fassen. Was ich wann tun musste, damit die Bude nicht abfackelte, der Köter nicht verhungerte und wie das WLAN-Passwort lautete.

Bevor ich den ersten Satz schreiben konnte, dröhnte ein tiefer Rülpser aus der Ecke Schlafzimmer/Küche zu uns herüber. Ich wurde rot. Klara hatte vergessen, mir den Abschiedslover vorzustellen, der wohl soeben erwachte.

„Oh! Da liegt noch jemand im Bett, der sich bemerkbar machen will?"

„Was?" Klara schaute mich verständnislos an. Sie hatte bei dem Geräusch nicht mal gezuckt.

„Na, der Herr mit den guten Manieren", ergänzte ich leise. Ich riss die Augen auf und rollte meinen Blick vielsagend in Richtung Schlafzimmer.

Dann klickten Krallen auf dem Parkett. Bernd kam auf uns zu und sah uns fragend an. Wieder rülpste es. Das kam aus dem kleinen Hund! Heiser bellen wie Joe Cocker, aber aufstoßen wie ein Hooligan? Am Ende hatte er ein Gebiss wie ein Hai und machte dicke Haufen wie ein Elefant! Worauf hatte ich mich nur eingelassen? Hunde waren mir genauso fremd wie Seelöwen. Irgendwie waren sie okay, manche auch süß, aber sie lebten in anderen Welten – entweder im Wasser oder bei Klara.

„Ach, du meinst das kleine Bäuerchen? Das war Bernd. Ich hatte ihm grad das Futter hingestellt, als du kamst. Da er aber so unsagbar neugierig ist, musste er dich vorm Abendessen erst noch begrüßen."

Um meine Notizen zu vervollständigen, fragte ich: „Also muss ich Klingel und Telefon abstellen, wenn Bernd frisst, weil er sonst einen ausgewachsenen Bauern rauslässt?"

Klara nickte. „Den lässt er immer raus und legt sich dann pennen. Vorher gräbt er sich noch zum Erdmittelpunkt durch. Vermutlich ist das so eine Art Mundabputzen."

Als hätte Bernd auf sein Stichwort gewartet, marschierte er zu dem großen Berberteppich, auf dem auch das Sofa stand, senkte den Kopf in die weichen Flusen und fing an zu graben. Dabei hüpfte sein Ringelschwanz hin und her wie eine Drahtschlinge unter Strom. Bernd schnaufte und schraubte seinen Kopf in die weichen Schlingen, während seine Pfoten den Teppich durchpflügten. Ein Hund mit ADHS? Nachdem ich ihn zwei Minuten lang fasziniert beobachtet hatte, war alles vorbei. Er sank direkt an der Grabstelle nieder und schnarchte.

„So, das wäre auch erledigt." Klara tippte auf mein Notizbuch. „Jetzt lass uns alles besprechen. Wenn er aufwacht, wird es wieder turbulent. Kannst du ihn denn tagsüber mitnehmen? Ist das sicher? Länger als fünf Stunden sollte er nicht alleine sein."

„Hat er schon mal jemanden ... ähm ... gebissen?"

„Meinst du so generell oder nur diese Woche?"

„Klara! Das ist nicht dein Ernst? Der ist gefährlich?"

„Bernd hat noch niemals etwas anderes gebissen als eine Katze. Und die hatte selber schuld. Wenn du ihn von Katzen fernhältst, ist alles fein."

„Katzen gibt es im Büro nicht. Das sollte also kein Problem sein. Aber ich habe keine Ahnung von Hunden! Wie soll ich alles, was ich wissen muss, bis morgen lernen?"

Klara lachte. „Dann schreib mal auf: Morgens und abends eine Schale Futter. Das wird automatisch angeliefert. Immer frisches Wasser, viermal am Tag mindestens zehn Minuten Gassi gehen und bei Bedarf den Bauch kraulen."

Das klang überschaubar. War es echt so einfach? Mir wurde trotzdem mulmig. Wenn die Schreiber Hunde hasste, konnte ich sie vielleicht damit überzeugen, dass auch ich tierisch Angst vor ihnen hatte und dass so ein Mops gar kein richtiger Hund sei. Eher ein Einsteigermodell mit geringem Hund-Anteil – im Grunde genommen nichts als ein fleischgewordenes Marzipanschwein, das man sich zu Dekozwecken hielt. Optimismus durchflutete mich. Die Schreiber mochte mich, und so ein Tier sollte ja gut fürs Betriebsklima sein.

Klara nahm eine Mappe vom Tisch. „Hier habe ich dir noch Passwörter, Handwerker- und andere Notfalladressen aufgeschrieben. Du kannst meinen Wagen gerne benutzen. Der steht ja sonst nur rum. Meine Eltern zahlen die Leasingraten weiter, du musst natürlich selber tanken. Miete brauchst du nicht zu bezahlen, nur die laufenden

Kosten. Internet und Telefon sind zu deiner freien Verfügung."

Wir besprachen alle Eventualitäten. Bernd schnarchte unbeeindruckt weiter und zuckte im Schlaf mit den Pfoten. Grub er noch mehr Phantom-Löcher?

Nachdem wir mit Bernd im Mops-Geschirr eine Runde um den Block gegangen waren, schlabberte er mit einer erstaunlich langen Zunge in seinem Wassernapf. Da fiel mir eine Fernsehsendung ein, in der ein schwarz-weißer Hund mehr als dreihundert Gegenstände bringen konnte, wenn sein Frauchen den Namen des Spielzeuges genannt hatte. Ob Bernd so etwas auch gelang?

„Klara, kann Bernd Kunststücke? Und hört er auf Kommandos? Was muss ich da wissen?"

„Bernd ist nicht so ein opportunistischer Bällchenbringer. Er denkt eher, dass du dir deinen Ball selber holen kannst, wenn du ihn weggeworfen hast."

„Also kann er gar nichts?"

„Das habe ich nicht gesagt."

„Aber was kann er?"

Klara wartete, bis Bernd sein Saufgelage beendet hatte. Dann öffnete sie eine Klarsichtdose, in der laut Etikett Hundekekse mit Leberwurstgeschmack drin waren, und rief ihn. Wie ein beiger Torpedo kam Bernd angerannt und setzte sich vor Klara. Die ging zwei Schritte zurück und rief: „Robben!"

Bernd machte sich ganz flach und robbte wie ein Soldat unter Stacheldraht in Bodennähe auf Klara zu. Direkt vor ihr setzte er sich hin und blickte sie erwartungsvoll an. Mit ganz hoher Stimme sagte Klara: „Good Dog!" und gab ihm den Keks.

„Wozu soll das gut sein?", fragte ich verwundert.

„Zu meiner Belustigung!“ Klara kraulte den Mops an verschiedenen Stellen unterhalb des Halses. Als sie eine bestimmte Stelle traf, machte der Mops einen Buckel. Eine seiner Hinterpfoten bewegte sich, als wollte er im Takt von Klaras Kraulbewegungen Luftgitarre spielen. „Genau wie das. Das sind Reflexe. Wenn du die richtige Stelle triffst, muss er immer mitkratzen.“

Auf was ließ ich mich hier nur ein? Auf einen mopsgewordenen, rülpsenden Joe Cocker mit Luftgitarren-Reflex, der als einziges Kommando „Robben!“ konnte?

Als mir keine Frage mehr einfiel, machte ich es mir – es war inzwischen Abend – im Gästezimmer bequem und checkte mein iPhone. Kein Bild, kein Ton von Johannes! Das kränkte mich unerwartet. Vielleicht hatte seine Mutter ihm jede Kontaktaufnahme verboten? Das war bei einem fast dreißigjährigen Mann sicherlich nicht unüblich.

Morgen Abend würde ich Klara zum Flughafen bringen und in dem Moment zur Mops- und Wohnungsbesitzerin auf Zeit werden. Wie aufregend!

6.

Als ich mich dem schmucklosen Zweckbau, in dem sich mein Büro befand, näherte, nahm mein Herz Fahrt auf, und ich blieb stehen. Morgens beim Frühstück hatte ich Klara noch voller Zuversicht erzählt, dass Bernd sicher der Star im Büro sein würde. Nicht mal ich hatte Angst vor ihm. Das war eine Auszeichnung. Er war quasi ein Therapiehund. Obwohl, wenn das stimmen sollte, kauften sich dann Menschen mit Flug-Phobie eine Boeing und welche mit Höhenangst einen Berg? Arachnophobia-Geplagte eine Vogelspinne?

„Bist du bereit, für deine Überzeugungen zu kämpfen?", flüsterte mir von hinten jemand ins Ohr. Ich machte einen Satz nach vorne. Juli!

„Menno! Hast du mich erschreckt."

„Ich warte schon seit einer halben Stunde auf dich. Mein Shooting ist erst um zehn Uhr. Ich wollte aber gerne in deiner Nähe sein, wenn du der Schreiber beibringst, dass du sie von ihrer Abneigung gegen Hunde kurieren willst und dafür schon alles in die Wege geleitet hast."

„Na, dann mal los." Ich marschierte mit Juli auf das Gebäude zu. Nach dem Einchecken an der Stechuhr, wie wir unsere ultramoderne Zeiterfassung nannten, fuhr ich im Fahrstuhl nach oben zu den Büros. Juli ging ins Erdgeschoss in eines der Fotostudios, wo sie sich für den Onlinekatalog eines Mollige-Model-Labels fotografieren lassen würde, dessen Klamotten im Internet auf unserer Shop-Seite bestellt werden konnten und von hier verschickt wurden. Die Kleidungsstücke, in denen eine Juli steckte, verkauften sich blendend, und wir verschickten ganz viele kleine Pakete an unzählige Vollschlanke in Europa. Julis fotogenes Gesicht bescherte ihr zudem interessante Nebenjobs, von denen unsere Firma zwar wusste, deren pikante Details sie aber nicht kannte. Man(n) konnte sie auch lüstern debil grinsend in einer Liebesschaukel oder in sexy Reizwäsche bei einem Erotikversand für Vollschlanke bewundern. Dessen Produkte wurden nicht von uns vertrieben. Unser Firmenchef war so konservativ, dass wir glaubten, dass er in seinem Leben exakt so oft Sex gehabt hatte, wie nötig gewesen war, um zwei Kinder zu zeugen. Und um nie in Versuchung zu kommen, stellte er Frauen wie die Schreiber ein. Derart betrunken konnte vermutlich niemand sein, sich an so eine schwarze Witwe heranzuwagen. Das taten nur Spinnenmännchen. Und die wurden nach dem Akt ratzfatz in den Spinnenhimmel entsorgt. Da saßen sie dann mit den anderen notgeilen Kerlchen, die für Sex mit einer Spinne ihr Leben gelassen hatten.

Manchmal, wenn wir zu viel getrunken hatten, schauten wir uns den Erotikkatalog im Netz an. Julia, wie Juli mit Taufnamen hieß, war eines der gefragtesten Models des Herstellers.

Aus einem der Büros donnerte die Stimme der Schreiber. Da niemand antwortete, schrie sie entweder auf einen Stummen ein, oder der Unglückswurm kroch am anderen Ende des Telefons gerade unter die Erde. Ich ging in mein winziges Büro, das ihrem Königspalast gegenüber lag, fuhr meinen Rechner hoch und sortierte Bewerbungen. Alles Übersprunghandlungen. Bevor ich nicht der Schreiber Bernd schmackhaft gemacht hatte, würde ich mich auf rein gar nichts konzentrieren können.

„Frau Bielefeld? Sind Sie da?"

„Jaahaa!"

„Dann bitte sofort in mein Büro."

„Soll ich Ihnen noch einen Kaffee holen?"

„Sofort!"

Ich schluckte. Mist! Das war keine Aufforderung zum Tanz. Das war der Ruf des Ärgers. Wenn ich nur wüsste, welcher Gruppierung dieser angehörte. Hatte ich was falsch gemacht? Oder jemand anderes – und ich musste es ausbügeln?

„Schon da. Das trifft sich gut, dass Sie gerufen haben, ich hätte auch noch ein Anliegen." Es war schon wieder passiert. Mein Gehirn mahnte Diplomatie an, während ein anderer Teil meines Körpers mich diesen Satz sagen ließ.

Die Schreiber hielt den Hörer noch in der Hand und runzelte ihre Stirn. Ihre Lippen, die selbst im entspannten

Zustand so schmal waren wie Bindfäden, sahen aus, als hätte sie jemand ausradiert. Die silbrig-blonde Kurzhaarfrisur saß wie immer perfekt. Unter einer langen Ponyfranse, die ihr ins Gesicht fiel, musterten mich kühle, blaue Augen. Ihr Gesichtsausdruck sagte mir alles, was ihr Mund daher nicht mehr formulieren musste.

„Macht ja nix. Ist nicht so wichtig. Was kann ich für Sie tun?" Meine Stimme piepste. Wäre die Frau meine Deutschlehrerin gewesen, hätte ich auf Türkisch oder Mandarin meine Schulzeit fortgesetzt. Als Kind wäre ich unter diesem Laserblick ansonsten zu Staub zerfallen.

„Was haben Sie sich denn dabei gedacht? Sofern Ihr Gehirn diese exotische Tätigkeit des Denkens beherrscht." Ihre Stimme klirrte wie Eiswürfel in einem Glas.

Wobei was gedacht? Wusste sie schon von Bernd? Hatte der NSA-Mutter-Zwickel-Mutant sie angerufen und informiert? Mops gewonnen, Leben und Job verloren? Ich räusperte mich. „Was meinen Sie?"

„Sie haben während meiner Abwesenheit eine Kündigung unterschrieben? Der gekündigte Mitarbeiter zweifelt die Rechtmäßigkeit Ihrer Vollmacht an und klagt auf Weiterbeschäftigung. Und womit?"

„Mit einem Anwalt?"

„Mit Recht!"

Oh nein! Das meinte sie. Die Leiterin des Online-Shops hatte einen Mitarbeiter, dessen Probezeit noch einen Tag lief, des Diebstahls verdächtigt. Die Schreiber war nicht im Haus gewesen, und wir hatten keine Zeit gehabt. Also hatte ich der Kollegin den Gefallen getan und die Kündigung unterschrieben. Was hätte schon passieren sollen? Für so etwas gab es schließlich eine Probezeit.

„Und jetzt? Wie ist Ihr Vorschlag?"

„Das sollten wir nicht an den großen Nagel hängen. Ich

muss mit den Konsequenzen reden." In meinem Kopf geriet alles durcheinander.

„Sie müssen was? Ich fürchte, ich muss Sie ganz schnell aus der Schusslinie nehmen und beteuern, dass das alles ein bedauerliches Missverständnis war."

Die Schreiber machte ein Gesicht, als müsste sie die schlimmsten Jahre ihrer Pubertät nochmals durchleben. Wie sollte ich nur die Kurve kriegen?

„Also ... das ... das tut mir sehr leid. Ich wollte da nur schnell helfen und ..."

„Schalten Sie das nächste Mal Ihr Gehirn ein, bevor Sie Ihre Kompetenzen so exorbitant überschreiten."

„Natürlich. Das passiert nie ..."

Endlich legte sie den Hörer auf das Telefon. Sie schloss die Augen, atmete übertrieben tief ein und sah mich fragend an. „Was wollten Sie doch noch gleich?"

Ich öffnete den Mund und rang um die richtigen Worte. Wie sollte man nach einem Trennungsgespräch der gleichen Person einen Antrag machen? Wie bat ein ertappter Einbrecher das Opfer um einen Espresso, nur um bei der Flucht nicht einzuschlafen? – Ganz direkt! Mama hatte immer gesagt, mit der Wahrheit käme man im Leben am weitesten.

„Ab morgen würde ich gerne einen süßen, kleinen Mops zur Arbeit mitbringen. Er heißt Bernd, ist sehr freundlich – quasi ein Therapiehund. Ich passe für ein Jahr auf ihn auf. Meine Freundin, der Bernd gehört, durfte spontan als Entwicklungshelferin nach Simbabwe reisen. Ich kenne doch Ihre soziale Ader, Frau Schreiber, und sowas wird, wie ich weiß, in der Firma gefördert. Bernd ist wirklich sehr brav. Ich kenne mich ja nicht so mit Hunden aus, aber ..."

„Stopp! Sie passen für ein Jahr auf einen Hund auf? Und wollen ihn ungefragt ab morgen mit ins Büro bringen?"

„Ähm ... Nicht ungefragt. Ich frag ja gerade."

„Nein."

„Doch, tue ich."

„Die Antwort ist Nein. Sie bringen auf keinen Fall irgendein Haustier mit an Ihren Arbeitsplatz. Ende der Diskussion."

„Aber was soll ich denn tun?"

„Nachdenken, bevor Sie Zusagen machen, die Sie nicht halten können?"

„Das bringt mir jetzt auch nichts mehr", murmelte ich sehr leise.

„Frau Bielefeld, Ihre Naivität und Unverfrorenheit sind bemerkenswert. Warum hat wohl niemand unserer Mitarbeiter ein Tier im Büro?"

„Weil noch keiner von ihnen gefragt hat?"

„Weil das gegen unsere Betriebsvereinbarung ist. Wir sind eine Firma, kein Zoo."

Ich versuchte es anders. „Aber wir wollen doch ein familienfreundliches Unternehmen sein. Wir haben flexible Arbeitszeitmodelle, Kinderbetreuungsplätze und sogar Telearbeit. Da passt doch ein Hund toll ins Konzept."

„Das haben nicht Sie zu entscheiden. Haben Sie nicht auch noch andere Arbeiten zu erledigen? Falls ja, wäre jetzt ein geeigneter Zeitpunkt, damit anzufangen. Lassen Sie Ihre Probleme und den Hund zu Hause."

Irgendwas murmelnd schlich ich aus dem Büro. In meinem Telefon lauerten schon zwei Anrufe in Abwesenheit. Klara. Was sollte ich ihr sagen? Und was wurde jetzt aus mir? Zu Johannes konnte ich auf keinen Fall zurück, und bei Klara konnte ich nur mit Mops bleiben. Als ich am Freitag ins Wochenende gegangen war, war mein Leben ganz in Ordnung gewesen. Nun war Montagmorgen, und meine Fundamente bröckelten und schwammen davon.

Seufzend ließ ich mich auf meinen Stuhl fallen. Und was jetzt? Ich hatte keine Idee und starrte aus dem Fenster auf den Firmenparkplatz. Mitarbeiter kamen schwatzend ins Haus, und Lieferwagen dockten an den Verladerampen an, um die online bestellte und hier verpackte Ware abzuholen. Alles lief in gewohnter Weise – nur ich nicht.

Ich weiß nicht, wie lange ich aus dem Fenster gestarrt hatte, als ich die Schreiber plötzlich in einer etwas weicher gespülten Tonlage rufen hörte: „Frau Bielefeld, kommen Sie doch bitte noch mal rüber!"

Falls die jetzt meine Kündigung geschrieben hatte, war sie zumindest berechtigt, diese zu unterschreiben. Im Gegensatz zu mir. Ich durfte nichts. Nicht mal einen Mops ins Büro mitbringen. Stumm stand ich kurz darauf vor ihr und erwartete meinen Rauswurf.

„Sie haben mich da auf eine Idee gebracht."

Sollte ich meine eigene Kündigung schreiben? Im Zoo anfangen? Den diebischen Mitarbeiter ehelichen, damit er keine BHs mehr klauen musste?

„Wir wollen in diesem Jahr ein neues Projekt starten. ‚Karriere am Telearbeitsplatz', so lautet der Arbeitstitel. Und würde es einer Personalabteilung nicht gut zu Gesicht stehen, wenn sie dabei eine Vorreiterrolle einnimmt?"

Bestimmt hatte sie recht, aber ich verstand gar nichts. So schnell konnte ich von Tierpfleger und Zwangsehe nicht umschalten. Aber ich nickte.

Das schien zu passen, denn die Schreiber fuhr fort: „Sie sind unsere erste Personalerin, die von zu Hause aus arbeiten wird. Sie bekommen einen Projektvertrag für ein Jahr, wir richten Ihnen einen Telearbeitsplatz ein, und schon ist auch das Problem mit diesem Tier vom Tisch. Eine tolle Lösung für alle, nicht wahr?"

Das Projekt schien brandneu zu sein. Ich hatte davon noch nie gehört. Aber was für eine geniale Idee, und ich durfte dabei sein! Ein warmes Gefühl breitete sich in meinem Bauch aus.

„Und welche Arbeiten soll ich an diesem Telearbeitsplatz erledigen?"

„Natürlich Personalarbeit. Wir setzen Sie entsprechend Ihrer Qualifikation ein, nur eben im Home-Office. Es gibt so viele spannende Projekte, und endlich können wir das mit einer so qualifizierten Mitarbeiterin wie Ihnen mal angehen."

Es fehlte nicht viel, und ich hätte die Schreiber auf ihre rot umrandeten Bindfäden geknutscht. Was für eine tolle Chefin!

„Ab wann braucht dieses Tier denn Betreuung?", erkundigte sie sich mitten in meine Beinahe-Umarmung hinein.

„Eigentlich ab morgen."

Sie sah auf die Uhr. „Na, dann sind wir sportlich unterwegs. Ich schlage vor, dass Sie heute Ihre laufenden Sachen an die Kolleginnen übergeben, sich die restliche Woche freinehmen, und dann kommt die Tage ein Kollege und installiert das nötige Equipment. Bis dahin haben wir die Inhalte festgelegt, und Sie fangen schon am Montag den neuen Job an."

„Danke, Frau Schreiber! Unglaublich viel Danke!"

Ich war fassungslos. Morgens zitierte sie mich wegen eines riesigen Fehlers ins Büro, und kurz danach wurde ich in ein innovatives Karriereprojekt katapultiert. Vielleicht sollte ich mal was klauen. Würde man mich dann direkt zum Geschäftsführer befördern?

Ich stand im Bad und bewunderte den Effekt eines getönten Spiegels. Mein Gesicht wirkte leicht gebräunt. Das tat es sonst nie. Ich konnte weiß, beige und rot. Juckende Pickel konnte ich auch. Das war immer, wenn ich versuchte, aus Weiß Braun zu machen. Meine Sonnenallergie war unbestechlich, und so wurde ich maximal beige mit roten Punkten.

Klara hatte diese Probleme nicht. Die redete über Sonne, und ich konnte förmlich zuschauen, wie ihre Haut dunkler wurde. Die Welt war ungerecht. Nicht nur bei Bräunungsgraden. Von Klaras Kuren und Spülungen, die sie für ihre langen, vollen Haare brauchte, würde ich keine anwenden müssen. Von hinten sah Klara mit zusammengebundenen Haaren aus, als hätte sie sich den dicken Schweif eines Ponys an den Kopf getackert. Meine Fusseln, wie Johannes sie nannte, würden mit einer Haarkur am Kopf anklatschen, als hätte ich Tapetenkleister drauf verteilt.

Vor wenigen Stunden hatte ich eine aufgeregte Klara zum Flughafen gebracht, und nun wohnte ich spiegelbeige-gebräunt mit ihrem Haustier in ihrer Wohnung. Schräg. Zum Glück schien Bernd wirklich pflegeleicht zu sein. Er hatte sich sogar gefreut, als ich vom Flughafen zurückkam. Nachdem ich seinen Napf laut Anweisung vollgeschaufelt hatte, verschlang er sein Futter. Hin und wieder sah er zu mir herüber.

Was machte man abends mit einem Mops nach dem Fressen? Gemeinsam Tagesschau gucken, Monopoly spielen, oder wollte er, dass ich ihm eine Geschichte vorlas?

Ich schraubte meine Stimme um eine Oktave nach oben. „Hallo Bernd, bist du satt geworden?"

Bernd stellte die Ohren auf und legte den Kopf schief.

Er ließ mich einen mörderischen Bauern hören und schmatzte dann wohlig.

„Anscheinend ja. Wollen wir etwa noch ausgehen?"

Rülps-Mops drehte sich um und galoppierte zur Tür. Er konnte nur einen Befehl? Von wegen! Der verstand mich doch super. Ich pfriemelte ihm sein Geschirr um und öffnete die Wohnungstür, worauf der Mops den Fahrstuhl ansteuerte. Treppen fand er wohl blöd. Das war mir recht.

Draußen pinkelte Bernd an jeden zweiten Strauch, aber immer nur ein paar Tropfen. Was sollte das? Konnten Möpse eine Blasenentzündung bekommen? Das musste ich googeln. Nächster zweiter Strauch. Bernd roch dran, und es ging wieder los. Links rum, rechts rum, links rum – und immer so weiter. Irgendwann schien er mit Himmelsrichtung, Winkel und der Gesamtsituation zufrieden zu sein, hob sein Bein, schoss zwei Tropfen raus und stolzierte davon. Da er dabei ganz entspannt aussah, ließ ich ihn gewähren. Nach zweihundert Sträuchern würde auch seine Blase leer sein.

Als wir in die Wohnung zurückkehrten, war ich plötzlich so müde, als hätte mir jemand die Batterien rausgenommen. Also ging ich ins Bett. Bernd stakste in sein Körbchen, und es ging wieder los. Links rum, rechts rum, scharren, drehen. Würde er in seinen Korb pinkeln? Nee, oder? Endlich ließ er sich mit einem Seufzer nieder. Ach so, Pinkeln und Schlafen erforderten die gleichen Vorbereitungen. Hilfe! Ich hatte einen Mops mit einer Zwangsstörung erwischt.

Ich hatte wirr geträumt und schrak hoch. Direkt neben meinem Kopf schnarchte es. Johannes! Ich hasste dieses Altmännergeräusch. Es weckte mich aus den tiefsten und schönsten Träumen. Im Dreiviertelschlaf drückte ich ihm ein Kissen aufs Gesicht und trat nach ihm. Ich trat ins Leere. Kein Körper! Nur der schnarchende Kopf! Hilfe! Der Kopf quiekte und strampelte. Strampelte? Mit einem Ruck setzte ich mich auf, ließ das Kissen los und machte das Licht an. Bernd starrte mich an. Wo kam der her? Erleichtert, dass ich nicht mit dem geköpften Johannes diskutieren musste, brachte ich den Mops zurück in seinen Korb. Dort saß er wie ein Pfropfen und fixierte mich.

Irgendwann tapste ich halb schlafend ins Bad. Ich kam zurück, Mops lag im Bett. Ich setzte ihn wieder ins Körbchen. Ich schlief ein, Mops lag im Bett. Ich setzte ihn wieder ins Körbchen. Mit Einsetzen der Morgendämmerung gab ich es auf, und so schliefen wir endlich ein. Beide im Bett. Spiel, Satz und Sieg: Mops.

8.

Nachdem Bernd morgens draußen sämtliche Geschäfte erledigt hatte und wir über Cappuccino und Fressnapf gebeugt tranken oder fraßen, klingelte es. Wie ein Torpedo schoss Bernd zur Tür und kläffte sein Joe-Cocker-Bellen. Besuch? Juli? Sie beehrte uns, weil sie erst mittags in die Firma musste und sich davon überzeugen wollte, wie wir zurechtkamen. Ich hatte den Verdacht, dass Klara hinter der Idee steckte.

„Hallo meine Süße!", rief ich in die Sprechanlage und drückte den Summer.

Bernd fiepte vor Aufregung und fixierte den Eingang. Als es oben klingelte, zog ich die Tür auf und breitete die Arme aus. Juli trug einen Bart. Und einen blauen Monteuranzug. Und sah vor allem nicht aus wie Juli. Bernd war das egal. Besuch schien immer super zu sein.

Er sprang an der falschen Juli hoch und startete umgehend mit seiner Beinmassage. Mir war inzwischen klar geworden, dass dies offenbar ein Ritual war, mit dem der Mops jeden Besucher freudig begrüßte. So wie wir Menschen Hallo sagten oder uns umarmten, wenn wir uns begegneten.

„Guten Tag, ich soll Ihren VPN-Zugang legen."

Ah, ja. War das etwas im Bad? Oder betraf es die Heizung? Klara hatte mir nichts gesagt. Ich schaute daher misstrauisch, weil ich nicht gleich am zweiten Tag auf einen Handwerker-Trickbetrüger reinfallen wollte. Bernd schabte begeistert weiter, während die Bart-Juli sich bückte und seinen Kopf streichelte.

„Und wer schickt Sie?"

Er kam wieder hoch, schaute auf seine Unterlagen und sah dann mich an. „Na, die Firma. Sie sollen doch den Home-Office-Zugang bekommen. Oder ist das falsch?"

Ach so. Die Buchstaben und der Zugang hatten etwas mit meinem neuen Arbeitsplatz zu tun. Ich nickte und ließ ihn eintreten. Dicht gefolgt von Bernd, der mit seiner Massage noch nicht fertig war.

„Wo steht denn der Rechner?"

„Im Arbeitszimmer."

„Ist hier ein WLAN-Netz?"

Das Wort kannte ich, und ich nickte wieder. Zufrieden ging der Mann zu Klaras PC und machte sich an die Arbeit. Der Mops beobachtete ihn dabei. Nach nur einer halben Stunde kam der Elektro-Internet-Dings-Mann zu mir in die Wohnzimmer-Esszimmer-Küche. Außer Baden, Schlafen und Arbeiten tat man in Klaras zweigeschossiger Maisonettewohnung alles in einem Raum.

„Das wäre erledigt. Gibt es sonst noch einen Rechner, der ins Firmennetz soll?"

„Ich habe für Notfälle ein privates Notebook, aber der PC sollte reichen."

Wir schalten Sie noch frei, und dann können Sie loslegen. Sind Sie schwanger?"

Ich verschluckte mich am Kaffee und hustete. „Wie kommen Sie denn darauf?"

„Na, weil Sie jetzt von zu Hause aus arbeiten. Ich habe bisher erst einen VPN-Tunnel installiert, und das für eine Datenerfasserin. Die war schwanger und wollte die Aufträge daheim ins System tippen."

„Nein, ich hüte diesen Mops, und der darf nicht mit ins Büro."

„Und deswegen schmeißen Sie Ihren Job und erfassen ab sofort nur noch Daten?"

„Nein, nein. Das ist ein neues Projekt im Rahmen familienfreundlicher Unternehmenskultur. Ich arbeite fast wie vorher. Nur ab sofort von zu Hause aus."

„Sie müssen es ja wissen. Job weg, hässlichen Hund hüten und den ganzen Tag Daten erfassen." Er schüttelte den Kopf, packte sein Zeug zusammen und wünschte uns im Gehen alles Gute. Dabei klang er so, als sollte ich hinter feindlichen Linien abgesetzt werden.

Ich fuhr den PC wieder hoch, klickte mich versuchsweise in den VPN-Tunnel und stellte erfreut fest, dass die Bildschirmoberfläche genauso aussah wie im Büro. Die neuen Arbeitswelten waren fantastisch, und ich würde nächste Woche eine der Ersten sein, die davon profitierten. Seit wenigen Sekunden lag sogar schon eine E-Mail in meinem privaten Posteingang. Absender: Klara! Ich überflog die wenigen Zeilen.

„Hallo Kay, ich hoffe, dass Du mit Bernd eine gute Zeit hast und alles prima angelaufen ist. Schreibe kurz vom Flughafen. Wir werden gleich mit Jeeps und Lastwagen in ein Dorf gebracht. Ich habe keine Ahnung, ob es da Strom gibt. Es ist alles sehr aufregend hier! Drücke und küsse bitte den kleinen Kerl von mir. Fühl Dich umarmt für Deine schnelle Hilfe und Deine Freundschaft! Deine Klara“

Mir wurde ganz warm ums Herz. Ich konnte Klaras Aufregung fühlen und war ein bisschen neidisch. Aber weil sie ein Abenteuer erlebte, widerfuhr auch mir eines. Wenn auch ein kleineres. Eines mit Ringelschwanz und platter Nase.

Es klingelte. Hatte der Monteur etwas vergessen?

9.

Joe Cocker im Mopsfell schoss erneut zur Tür und bellte.

„Hallo?“, fragte ich in die Gegensprechanlage.

„Ich bin das, Juli. Lass die Brücke herunter!“

Ich drückte auf den Summer und schloss kurz darauf die echte, bartlose Juli in die Arme. Unten stand Bernd auf den Hinterbeinen und arbeitete sich durch den Stoff an Julis Beinen.

„Was macht der da?“, fragte Juli.

„Massage und Test des Stoffes auf Reißfestigkeit. Für Freunde kostenlos, für Fremde je nach Behandlungsdauer.“

„Aus!“, rief Juli und schubste Bernd weg. „Die war teuer.“

„Und hält“, stellte ich mit einem Blick nach unten fest. Juli trug Leggings im Leopardenlook, dazu einen froschgrünen Ledermantel und eine gelbe Handtasche aus knautschigem Leder. „Gehst du als Motto? Raubtier unter afrikanischer Sonne in grüner Oase?“

„Gefällt's dir?" Sie drehte sich, damit ich das Kunstwerk bewundern konnte.

„Ein Traum", lachte ich und zog sie mit in die Wohnung.

„Wie war die erste Nacht im neuen Heim, mit neuem ... äh ... Mann?"

„Er schnarcht und rülpst. Er ignoriert mein Gemecker und braucht ewig, bis er einen Haufen gemacht hat. Ich musste mich nicht groß umstellen."

„Was ist Bernd für ein Sternzeichen?"

„Der Hund? Haben die Sternzeichen?"

„Hallo? Na, klar. Die werden schließlich auch geboren."

„Ich glaube, er wird Ende Juni zwei Jahre alt. Klara erwähnte, dass sie zu seinem Geburtstag nicht da sein kann."

Juli seufzte. „Gott sei Dank, ein Krebs. Der passt sehr gut zu dir, einem Fisch. Johannes war Schütze. Das konnte niemals gutgehen. Schreckliche Menschen, diese Schützen, so zwanghaft. Aber da das mit dir und Bernd gut aussieht, kommt hier mein Geschenk." Sie griff in ihre knautschige Leder-Sonne und zog ein silbernes Paket mit roter Schleife hervor. „Für dein neues Leben!"

Ich packte ein blaues, bedrucktes Etwas aus, genauer gesagt zwei davon. Eines war ein bunter Tunnel und das andere ein halber Schlafanzug, also das Teil für untenrum. War das ein Bilderrätsel? Licht am Ende des Tunnels, wenn ich einschlafe?

„Juli!", stöhnte ich. „Die Teile sind voller Möpse!"

„Natürlich sind sie das. Hübsch, gell? Ich habe ewig nach einem passenden Stoff gesucht. Das eine ist ein Loop. Den brauchst du, weil du ja jetzt immer an der frischen Luft bist und dich nicht erkälten sollst. Und das andere ist quasi dein Businesskostüm fürs Home-Office: eine Kuschelhose!"

Ich hob das kleinere Teil hoch und betrachtete es genauer.

„Der Tunnel heißt Loop? Was macht man damit? Ist das so ein Schlauchrock?" Entsetzt ließ ich das Ding sinken. „Juli, ich hasse Röcke. Das ist nichts für meine kräftigen Beine."

Juli verdrehte die Augen, griff nach dem Schlauchrock und stülpte ihn mir über den Kopf. „Nenn es Schal, dann wird seine Funktion klarer."

Ich seufzte. „Fein. Dann lass uns gleich mal eine Runde mit Loop und Mops drehen."

Wir wanderten durch den Stadtwald und diskutierten, welches wohl die neuen Aufgaben wären, die die Schreiber hundefreundlich durch den VPN-Kanal zu mir schicken würde. Bernd trabte an langer Leine neben oder vor uns her, sonderte an interessanten Sträuchern zwei Tropfen ab und schnüffelte weiter.

„Hey Sie! Passen Sie doch auf!", schrie plötzlich jemand.

Wir hatten eine Kinderkarre passiert, und Bernd war dahinter verschwunden. Der Inhalt des Wagens brüllte wie eine Sirene.

„Sarah-Vanessa, wo hast du es denn wieder hingeschmissen?", fragte die Wagenschieberin und wühlte in der Karre. Dabei fiel ein Stück Brötchen runter, das Bernd sofort verschlang.

Die Wagenschieberin tauchte aus den Decken und Kissen auf. Ihr Gesicht war hochrot. „Ich glaube, Ihr komischer Hund hat das Spielzeug meiner Tochter gefressen."

„Der frisst kein Spielzeug", erwiderte ich.

„Woher willst du das denn wissen?", flüsterte Juli mir zu.

Ich kniff sie in den Arm. Sie verstummte.

„Aber eben hat es hier noch gelegen", behauptete die Wagenschieberin. „Und das Leberwurstbrötchen hat er auch verschlungen."

„Leberwurst ist was anderes als Spielzeug."

„Da klebte bestimmt auch Wurst dran."

„Mein Hund frisst kein Spielzeug. Auch nicht, wenn Sie es mit Streichwurst einschmieren."

Ich zog den widerstrebenden Mops vom Wagen weg, beugte mich zu ihm runter und hob ihn hoch. Es quietschte.

Juli schaute auf mich und den Mops. „Wo kam das denn her?"

„Was genau?", fragte ich. Aber ich wusste, was sie gemeint hatte. Mir wurde gleichzeitig heiß und kalt.

„Setz ihn noch mal runter!"

Ich ließ Bernd zu Boden und hob ihn wieder hoch. Es quietschte.

Bernd und ich saßen in einem Wartezimmer, das aussah, als hätte jemand eine Wette verloren und zur Strafe alles in Kiefer einrichten müssen. Selbst die Bilderrahmen, die Kühe mit bunten Papierrosetten zeigten, waren aus Kiefer. Bernd würgte. Ihm schien der Style auch nicht zu gefallen.

Juli hatte dankend aufs Mitkommen verzichtet, als sie gesehen hatte, dass Bernd in einem Geschirr auf dem Beifahrersitz zu reisen pflegte. „Dem wird hinten immer schlecht", hatte ich ihr erklärt, aber sie hatte nur die Augen verdreht und ein sonderbar belustigtes Schnaufen von sich gegeben.

Jetzt tauchte eine umwerfend gut aussehende, dunkelhäutige Assistentin in einem hellblauen Kittel an einer Durchreiche auf und reichte mir ein Anmeldeformular. Sie sah aus, als würde sie für eine Tierarztserie eine Tierarzthelferin spielen. Aber vielleicht sahen die alle so aus. Ich hatte keine Ahnung. Das war ja der erste Tierarztbesuch meines Lebens. Bei „Grund des Termins“ trug ich „Mops quietscht innen“ ein.

Die Tür ging auf, und das Beyoncé-Double ließ eine ältere Dame mit einem grauen Papagei im Käfig raus. „Berlin, Berlin! Wir fahren nach Berlin! Ohle, ohleeeee...“, krakeelte das Vieh.

Bernd legte den Kopf schief und starrte das flatternde Ding an. Ich tat das Gleiche.

„Netzer, sei endlich still!“, zischte die sichtlich genervte Frau dem Papagei zu. Der achtete nicht auf sie, sondern fixierte uns. „Mein Sohn ist Fußball-Fan und bringt dem Tier nur Unsinn bei“, ergänzte die Vogelfrau und hob entschuldigend die Schultern.

„Schiri! Wir wissen, wo dein Auto steht!“, kreischte der Papagei.

„So, dann wollen wir mal“, sagte die Assistentin und hielt uns die Tür mit dem Schild „Sprechzimmer“ auf.

„EUUUUUROOPAAAPOKAAAAHL!“

Jetzt wurde es Bernd zu viel. Er kläffte den Vogel an. Die Frau beeilte sich rauszukommen. Der Mops wollte hinter dem Papageien-Hooligan her und zerrte wie irre an der Leine.

Beyoncé lächelte mich an. „Sehen Sie, der Papagei ist wieder gut drauf. Der hatte auch was verschluckt.“

„Einen Fußball?“, rutschte es mir raus.

„Ach. Woher wissen Sie? Zumindest einen Teil von einem Ball.“

War ja klar gewesen. Ich nickte ergeben. „Bernd! Komm! Hier geht's lang.“ Was tat man mit einem Mops im Rückwärtsgang? Man hob ihn hoch. Er quietschte. Beyoncé hob eine Augenbraue und blickte mich an. Ich trug den widerstrebenden Mops ins Behandlungszimmer und setzte ihn direkt auf eine Art OP-Tisch. Bernd sah sich um, würgte und wollte umgehend vom Tisch springen.

„Lassen Sie ihn besser noch unten“, sagte eine ruhige Bassstimme, deren Besitzer sich die Hände an einem Waschbecken schrubbte. Mir fiel die Kinnlade runter. Ein braungebrannter, breitschultriger Blondschopf mit Dreitagebart lächelte mich an. So jemand, der mit zwei Steinen Feuer machen konnte, bestimmt am liebsten im Freien schlief und Kartoffeln mit der Faust zerquetschte. Und ich meinte rohe Kartoffeln.

Warum war ich eigentlich bisher noch nie beim Tierarzt gewesen?

„Doktor Ludger Wolf.“ Eine Kartoffel-Quetsch-Hand streckte sich mir entgegen. Ich hob Bernd vom Tisch – quietsch! –, stellte ihn auf den Boden und schüttelte die feilgebotene Hand. Mein Blick verfing sich in Dr. Wolfs Lachfalten. Neben diesen beiden Tierpraxis-Schauspielern sah ich aus wie eine Karre Mist. Ich war auf Waldspaziergang mit Hund eingestellt und trug Turnschuhe, Jeans und Kapuzenpulli. Im Gesicht trug ich nichts, was mich nach vorne brachte. Augenschattenabdeckstift mit Glimmereffekt, Longlash-Mascara mit Volumenbooster und mattierender Tagespuder mit Vierundzwanzig-Stunden-Abdeck-Garantie lagen daheim im Bad. Beim nächsten Anruf bei einem Tier-Notdienst würde ich vorher um die Übersendung von Bildern des Praxisteams bitten. Das war hier war definitiv nicht gut für mein Selbstbewusstsein, aber egal. Es ging um Bernd.

„Kay Bielefeld. Mein Hund hat etwas Quietschendes verschluckt.“

„Na, dann zeigen Sie mal.“

„Würde ich gerne, aber es ist in ihm drin.“

Der Ludger-Wolf lächelte ungerührt und wartete.

Ich griff Bernd, hob ihn hoch – quietsch! – und setzte ihn wieder auf den Behandlungstisch. Bernd ließ seinen Ringelschwanz nach unten hängen, würgte und presste sich an mich.

Dr. Wolf schaute ernst. „Seit wann hat er das?"

„Seit er das Spielzeug verschluckt hat."

„Und wann war das?"

Ich sah auf die Uhr. „Nicht ganz vor einer Stunde."

Er tastete Bernd ab. Der schaute den Tierarzt so angeekelt an, als hätte der ihn angespuckt. Ich war gerührt. Bei der Wahl „Tierarzt oder Hundesitterin" hatte ich den Punkt geholt.

„Der Fall ist dann eindeutig. Er hat einen Fremdkörper im vorderen Oesophagus. Halten Sie ihn bitte einen Moment fest."

„Äh ... ja, klar. Aber warum? Ich meine, was machen Sie jetzt mit ihm und seinem Ösophallus?"

„Wir spritzen ihm Apomorphin."

„Ach! Tun wir das? Und was ist das?" Mir kam ein furchtbarer Gedanke. „Schläfern Sie ihn etwa ein?", schrillte ich. „Bitte nicht! Wir gewöhnen uns doch erst aneinander. Wir hatten nur zwei Tage zusammen."

Der Schauspieler, der tat, als wäre er ein Tierarzt, zog filmreif eine Spritze auf, klopfte mit dem Finger dagegen und drückte auf den Kolben, bis aus der Spritze ein paar Tropfen sabberten. Oh nein! In wenigen Minuten würde Bernd nicht mehr unter uns sein, und das nur, weil ich nicht aufgepasst hatte. Bitte, lieber Gott! Mach, dass das nicht stimmt. Wir brauchen eine zweite Meinung. Wir fahren zu einem ausgewiesenen Experten für quietschende Möpse. Bernd, ich gebe dich nicht auf!

Würgend beobachtete der Mops den Mann, und wenn

ich nicht als Begrenzung dagestanden hätte, wäre er rückwärts bis in den nächsten Ort geschlichen. Ich streichelte ihn hinter den Ohren und kriegte einen Kloß im Hals. Zwei Tage mit Bernd, und ich war rettungslos in ihn verliebt. Im Angesicht des drohenden Verlustes explodierte meine Zuneigung. Wie er mich ansah! Diese Verzweiflung in den großen Kugelaugen.

„Sie kraulen ihm jetzt das Fell, und ich setze unauffällig die Spritze in die Wemme. Das merkt er gar nicht, und dann machen wir weiter."

„Weiter? Weiden wir ihn aus? Was heißt das? Hören Sie, ich habe es mir anders überlegt. Ich will nicht, dass Sie ihn mit Spritze und Wumme töten. Er hat eine Chance verdient!"

Der Tierarzt guckte erst mich und dann die Spritze an. Wollte er mich auch einschläfern? Das war keine Tierarztserie, das war die Kulisse eines Horrorfilms. Draußen stand bestimmt die Assistentin mit Kettensäge und Säurefass. Hilfe! Ich wurde hysterisch und konnte nichts dagegen tun.

„Frau Bielefeld, das ist ein Brech- und leichtes Schmerzmittel. Ich möchte den kleinen Kerl nicht unbedingt operieren und hoffe, dass wir es so rausbekommen. Wenn er sich übergibt, schauen wir im Erbrochenen, ob das Spielzeug dabei ist. Damit es für das Tier nicht zu qualvoll ist, bekommt er jetzt ein Schmerzmittel und danach ein wenig Valium."

Ich atmete erleichtert aus. Wer hätte gedacht, dass mich mal ein Glücksgefühl durchströmen würde, wenn mir ein verteufelt gut aussehender Kerl vorschlug, gemeinsam in Kotze zu wühlen?

„Und ich dachte schon ... Okay, dann mal los!" Ich knetete den armen Hund, als würde ich ihn auswringen wollen.

Bernd schaute mich so verdattert an, dass er den Einstich kaum bemerkte. Kurz danach wurde der kleine Körper von Würgekrämpfen geschüttelt, und Bernd erbrach sich. Neben halb verdautem Trockenfutter kam auch eine kleine, lächelnde Plastik-Karotte mit grüner Schirmmütze zum Vorschein, hübsch eingeschleimt, aber gut erkennbar. Ich wusste schon, warum meine Mutter immer predigte: „Mit Essen spielt man nicht."

Der Wolfs-Doktor griff mit einer Pinzette nach der Karotte und strahlte. „Da haben wir ja den Übeltäter."

Bernd würgte noch ein wenig, sabberte, rülpste, ließ sich auf die Seite fallen und drehte die Augen nach hinten. Was war denn jetzt los?

„Bernd! Bleib bei uns! Du hast es doch geschafft! Du musst nicht sterben."

„Frau Bielefeld ..."

„Ja?"

„Das war für den kleinen Kerl extrem anstrengend. Dank des Valiums wird er den Rest des Tages schlapp sein und viel schlafen."

Wie peinlich. Ich fühlte, wie mein Gesicht heiß wurde.

„Seit zwei Tagen haben Sie das Tier?"

Ich nickte und glühte.

„Ist er denn vernünftig geimpft, entwurmt und auch gechipt?"

Mindestens zwei der Wörter kannte ich nicht und zuckte mit den Schultern.

Der Tierarzt sah auf seine Uhr, lächelte mich an und sagte: „Die Notfallsprechstunde ist gleich vorbei. Was halten Sie davon, wenn ich heute Abend noch mal nach Bernd schaue, und bis dahin gucken Sie im Impfpass nach?"

„Ich soll heute Abend wieder herkommen?"

„Das müssen Sie nicht extra. Ich habe ja Ihre Adresse auf dem Anmeldebogen und kann einen Hausbesuch machen. Bernd hat sich hier nicht so wohlgefühlt. Da sollten wir ihm eine weitere Aufregung ersparen, und ich untersuche ihn besser in seiner vertrauten Umgebung."

War das ein Spaß, und draußen schlug sich Miss Universum vor Lachen auf die Schenkel? Wo war die überhaupt? Bediente sie die versteckte Kamera? Ludger sah mich auffordernd an und hörte nicht auf zu lächeln. Diese kleinen Falten, diese blauen Augen! Himmel, ich musste mir die Nägel feilen, alles enthaaren, Augenbrauen zupfen, eine Wimpernwelle legen lassen ... Das war in der kurzen Zeit alles nicht zu schaffen. Er konnte gerne nächsten Monat zu einem Hausbesuch vorbeikommen.

„Das ist ja freundlich von Ihnen. Wir sind heute Abend zu Hause und haben Zeit. Ich koche uns eine Kleinigkeit, wenn das okay ist."

Hach! Vorher würde ich mir aber noch mein Schauspieldiplom aushändigen lassen. Meine Antwort hatte freundlich, sachlich und souverän geklungen. Aber mein Magen drehte Saltos. Wen störte es da, dass ich nicht kochen konnte? Bernd nicht. Der lag neben seiner Kotze und schlief.

Bernd schnarchte in seinem Körbchen. In meinen Ohren klang das wundervoll. Er starb nicht mit einer grinsenden Karotte im Bauch an Darmverschluss oder was immer mir der Tierarzt noch an Folgen aufgezeigt hatte. Bevor ich gegangen war, hatte er mir noch versichert, dass ich umsichtig und schnell reagiert hatte. Ha!

Ich zog mir einen Sessel an Bernds Körbchen und nahm meinen Beobachtungsposten ein. Schließlich lag er narkotisiert auf der Intensivstation, und ich war sein Überwachungsmonitor. Zumindest in mir fühlte sich das so an. Sonst würde der Herr Daktari ja auch nicht zur Abendvisite vorbeikommen. Ich griff wie selbstverständlich nach dem Telefon, das ich vorher mit meinem Smartphone unter „Klara zu Hause" hatte anrufen müssen. Ich hatte einfach nix gefunden, das ein Telefon hätte sein können. Als dann der elektronische Duftzerstäuber Mozart gedudelt hatte, war ich beeindruckt gewesen. Sicherheitshalber war ich auch rangegangen, um zu sehen, wo ich im Ernstfall eines Anrufes reinsprechen musste.

„Juli August", meldete sich Juli mit samtweicher Stimme. Ich liebte sie dafür, dass sie ihren Kindernamen als Künstlernamen konsequent weiternutzte.

„September Oktober", antwortete ich, genau wie jedes Mal. „Mit dieser Stimme könntest du Erotikfilme synchronisieren."

„Wer sagt, dass ich das nicht tue?", schnurrte Juli.

Von meinem Lachen wurde Bernd wach, bellte einmal, sah sich verwirrt um und beschloss weiterzuschlafen.

„Oha! Entweder ist Joe Cocker zu Besuch oder Bernd hat überlebt."

„Letzteres. Und heute Abend kommt noch die Visite ins Haus. Wir haben im Erbrochenen gewühlt, die lachende Karotte gefunden, und nun wird alles gut."

„Klingt nach einem großartigen Nachmittag. Und was wäre dann heute Abend noch zu tun? Weinende Erbsen im Hundehaufen suchen?"

„Zur Not mache ich auch das. Der Kerl ist nämlich eine Rakete. Sieht aus wie eine Mischung aus Surfer und Bergsteiger. Blöd ist nur, dass ich versprochen habe zu kochen."

„Du? Das wäre so, als hätte ich versprochen, ihm ein Atomkraftwerk zu bauen. Hast du noch Fleischbällchen im Haus? Bisschen Soße drüber, Ciabatta, Olivenöl – und fertig. Das schaffst du! Was ist er für ein Sternzeichen?"

„Keine Ahnung. Ich habe ihn einmal gesehen. Sowas fragt man doch nicht einfach so."

„Natürlich tut man das. Und zwar bevor man nach dem Namen fragt."

„Okay, ich finde es heute für dich heraus."

„Finde es für dich heraus. Und, Kay, ich will morgen alles wissen. Jedes Detail."

„Vom Hundehaufen-Event?"

„Vom Bett-Event!"

Ich schnappte nach Luft. „Juli! Was denkst du denn von mir?"

„In echt? Dass du bitte mit Hilfe des Veterinärs die letzten Johannes-Reste aus deinem semantischen Gedächtnis vögeln solltest." Sie lachte. „So, ich muss los!"

Ich rang noch nach Atem, als sie längst aufgelegt hatte. Ich sollte den Tierarzt ins Bett zerren? Einfach so? Sowas hatte ich wirklich schon lange nicht mehr gemacht. Ich sprang auf. Wo war der Rasierer? Die teure Bodylotion? Nagelschere? Konnte man das Licht im Schlafzimmer dimmen? Bernd schlief unbeeindruckt weiter, während ich mir Badewasser einließ. Ein Vollbad machte die Haut schön weich. So konnte ich jedes störende Haar kappen und musste nicht in der Dusche auf einem Bein herumspringen.

Es klingelte.

Bernd sprang aus seinem Körbchen und fiel um. Die Koordination war noch nicht ganz zurückgekehrt. Vorhin beim Gassigehen hatte er gewankt, als kämen wir von einem Saufgelage.

Ich rannte zum Türdrücker. In der Wanne hatte ich mir Gedanken über die richtige Begrüßung gemacht und sie geübt. Dabei war allerdings kein Mops lang hingeschlagen, daher rief ich wenig originell: „Hallo? Wer ist da?"

„Doktor Wolf", brummte es aus dem Lautsprecher.

„Ganz oben. Gibt einen Fahrstuhl." Ich legte den Hörer auf und wirbelte herum. Bernd torkelte zur Tür. Brechmittel-Valium-Event hin oder her, Besuch musste persönlich begrüßt und massiert werden.

Als ich die Wohnungstür aufmachte, stand Ludger Wolf schon davor und streckte mir eine Flasche Wein entgegen.

Seine Praxis hatte wirklich ausgefeilte Kundenbindungsprogramme.

Ich lächelte und setzte zu einer Begrüßung an, blieb aber mit offenem Mund stehen. Bernd hatte gerochen, wer da gekommen war, sich umgedreht und war zurück ins Körbchen getorkelt. So viel Missachtung kannte ich noch gar nicht von ihm. Das musste an den Medikamenten liegen.

„Äh ... Danke. Kommen Sie doch rein." Ich trat zur Seite und ließ Ludger Wolf eintreten.

Er pfiff leise durch die Zähne, als er in der Wohnung stand und seinen Blick über die wunderschöne Loggia, die edlen Möbel und den verglasten Dachgiebel schweifen ließ. „Was für eine Wohnung! Was machen Sie doch gleich beruflich?"

„Ich bin Personalerin. Aber lassen Sie doch das Sie weg. Ich heiße Kay."

„Gern."

Er drehte sich um die eigene Achse, und als sein Blick wieder auf mir landete, schaute er mich an, als hätte er grad erst Augen bekommen. Eigentlich hätte ich ihm jetzt sagen sollen, dass Mops und Wohnung nicht meine waren. Aber wann hatte mich zuletzt jemand so bewundernd angeschaut?

„Bernd liegt da hinten."

Ich zeigte auf das Körbchen, aus dem der Mopspo samt Ringelschwanz herausragte. Der kleine Kerl lag tatsächlich mit dem Gesicht zur Wand! Was war denn mit dem los? Der war sonst so neugierig wie meine Oma und musste überall dabei sein. Jetzt tat er so, als wäre der Besuch eine Beleidigung für seine Glupschaugen. Ich musste deutlich mehr Hundebücher lesen, um diese Signale zu interpretieren.

Ludger schaute zum Körbchen und nickte. „Dann wollen wir ihn uns mal anschauen."

Was wir so den ganzen Tag wollten, war enorm. Das war wie bei Krankenschwestern. Die wollten auch immer, dass wir aßen, dass wir uns wuschen, und dann klatschten sie uns doch den Lappen allein ins Gesicht. Ich sah zu, wie Ludger mit ein paar geübten Griffen den missmutigen Mops abtastete, sich ein Stethoskop einstöpselte und Bernds Organe abhörte. Dann nickte er zufrieden.

„Scheint alles okay zu sein."

Bernd schaute den Mops-Arzt finster an und drehte sich wieder zur Wand. Ich zog die Augenbrauen hoch. Was war nur los mit ihm? Bisher hatte er jeden Menschen gemocht, den wir getroffen hatten.

„Wenn man von Tieren gemocht werden möchte, dann muss man getrocknete Schweineohren, Kuhmägen oder Schweinefüße verkaufen", erklärte Ludger und ließ Bernd im Körbchen schmollen. „Als Arzt kann man nicht punkten."

Er interessierte sich nach der Untersuchung genauso

für das Tier wie ich mich für oben liegende Nockenwellen beim Motorrad. Dafür nahm er mich wieder in Augenschein und lächelte. Mein Herz polterte los wie ein Fanfarenzug.

„Gibt es hier irgendwo Gläser?"

„Bestimmt", antwortete ich und konnte meinen Blick nicht lösen. Ob sich diese Lippen beim Küssen wohl weich anfühlten?

„Holst du uns welche?"

„Bestimmt." Ich blinzelte und versuchte, wieder zu mir zu kommen. „Setz dich doch schon mal."

Gläser für Wein? Also Weingläser. Hatte Klara so etwas? Ich öffnete die Hängeschränke. Müslischalen, Kaffeebecher, Teeservice. Wo zum Geier waren diese Weingläser?

Ludger beobachtete mich.

Mist!

„Äh ... die Haushaltshilfe hat neulich umgeräumt", flunkerte ich. „Ich habe seitdem keinen Wein mehr getrunken."

Endlich! Im hintersten Schrank standen Unmengen von unterschiedlichen Weingläsern. Wofür brauchte Klara die alle? Und wozu diesen Erlenmeyerkolben? Kochte sie Chrystal Meth?

Ludger war unbemerkt aufgestanden, griff an mir vorbei und schnappte sich zwei bauchige Gläser und den Korkenzieher, der direkt daneben lag.

„Den Dekanter brauchen wir wohl heute nicht. In den Gläsern kann der Wein genug atmen."

Was war das nun wieder? Dekanter? War das die Chrystal-Meth-Kochflasche? Egal, wir brauchten ihn ja nicht.

„Klar", sagte ich leichthin. „Die Öffnung ist schließlich groß genug."

Routiniert zog er den Korken aus der Flasche und roch daran. Er hielt ihn mir hin, und ich widerstand dem Impuls reinzubeißen. Stattdessen nickte ich. Er schenkte uns beiden eine Pfütze ein und wir gingen zurück zum Sofa. Der Wein kriegte bestimmt einen Luftschock, so viel Platz, wie er in den riesigen Gläsern hatte.

„Also dann", sagte Ludger und hob das Glas.

„Also dann", erwiderte ich und prostete ihm zu. Vermutlich war das ein spezieller Trinkspruch für Weintrinker, denen das „Stößchen" zu profan war. „Nicht lang schnacken, Kopp in Nacken" ging ja mit diesen Gläsern auch schlecht. Bevor man sichs versah, trug man die Riesendinger als Glashelm auf dem Schädel.

Ich wusste genau, dass mein Gehirn aus purer Verlegenheit diese Bilder produzierte, konnte aber nichts dagegen tun. Ich kippte den Wein in einem Zug und hielt Ludger das Glas hin. Der schien irgendwas zwischen den Zähnen zu haben, denn er ließ seinen Schluck mit geschlossenen Lippen im Mund kreisen. Das machte ich auch manchmal, wenn kein glattes Messer greifbar war, vor dem man unauffällig die Zähne blecken konnte, um die Reinheit des Gebisses zu checken. Der Doktor schloss genießerisch die Augen und schluckte. Danach schwenkte er die Pfütze, roch dran und trank den Rest. Au Mann, wenn der so weitermachte, verdunstete das Zeug. Mir wurde der ausgestreckte Arm schwer. Morgen würde ich diese Halteübung mal mit einem vollen Glas trainieren.

„Bist du auf den Geschmack gekommen?"

„Nein, ich habe Durst." Zack! Da war wieder eine Bemerkung durch die Blut-Hirn-Schranke geflutscht.

Ludger lachte und schenkte die Gläser voller, genauer gesagt: mein Glas.

„Schön hast du es hier."

Warum sagte er nicht, dass ich schön war? Okay, wenn ich in meiner Praxis Models arbeiten lassen würde, wäre ich für den herkömmlichen Frauendurchschnitt mit unter einem Meter siebzig, mehr als sechzig Kilo und mit Spaghetti-Haaren auch verdorben.

„Ja, tolle Wohnung. Da hast recht", murmelte ich und leerte das Glas. Teufel, der Wein ging aber schnell ins Blut. War da nicht noch irgendwas gewesen? Buletten oder so?

„Mit toller Frau darin", fügte Ludger hinzu.

Die Fleischbällchen entflutschten meinem Gehirn, dafür fiel mir die Aufgabe wieder ein, die Juli mir gestellt hatte: Sternzeichen checken! „Das sagt der astrologische Wolf?", entfuhr es mir. Wolf gab es bestimmt im chinesischen Horoskop. Hoffentlich war er keine Ratte. Wie sollte ich jemandem erklären, dass ich mit einer Ratte Wein trank und wir beide uns über das Interieur einer Penthousewohnung unterhielten?

„Der astrologische Wolf?" Ludger lachte. „Wenn überhaupt, sagt das der Löwe."

„Ludger Löwe? Wie klingt das denn? Wie Conny Container oder wie ..."

„Kay, das ist mein Sternzeichen. Und sind Löwen nicht immer auf der Jagd?" Ludger rutschte ein wenig näher und knipste dieses Augen-Lachfalten-Lächeln an.

Was sollte das denn? Wenn der so alle seine Hausbesuche machte, kam er aber am Abend nicht sehr weit. Ich streckte den Arm mit dem leeren Weinglas aus. Er zog amüsiert eine Augenbraue hoch, griff hinter sich und schenkte mir nach.

„Danke. Guter Stoff."

Was redete ich denn da? Hatte er aus seinem Glas überhaupt getrunken? Gott, mir wurde langsam schwindelig.

„Ich habe gleich gespürt, dass es zwischen uns knistert,

als du mit diesem komischen Hund durch die Tür kamst", sagte er.

Meinte er Bernd mit dieser Bemerkung? Ich drückte mich ein wenig hoch, um einen Blick aufs Körbchen zu erhaschen. Der komische Hund lag noch immer mit dem Gesicht zur Wand und schlief. Das Thema „Abendrunde" war demnach auch erledigt. Ich hatte also Zeit. Sollte ich nun den Mann hier erledigen? Oder endlich die Buletten aus dem Kühlschrank holen? Mir wurde warm vom Rotwein und vom Wolfs-Löwen-Doktor auf der Jagd.

„Berndisnichkomisch."

Mir kamen Buchstaben und Leerstellen abhanden. Ich blinzelte, um meinen Blick wieder scharf zu stellen. Oha. Ich hatte ihn versehentlich wohl auf Lupe gestellt, denn ich sah den Löwen jetzt ganz groß. Er nahm mir das Glas aus der Hand, ich kicherte. Nun küss schon! Ganz zart hob er mein Kinn an und küsste mich auf den Mund. Er schmeckte nach Rotwein. Seine Zunge streichelte meine Lippen. Meine Haut prickelte bis unter die Fußsohlen. Hatte ich in Ahoi-Brause gebadet?

„Wollen wir uns nicht etwas Bequemeres suchen?"

Da ich keine Ahnung hatte, was er meinte, nickte ich einfach. Ludger zog mich hoch und mir dabei das T-Shirt über den Kopf. Wir stolperten ins Schlafzimmer. Himmel, war mir schwindelig! Liegen war vermutlich wirklich eine gute Idee. Oder essen. Aber für Buletten mit Ekelsoße war mir eigentlich schon viel zu schlecht, also ließ ich mich aufs Bett fallen. Die letzten trockenen Teile meines Gehirns, die noch keinen Hochwasserstand vom Wein hatten, ahnten fassungslos, wie sich der Wolf gleich über das Rotkäppchen hermachen würde, und wollten mir irgendwas signalisieren. Dann kam die nächste Weinwelle und flutete auch die Inseln der Restvernunft.

12.

Neben mir schnarchte jemand. War ich in einer Zeitschleife gefangen? Dieses Mal schwappte aber zusätzlich mein Gehirn in einer schmerzenden Flüssigkeit an die Schädeldecke. Es war zu eng in meinem Kopf. Aua! Ich hatte von Löwen, Wölfen und von Rotwein geträumt. Löwen? Mein Gehirn flüsterte mir eine Information zu, aber ich fühlte mich wie eine Touristin, die einem japanischen Reiseführer in Muttersprache lauschte.

Ludger! Der Reiseführer wechselte in meine Sprache, und mir schoss Hitze ins Gesicht. Hatte ich wirklich den Veterinär flachgelegt? Lag der schnarchend neben mir? Ich traute mich nicht, die Augen aufzumachen. Jetzt fing er auch noch an zu keuchen und zu schmatzen. Es klang, als würde er sich die Hände ablecken. Igitt! Ich blinzelte und hob den Kopf. Ein Laserschwert schoss durch meine halb geöffneten Augen. Mann, war das hell! Eine Zunge leckte über meine Nase. Bernd! Ich lag wieder neben dem Mops und hoffte für eine Sekunde, dass ich das mit Ludger nur geträumt hatte. Leider tröpfelten immer mehr Erinnerungsfetzen in mein Bewusstsein, und ich öffnete die Augen ganz. Zerwühltes Bett, ein Mops, eine derangierte Frau, aber kein Tierarzt.

Neben Bernd lag ein Zettel auf dem Kopfkissen. Ich griff danach und ließ mich wieder aufs Kissen sinken.

„Guten Morgen Du Schöne, ich musste früh los und wollte Dich nicht wecken. Bernd war schon mit mir draußen. Er hat alles gut verkraftet, scheint aber kaum Grundkommandos zu können. Geh mit ihm mal zu einer Sachkundeprüfung! Impfpass ist auch okay. Viele Küsse Ludger."

Der Zettel entglitt meinen kraftlosen Fingern und

segelte zu Boden. Den Impfpass hatte ich zwar rausgesucht, aber dann völlig vergessen. Der kleine Japaner in meinem Kopf spielte nun Mozart. Mozart? Ich tastete auf dem Nachttisch, fand das Telefon und nahm wortlos ab.

„Kay? Bist du das?"

„Aua."

„Lass mich hellsehen. Du hast dich mit dem Doktor betrunken, ihn flachgelegt und nun einen Kater."

„Aua."

„Also habe ich recht."

„Aua."

„Kay! Was soll ich sagen? Du bist seit wenigen Tagen Single und holst wohl ein bisschen was nach. Reife Leistung. War es gut? Und sag jetzt nicht ‚Aua'."

„Nicht aua."

„Kay!"

„Ist ja gut. Du hast mit allem recht. Und er ist Wolf."

„Er ist ein Wolf? Will ich diese Details wirklich wissen?"

„Sein Sternzeichen ist ... ach Quatsch ... er ist Löwe."

„Oh, mein Gott! Er ist Löwe? Ist das dein Ernst?"

„Nee, ich mach nur Faxen und habe gestern mit einer Ratte im Wolfskostüm über Einrichtungsstile diskutiert. – Natürlich ist das mein Ernst!"

„Kay, du bist emotional, sensibel, und wir haben doch schon bei Johannes gesehen, dass du dazu neigst, dich unterdrücken zu lassen."

„Genau. Deswegen schrei mich nicht so an. Ich bin sensibel. Außerdem ist Johannes Schütze. Das ist doch was ganz anderes."

„Diese schrecklichen Schützen. Das sind auch Feuerzeichen. Das passt überhaupt nicht zu dir. Du bist Wasser. Feuer und Wasser – du verstehst?"

„Nee, echt nicht."

„Schätzchen, das ist aber nun wirklich Allgemeinwissen. Fische, Skorpion und Krebs dürfen niemals Schütze, Löwe oder Widder für eine Beziehung aussuchen. Das kann nichts werden."

„Was genau ist das Problem?"

„Löwen denken, dass sie der Mittelpunkt der Welt sind. Die wollen unterdrücken, sind laut, auffällig und zudem eifersüchtige Fremdgänger."

„Das klingt nicht so, als würde ein Löwe jemals einen Partner finden. Ist das nicht alles Quatsch?"

„Quatsch? In der Politik sind beispielsweise alles Widder. Die wollen im Gegensatz zum Mittelpunkt-Löwen auch noch die totale Macht."

„Ich glaub nicht an diesen Astro-Kram."

„Wir werden ja sehen", orakelte Juli vielsagend.

„Babe, ich muss unter die Dusche, und dann will ich mich mit Bernd zu einer Prüfung für Hundehalter anmelden, bevor ich nächste Woche wieder arbeiten muss."

„Schluck vorher Ibuprofen. Die können dann ihr Werk beginnen, während du die Restaurationsarbeiten beim Duschen in Angriff nimmst."

Ich stöhnte. „Nicht so lange Sätze. Da komm ich nicht mit."

„Ab mit dir unters Wasser. Mach's gut, Süße."

Nach zwei Ibus ging es mir schon deutlich besser. Aber was sagte das über mich aus, wenn ich für Schmerzmittel Kosenamen verwendete? Kein Alkohol mehr!

Mein Smartphone piepte und zeigte mir eine Nachricht von Ludger.

„Hallo Schöne, wann sehen wir uns wieder? Ich habe Dir einen Link für die Sachkundeprüfung angehängt. Ist vorgeschrieben für neue Hundehalter. Melde mich heute Abend! Kuss L."

Ich klickte auf den Link und las mit wachsendem Entsetzen, dass ich schon in der ersten Woche alles falsch gemacht hatte. Die theoretische Hundeführerscheinprüfung musste man vor der Anschaffung ablegen. Gottogott! Ich lebte illegal mit einem Mops in wilder Halter-Hund-Ehe. Das würde ich sofort ändern, und so meldete ich uns online an. Ich forderte einen Zugang zum theoretischen Online-Kurs an, überwies alle Gebühren und konnte bereits für den nächsten Tag einen Platz für die praktische Prüfung ergattern.

Bernd und ich waren im Stress.

Den Rest des Tages wühlte ich mich durch Klaras Hundeerziehungsbücher, schrieb mir alles Wissenswerte auf Karteikarten, hängte die in der ganzen Wohnung auf und paukte Mopswissen. Zwischendurch übten Bernd und ich draußen. Er beherrschte zwar die Grundkommandos nicht, aber mit ein paar Tricks würde das schon klappen. Er hörte auf „Sitz", wenn ich ein Leckerli so hoch über seinen Kopf hielt, dass er sich setzen musste, um es zu sehen. „Platz" konnte ich irgendwie mit „Robben" kombinieren, und „Bleib" war bestimmt total leicht. Ich würde ihn unauffällig anpflocken oder ablenken. Die Prüfung würden wir mit der linken Pfote ablegen. Ich war stolz auf mich und meinen Tatendrang. Randvoll mit Fachbegriffen aus der Hundeverhaltenslehre schrieb ich Ludger eine SMS.

„Hallo Du Löwen-Wolf, ich habe alles erledigt und kann schon morgen mit Bernd zur praktischen Prüfung. Wir haben den ganzen Tag gepaukt. Kuss Kay"

Die Antwort flog nach wenigen Minuten in mein Smartphone.

„Hallo Mopsfrau, seit gestern weiß ich ja, dass Du eine von der ganz schnellen Sorte bist. :-) Sehen wir uns nun morgen Abend? Ludger."

Beim Lesen der Nachricht wurde mir heiß im Gesicht. Ganz schnelle Sorte? Was dachte der von mir? Dass ich die Hohepriesterin der One-Night-Stands wäre? Da musste ich dringend mal was richtigstellen und dem Veterinär die kausalen Zusammenhänge von Alkohol und Libido erklären.

Es piepte in meiner Hand. Ludger schlug für morgen ein Restaurant vor, und wir verabredeten uns.

Der dürre, aber groß gewachsene Prüfer, der sich als Heribert Turm vorstellte, musterte mich wie ein Lebensmittel, das vor längerer Zeit abgelaufen war. Er leckte sich dabei wie eine Katze über die blutleeren Lippen. Als er die Prüfungsordnung runterleierte, schaute er auf den an einem Pfeiler schnüffelnden Bernd. Sein Blick signalisierte, dass er kleine Marzipanschweine nicht mochte. Ich mochte den Hungerturm nicht. Also waren wir quitt.

„Huhu! Hallo Herr Turm! Ich bin etwas zu spät! Es tut mir so leid!" Eine platinblonde, ultraschlanke Frau rannte uns winkend auf dem Waldweg entgegen. Mit der einen Hand hielt sie die riesige Sonnenbrille im Haar, mit der anderen eine Leine, an der ein spindeldürrer Windhund hing, der wie auf Sprungfedern neben ihr her trabte. Wenn sich gleich noch ein Skelett aus der Medizinischen Hochschule zur Prüfung einfand, würde ich es vorziehen zu gehen.

„Ich hoffe, dass es noch nicht zu spät ist. Duchesse und ich haben uns so auf die Prüfung gefreut." Sie fächelte sich Luft zu, kam vor uns zum Stehen und klimperte mit Extra-Long-Volumen-XXL-Wimpern den Hungerturm an.

Der ließ seinen Blick wohlwollend über Hund und Size-Zero-Frauchen gleiten und nickte anerkennend. „Kein Problem, führen wir die Prüfung mit zwei Teilnehmern durch. Nicht wahr, Frau Bielefeld?"

Ich fühlte mich wie das Trampel auf einer angesagten Party und nickte. Bernd wackelte interessiert mit seinem Kringelschwanz und näherte sich mit geblähten Nasenlöchern dem Hinterteil von Duchesse. Hatte der denn gar keinen Stolz? Die Hündin jaulte auf, als Bernd schnüffelnd hinten andockte. Zitternd zog sie den Schwanz ein.

Die Size-Zero-Menschen blickten mich an, als hätte ich einen Löwen – oh nein, nicht schon wieder einen Löwen, besser einen Tiger – an der Leine, der das Gerippe als Gruß aus der Küche verspeisen wollte.

„Aus!", rief ich.

Bernd fühlte sich nicht angesprochen. Das Wort „Aus" kannte er ja auch nicht. Das hatte ich ja selber gestern erst aus den Erziehungsratgebern gelernt. Mit einem Du-willst-es-doch-auch-Blick fuhr er fort, Duchesse um eine baldige Vermählung zu bitten. Die Ohren hatte er aufgestellt, er trippelte quasi auf Krallenspitzen, und sein Ringelschwanz rotierte vor Begeisterung. Gott, war der süß, wenn er sich ins Zeug legte! Wäre ich eine Hündin, ich würde ihn nehmen. Duchesse allerdings presste ihr adliges Hinterteil in den Waldboden und gab klagende Laute von sich.

„Frau Bielefeld, nehmen Sie bitte Ihren Hund da weg." Heribert Turm funkelte mich zornig an. Ich raschelte mit der Leckerli-Tüte in der Hosentasche. Bernds Kopf ruckte hoch. Sex oder Essen. Männer waren so berechenbar. Er tänzelte zu mir. Ich fasste die Leine kürzer, der Prüfer erklärte Duchesse und dem Kleiderständer das Prozedere, und wir fingen an. Zuerst sollten wir dem Hund an Ohren und Zähnen rumprokeln und dann die Krallen spreizen. Bernd hatte leider noch die lachende Möhre zu gut in Erinnerung und presste die Fluppe zusammen, als gelte es, darin einen Schatz zu bewahren. Also nahm ich mir seine Ohren vor, und als ich diese eine bestimmte Stelle am Ohr berührte, begann er mit der Hinterpfote rhythmisch zu kratzen. Beim Krallenspreizen zog er beleidigt die Pfote weg, während Duchesse ihr Skelettbeinchen elegant hinhielt. Kein Wunder. Die bekam bestimmt die Krallen lackiert und war das gewohnt.

Der Hungerturm kritzelte was auf sein Klemmbrett und schüttelte murmelnd den Kopf. „So, jetzt Grundgehorsam. Frau Bielefeld, Sie zuerst, bitte. Sitz, Platz, Bleib und Hierher."

Hierher? Das kannten wir gar nicht. Okay, dachte ich, nützt nichts. Fangen wir mal an! Ich baute mich vor Bernd auf und raschelte mit der Tüte. „Sitz!", befahl ich.

Bernd schaute mich auffordernd an. Ich nahm ein Leckerli und hielt es über seinen Kopf. Der Mopshintern sank auf die Erde. Erledigt.

„Platz!", rief ich laut. Dann beugte ich mich runter und flüsterte: „Robben!"

Bernd schmiss sich auf die Erde und robbte wie ein Panzergrenadier durch den Dreck. Ich packte ihn hinten am Schwanz und schob vorne ein Stück Futter rein. Er blieb liegen und kaute. Puh, auch geschafft.

„Jetzt bitte Bleib", befahl der Prüfer.

Ich schüttete, hinter meinem Bein versteckt, die halbe Tüte Futter vor den Mops. „Bleib!"

Der blieb und fraß. Na also!

Das Nächste war einfach. „Hierher!", rief ich und schwenkte die knisternde Tüte mit dem Restfutter wie eine weiße Fahne über meinem Kopf. Bernd kam angerannt und setzte sich vor mich. So konnte er die Tüte besser im Auge behalten. Zweimal Sitz. Wir waren so super. Strahlend schaute ich die anderen drei an, die stumm unsere Meisterleistung verfolgt hatten. Vermutlich waren sie in Ehrfurcht erstarrt.

„Was war das denn?“ Der Trainer schüttelte wieder den Kopf und schrieb etwas auf sein mistiges Klemmbrett. Irgendwie sah er überhaupt nicht zufrieden aus.

Hallo? Wir waren doch prima!

„Duchesse befolgt die Kommandos überwiegend auf Englisch“, zwitscherte Blondie. „Wir haben sie zweisprachig erzogen. Ist es okay, wenn ich die angelsächsische Variante verwende?“

„Selbstverständlich.“

Wohlwollend lächelte der Hungerturm Duchesses Frauchen an.

„Düschäss? Sit!“ Duchesse setzte sich.

„Down!“ Duchesse legte sich.

„Wait!“ Duchesse wartete.

„Come on!“ Duchesse trabte federnd zum Frauchen.

„Bravissimo!“, höre ich Heribert Turm ausrufen.

Fasziniert, aber mit unterschiedlichen Erwartungen, verfolgten Bernd und ich das internationale Spektakel. Der Mops hoffte, dass sich das Windhündin-Hinterteil in seine Richtung drehte, und ich betete darum, dass es das nicht tat.

„Duchesse wird jetzt etwas erschöpft sein“, sagte ihr Frauchen und tätschelte den knochigen Hundekopf.

Der Hungerturm sah sie fast ein bisschen verliebt an. „Wir simulieren jetzt vor allem einen Spaziergang. Da kann sie ein wenig entspannen.“

Wir fünf spazierten also durch den Stadtwald und taten so, als würden wir uns entspannen. Das funktionierte auch einigermaßen, bis uns eine ältere Dame entgegenkam.

„Oh, ist der Knuddel süß!“, rief sie aus.

Bernd hörte das, rannte zu ihr, sprang hoch und verpasste ihr seine professionelle Begrüßungs-Schienbeinmassage. Der Prüfer erstarrte, als hätte Bernd ihr mit einem sauberen Biss die Beine abgetrennt. Schnell schnappte ich mir die runtergefallene Leine und zog den Mops zu mir. Murmelnd wurde was aufs Klemmbrett gekritzelt.

Wir gingen weiter. Ich raschelte mit der Tüte in meiner Tasche, was nur Bernd hörte, der mich nicht mehr aus den Augen ließ. Als uns ein Hund entgegenkam, nahm ich die Tomatenmarktube heraus, die ich am Morgen ausgedrückt und mit Hilfe eines Strohhalmes mit Leberwurst vollgestopft hatte. Ich drückte mir einen Wurststrang auf die Hand und watschelte im tiefen Entengang weiter, damit Bernd meine Finger erreichen konnte. Er leckte sie blitzblank und wartete auf mehr. So schafften wir es mit Bravour, zwei entgegenkommende Hunde völlig zu ignorieren. Duchesse hingegen jaulte auf.

„Die beiden Hunde sahen aus wie Wotan und Thor bei uns aus dem Villenviertel“, erklärte ihr Frauchen. „Vor denen hat sie panische Angst.“

Heribert Turm nickte verständnisvoll und schrieb nichts auf sein dämliches Klemmbrett.

Alle Alltagssituationen, die noch kamen, bewältigte der Mops souverän, während Duchesse, die Memme, jaulte und zitterte. Bis uns eine ausgesprochen schöne Labradorhündin begegnete, die ein albernes Höschen trug. Aus meiner Hundebuchlektüre wusste ich, dass das eine Art Keuschheitsgürtel sein sollte, weil Rüden bei läufigen Hündinnen sofort in den Begattungsmodus schalteten und sie besprangen. Wenn die Hündinnen dann ihre sogenannten Stehtage hatten, legten sie sich hin, damit selbst ein Mops eine Chance hatte. (Das hatte ich vom Wortstamm her irgendwie nicht kapiert, aber egal.)

Bernd schoss los wie Usain Bolt beim Weltrekordversuch. Duchesse erschreckte sich so, dass sie jaulte. Langsam ging mir dieses Geräusch auf die Nerven. Während der Hungerturm eine Seite von seinem Klemmbrett abriss, fing ich den Mops wieder ein, was gar nicht so einfach war, weil vor lauter Verliebtheit seine Augen querstanden und er wie bekloppt hechelte.

Anschließend blickten wir alle vier erwartungsvoll auf den Prüfer.

„Duchesse hat bestanden, Bernd nicht", sprach er ausdruckslos sein Urteil.

Was? Die wimmernde Heulboje mit Alltagsphobie war nicht durchgefallen? Aber wir? Wir hatten doch alles souverän gemeistert. Das Frauchen fiel dem Prüfer jubelnd um den Hals. Hoffentlich brach keiner von beiden durch, dachte ich. Der Prüfer wurde sogar rot, hielt aber Blondie eine Weile im Arm, und ich schwöre, er roch an ihren Haaren.

Ich war stinksauer. Bernd zerrte immer noch in Richtung seiner Angebeteten und fiepte vor Ärger.

„Na ja, jedes Säugetier reagiert anders auf läufige Hündinnen."

Der Prüfer ließ das Frauchen los, beide starrten mich an.

Ups! Hatte ich das etwa laut gesagt?

13.

Auch Bernd war nach dem Prüfungsdesaster erschöpft. Kaum waren wir wieder daheim, kroch er ins Körbchen, seufzte und pennte ein. Ich nahm mein Smartphone und tippte eine Nachricht an Juli:

„Wir sind durch die Hundehalterprüfung gefallen. Ich brauche Beistand. Zeit auf einen Kaffee?"

Es piepte. Juli antwortete meist zügig.

„Bin für Fotostrecke im Dorint-Hotel. Magst zur Pause vorbeikommen? Der Kaffee ist gut, das Hotel nahe."

„Yeah! Bis gleich."

Als ich in der Lobby ankam, war es wuselig wie auf dem Bahnhof. Vermutlich hatte ich wieder den Beginn irgendeiner Messe versäumt. Anhand der Gäste in der Stadt konnte man gut erraten, welche Messe gerade stattfand. Alles voller Asiaten mit schwarzem Haar-Helm in Anzügen? Computer. Füllige Endfünfzigerin mit Kräuterdauerwelle und genervtem, halbglatzigem Ehemann? Haushaltsmesse. Rotgesichtige Bauern mit kleinem Wortschatz in breitem Dialekt? EuroTier. In dieser Lobby schienen die Messen gleichzeitig gesungen zu werden. Es waren alle Gattungen vertreten, zusätzlich junge Paare – Hochzeitsmesse? – und Hundebesitzer. Zu dieser Spezies gehörte ich ja jetzt auch.

Ein Anzugträger stritt sich mit seinem Mobiltelefon und zog ein fluffiges, weißes Fellknäuel an einer Flexileine hinter sich her. Kurz vor dem Fahrstuhl blieb das Fellspielzeug stehen und hob sein Bein an einen polierten, schwarzen Blumentopf, der groß wie ein Fass war. Herrchen ging gestikulierend weiter.

Er wird doch nicht ... Doch! Ich konnte es kaum

glauben. Der Kerl ging in den Fahrstuhl, drückte einen Knopf und sprach – blind und taub für seine Umgebung – weiter in sein Telefon. Während das Fellknäuel interessiert an der eigenständig fabrizierten Pfütze schnüffelte, schrie ich auf! Alles geschah wie in Zeitlupe. Hund schaute zu mir. Herrchen schaute zu mir. In dem Moment bewegten sich die Fahrstuhltüren. Jetzt schrie auch das Herrchen, und das Telefon schepperte auf den Fahrstuhlboden. Zu spät! Die Türen glitten zu. Die dünne Flexileine hatte den Kontakt, der verhindern sollte, dass die Türen sich schlossen, solange noch Teile der Gruppe außerhalb der Kabine pinkelten, nicht aktiviert.

Der Fahrstuhl fuhr los. Die Leine straffte sich und katapultierte den Handtaschenhund an die Fahrstuhltüren. Ich stand wie versteinert da und konnte nicht glauben, was ich sah. Langsam wurde der kleine Kerl nach oben gezogen. Er jaulte, als er den Kontakt zum Boden verlor und, am Spalt zwischen den beiden Türen hängend, an Höhe gewann. Oh Gott!

„Weg da!", schrie hinter mir ein Mann. Er stieß ein Hochzeitsmesse-Pärchen zur Seite, gab mir einen Schubs, dessen Schwung mich direkt in zwei EuroTier-Männer stolpern ließ, und hechtete zum Fahrstuhl. Kurz bevor der Hund oben anschlug, griff der breitschultrige Mann, der wie ein Soldat im Einsatz wirkte, nach der Leine, um den Zug auf den Hundehals zu stoppen. Die Leine wurde nur kurz gestoppt und zog eine blutige Linie durch die Hand des Mannes. Der griff in eine der Taschen an seiner Cargohose, angelte nach einem Taschenmesser und klappte es mit den Zähnen auf. Der Hund, der eben noch gezappelt hatte, war mittlerweile erschlafft und kurz davor, im Fahrstuhlschacht und somit aus unserem Blick zu verschwinden. Mit einer schnellen Bewegung zerschnitt der Hunderetter das Seil und fing das vermutlich bewusstlose Bündel auf. Ich fühlte mich, als wäre ich versehentlich in ein Filmset gestolpert. Aber da gingen solche Szenen immer gut aus.

Der Hund rührte sich nicht. Mir wurde die Kehle eng, als ich sah, wie der Mann ihn vorsichtig auf den Fußboden legte. Das weiße Fell war voller Blut. Hatte der Hund eine Platzwunde? Oder hatte das Halsband sich so tief ins Fleisch gegraben? Der Hunderetter entfernte das Halsband, beugte sich über den Hund und fing an, ihn zu beatmen. Tränen liefen heiß über mein Gesicht. Ich stand regungslos davor und beobachtete das Geschehen. Neben mir tuschelte das Hochzeitsmesse-Paar.

„Hat der Kerl den armen Hund mit dem Messer verletzt? Dann rufe ich die Polizei“, wisperte sie.

„Kann schon sein. Der hat den ja da oben losgeschnitten“, stimmte ihr Begleiter mit ein.

„Und was macht der jetzt? Der bringt ihn ja um!“

„Quatsch! Der will ihn nur retten.“

Derweil setzte der Retter völlig unbeeindruckt und ruhig die Beatmung des kleinen Hundes fort, massierte mit den Fingerspitzen sachte dessen Seite und beatmete erneut. Plötzlich krümmte sich der Körper des Hundes zusammen, er würgte und ... atmete!

Überall, wo sein Retter ihn angefasst hatte, waren rote Flecken. Und nun war auch klar, woher das Blut kam: Es stammte von der Schnittwunde, die sich der Mann an der Hand zugezogen hatte, als er nach der Leine griff. Behutsam stellte er den jetzt zappelnden Hund auf die Beine und hielt ihn fest. Mit großen Augen blickte sich der Hund um. Die kleine Menschenmenge klatschte, und ich flennte los.

„Lassen Sie mich sofort durch!“

Das Hochzeitsmesse-Pärchen hatte nicht seinen besten Tag. Es wurde schon wieder zur Seite geschubst. Ein schwitzender Anzugträger, der in der einen Hand ein zerbrochenes Mobiltelefon und in der anderen eine abgeschnittene Leine hielt, bahnte sich einen Weg durch die Menschen. „Nordmann! Alles okay? Nordmann, was tust du nur?“ Keuchend ging er vor dem verstörten Fellknäuel auf die Knie. „Bist du verletzt? Nordmann, du blutest ja!“

Was antwortete ein Hund normalerweise in so einer Situation? „Nee, Dosenöffner, alles tutti. Diese Strango-Nummer mache ich aber nicht noch mal. Mann, brummt mir der Schädel!“

Nun nahm das aufgeregte Herrchen endlich den Hunderetter wahr, der sich angesichts der Wiedersehensszene aufgerichtet hatte, aber das Tier nicht aus den Augen ließ. Er rappelte sich hoch, stieß den Retter mit dem Zeigefinger auf die Brust und baute sich breitbeinig vor ihm auf. „Was haben Sie mit meinem Hund gemacht? Sind Sie wahnsinnig?“

Der vermeintlich Wahnsinnige blieb stehen wie ein Baum und schaute das schnaufende Herrchen vernichtend an. „Wenn Sie das nächste Mal Ihren Hund so ignorieren, dass er dabei fast stirbt, breche ich Ihnen jeden Knochen im Leib.“ Er sagte das mit der Betonung wie: „Wenn Sie uns das nächste Mal beehren, probieren Sie unsere geschmorten Kalbsbäckchen.“

Das Herrchen drehte sich, tiefrot im Gesicht, zu den versammelten Menschen um. „Haben Sie das gehört? Haben Sie das alle gehört? Der hat mich bedroht.“

Hier hatte jemand die falschen Texte ins Drehbuch geschrieben. Fassungslos verfolgte ich die Szene.

„Was für ein Idiot!“, murmelte der Mann des Hochzeitsmesse-Paares und zog kopfschüttelnd seine Begleiterin weg. Als wäre das ein Zeichen, schüttelten die übrigen Schaulustigen im Gleichklang die Köpfe und wandten sich ab. Nur ich stand da wie die Studiodekoration und schüttelte nichts – nicht mal die Augen. Ich glotzte nur.

„Sie da! Sie haben das doch auch gesehen!" Rothaut zeigte auf mich und fuchtelte mit dem Arm. Ich glotzte. Und schüttelte den Kopf. Endlich kam wieder Leben in mein Gehirn.

Der Hunderetter schaute kurz auf seine noch immer blutende Hand und ging in die Hocke. Er kraulte den Überlebenden, befand wohl, dass alles überstanden sei, und verließ ohne weiteren Text die Lobby. Draußen stieg er in einen Kombi mit der Aufschrift „Fährmanns Hundetraining" und fuhr weg.

Ich glotzte weiter und wartete, dass jemand rief: „Und aus! Szene ist im Kasten."

„Kay, hast du eine Erscheinung gehabt?", hörte ich eine vertraute Stimme neben mir.

Nachdem sich Juli meinen chaotischen Tagesverlauf lachend angehört hatte, fand ich ihn auch beinahe komisch und war versöhnt. Schließlich hatte das Fellbündel überlebt. Die Prüfung versuchten wir irgendwann anders noch mal. Alles halb so wild.

Fertig geduscht, gezupft, geschminkt, geföhnt und gehaarsprayt übte ich mit Bernd, bis der Besuch kam, zur Überbrückung noch ein paar Kommandos.

Als Ludger mit einer neuen Flasche Wein durch die Tür trat, waren zwei Dinge klar: Er würde niemals eine Beinmassage verpasst bekommen, und meine getönte

Tagescreme war nicht deckend. Die Wein-Sex-Verbindung wollte er doch nicht etwa sofort wiederholen?

„Hoppla, du kannst ja erröten!“, begrüßte mich Ludger, als mein Gesicht die Farbe des mitgebrachten Rosé annahm, die er zwecks besseren Vergleichs direkt vor mein Gesicht hielt.

„Du könntest mich zur Abwechslung vor dem Akt ja mal mit was anderem abfüllen.“

Ludger lachte schallend und drückte mir einen Kuss auf die Wange. „Mein sicher noch weit in der Ferne liegendes Ziel ist eigentlich, dich mit null Promille zu verführen.“

„Ist immer gut, wenn man auch im hohen Alter noch Träume hat.“

„Lass uns heute essen gehen. Da behalte ich meine Hände bei mir, und wir können reden. Vorher schaue ich mir Bernd noch mal an.“ Er drehte sich zum Körbchen. „Hey, Kumpel, alles fein?“

Bernd starrte die Wand an, hatte aber die Ohren nach hinten auf Empfang gedreht. Neugierig war er ohne Ende, aber lieben würde er den Tierarzt ganz sicher nicht. Ludger hob ihn hoch, tastete ihn routiniert ab und schien zufrieden. Bernd nicht. Er blickte Ludger vernichtend an. Der wiederum zauberte ein Leckerli aus seiner Tasche, worauf Bernd die Fluppe fest zusammenpresste, als wollte Ludger ein Waterboarding ansetzen, um Bernd Informationen über geplante nukleare Anschläge zu entlocken.

Wir gingen in eines der edelsten Restaurants der Stadt, das ich nur aus der Zeitung kannte. Der Blick auf einen See war fantastisch. Ob Bernd gerne abends ausging? Es war unser erstes Mal. Ob ich diese dicke Damast-Tischdecke mitgehen lassen könnte? Es wäre mein erstes Mal. Ich breitete ein Kuscheldeckchen mit Pfötchenmuster so sorgfältig unter dem Tisch aus, als wäre es eine Abdeckplane, die man vor dem Malen mit Silikonfarbe auslegte. Während oben Ludger und mein Hinterteil vor den Menükarten saßen, bereitete ich unten das Abendmahl für Bernd. Aus seiner Leckerli-Kiste hatte ich etwas gefischt, das so aussah, als würde es ihn so lange mit Nagen beschäftigen, dass es zu keinen weiteren Zwischenfällen kam. Bah, wie das stank! Aber Bernd fielen fast die Augen raus vor Glück. Er schnappte nach dem stinkenden Stängel, legte sich sofort hin und haute seine kleinen Stummelzähne in das Was-auch-immer. Ich murmelte „Platz", um sein Verhalten zu bestärken. Die Erziehungsratgeber zeigten Wirkung.

Es wurde Zeit, dass ich mal wieder obenrum nach dem Rechten sah, aber ich war verlegen. Was redete man denn normalerweise nach einem blitzeblauen One-Night-Stand? Egal, ich tauchte auf.

„Willkommen im ersten Stock", begrüßte mich Ludger.

Ich rappelte mich hoch, griff nach der Karte und musterte mein Gegenüber unauffällig. Er hatte die gebräunte Gesichtsfarbe von Menschen, die viel draußen waren, und kräftige Hände.

„Kay, suche dir am besten nur einen Hauptgang aus. Den Nachtisch kriegst du dann zu Hause", forderte er mich auf und studierte ohne aufzublicken die Tagesempfehlungen.

Mit meinem heißen Gesicht duckte ich mich wieder hinter die aufgeschlagene Karte, die sich so groß wie zwei Schranktüren anfühlte. Dabei standen da so wenige Gerichte drauf, dass man alle Menüs bequem auf eine Postkarte hätte schreiben können. Schlimmer war, ich kannte fast nichts davon. Was war Wagyu Beef? Oder eine Quappe auf Wirsingkörbchen? Atlantischer Sägebauch?

„Haben die wohl auch was Vegetarisches?"

„Oh! Du isst kein Fleisch?"

„Eigentlich schon. Aber ich weiß nicht, ob das hier Känguru, Singvogel oder Insekt ist."

„Du würdest Insekten essen? Dann musst du vorher aber mal Cuy-Fleisch probieren. Das habe ich in Peru getestet. Ein Gedicht!"

Gab es in Peru Elefanten? Wale? Konnte dieses Cuy fliegen, und legte es Eier?

„Cuy? Den Geschmack kenne ich nicht. Mit welchem Fleisch ist das vergleichbar? Mit Hühnchen?" Ich versuchte, meine Frage weltmännisch erfahren klingen zu lassen. Hoffentlich war „Hühnchen" nicht zu profan und eine Beleidigung für den weitgereisten Veterinär. Vermutlich wusste jeder Rentner, was Cuy war.

Ludger zog die Augenbrauen zusammen und wiegte den Kopf hin und her. „Nein, wie Hühnchen nicht. Eher wie Alpaka."

Alpaka? Nee, ist klar. Waren das nicht Kamele? Was schmeckte so ähnlich wie Kamel? Und wie schmeckte Kamel denn generell?

Der livrierte Kellner näherte sich und zückte seinen Block. „Haben die Herrschaften gewählt?"

„Ja. Ein stilles Wasser und einen grünen Salat ohne Insekten mit Essig-Öl-Dressing."

Wenn das Personal bei meiner Bestellung in Sekundenschlaf fallen würde, hätte ich dafür vollstes Verständnis. So langweilig aßen nur Frauen, die immer am Rande einer Diät taumelten. Wenn ich das Dressing in einer extra Schale bestellen würde, könnte ich vielleicht auch die berühmte Orgasmus-Szene aus „Harry & Sally" nachspielen.

„Ist das Beef nur nach Wagyu-Art, oder ist es original?"

Der Kellner schaute Ludger an, als hätte er nach einer doppelten Pommes rot-weiß gefragt.

„Selbstverständlich original. Wir haben einen Züchter hier in der Region, mit dem wir zusammenarbeiten."

„Dann nehme ich das."

Nachdem der Ober die Bestellung aufgenommen hatte, rümpfte er leicht die Nase und schnupperte. Eine eigentümliche Wolke quoll unter dem Tisch hervor und drang nach oben, so als wäre ein Abfluss mit toten Ratten verstopft. Außerdem schmatzte jemand. Bernd schien zufrieden zu sein. Der Ober entfernte sich zögernd. Vermutlich hatte er die Befürchtung, dass wir unterm Tisch ein heidnisches Opfer-Ritual vollführten.

„Was ist das für eine Narbe an deinem Ringfinger?", fragte ich Ludger. „Die ist mir schon am ersten Tag aufgefallen."

Ludger schaute auf seinen rechten Ringfinger. „Die ist von meinem Ehering."

„Wurde der am Finger zu Zahngold geschmolzen? Das sieht aus wie eine Brandnarbe."

„Die Narbe ist vom Laser."

Genauso gut hätte er mir sagen können, dass Piranhas den Ring für eine Mischehe mit einer Quappe gebraucht und ihn daher vom Finger genagt hatten.

„Laser? Wie geht das? War der Ring auf den Knochen implantiert?"

„So ähnlich. Der Ring war ein Tattoo. Wenn du viel mit Rindern arbeitest, bist du mit der Hand auch viel hinten drin. Möchtest du da später einen Ring suchen, wenn er vom Finger gerutscht ist?"

Ah! Hätte ich bloß nicht gefragt. Niemals würde ich in Zukunft hinter einer Kuh langgehen können, ohne zu überlegen, ob sie versehentlich einen Ehering in sich aufbewahrte.

„Igitt. Nein, möchte ich nicht."

„Wieso igitt? Rinder sind unglaublich sanfte und tolle Tiere."

„Wie kannst du sie dann später essen?"

„Das ist kein Widerspruch, wenn sie vorher gut behandelt wurden. Die Tiere, von denen mein Filetstück stammt, werden sehr nah am ursprünglichen Lebensraum gehalten. Ich mag die Landschaftsbilder mit grasenden Kühen auf Weiden bis über den Horizont hinaus."

„Ich habe niemals vorher jemanden von Kühen schwärmen hören. Mein Onkel, ein Bauer, sagte immer, dass die Viecher dumm und störrisch sind."

„Alles Vorurteile. Das sind charakterstarke und friedfertige Tiere, die genau wie du und ich mal einen schlechten Tag haben."

Der Kellner servierte unsere Teller und entfernte sich so schnell wieder, dass ich den Verdacht hatte, er würde die Luft anhalten. Liebevoll betrachtete Ludger sein Fleisch und säbelte so vorsichtig ein Stück ab, als hätte er Angst, dem Klumpen wehzutun.

„Aber wieso hast du dann eine Hunde- und Gedöns-Tierarztpraxis, wenn du eigentlich auf Rinder stehst?", nahm ich den Gesprächsfaden wieder auf und stopfte mir halbwegs unfallfrei grünen Salat in den Mund. Nachher würde ich den Kühlschrank leer essen müssen – von diesen Blättern konnte ich nicht satt werden.

„Wegen des Geldes. Im Kleintierbereich wird am meisten umgesetzt. Erst züchten wir die Tiere so, dass sie Probleme mit den Hüften bekommen, dann pflanzen wir ihnen in aufwendigen OPs Goldimplantate ein. Bei einer Kuh arbeitest du mitten im Stall und sehr direkt am Tier. Du musst schnell zu einer sicheren Diagnose kommen und eine Behandlung beginnen. Das ist für mich das wahre Tierarztleben."

Ich fand Ludger immer erstaunlicher. Er sprach von Kühen mit so viel Wärme in der Stimme, dass ich bereit war, meine Einstellung zu diesen Tieren zu überdenken.

Unsere Unterhaltung plätscherte wie ein Sommerregen vor sich hin. Kein gewaltiges Naturereignis, aber warm und freundlich. Ludgers weggebrizzelter Ehering war die einzige Sturmwolke, die mir keine Ruhe ließ. Dieser warf nämlich die Frage auf: Warum waren er und seine Frau getrennt?

„Wie lange warst du verheiratet?"

Ludger kaute auf seinem glücklichen Rindfleisch und schien meine Frage nicht zu hören. Er schnitt das nächste Stück ab, steckte es in den Mund. Nach einer gefühlten Ewigkeit antwortete er: „Ein paar Jahre oder so."

Oder so? Ich würde ja auch keine Karriere als Gedächtniskünstler anstreben, aber ein paar relevante Daten hatte ich in meinem Gehirn bevorratet. Ich wusste, wie lange der Dreißigjährige Krieg gedauert hatte, kannte die Tragezeit bei einer humanen Schwangerschaft, die Länge der Tagesschau, und ich hielt es für machbar, dass man(n) sich die Dauer der eigenen Ehe merken konnte. Verließen wir im Gespräch jetzt den Wohlfühlsektor und näherten uns vermintem Terrain? Ich war Personalerin und merkte in einem Vorstellungsgespräch genau, wenn dem Bewerber sein eigener Lebenslauf unangenehm wurde. Okay, bisher hatte ich nur mit Berufsanfängern Gespräche führen dürfen, aber ich hatte immer gespürt, wann sie auswichen. Das fühlte sich so an wie jetzt bei Ludger.

„Ein paar Jahre? Genauer weißt du das nicht?"

„Nein, es ist einfach nicht wichtig und lange vorbei."

„Wie alt warst du doch gleich? Dreiunddreißig? Vierunddreißig? Wann habt ihr geheiratet? Um ein paar Jahre vollzukriegen, muss das lange her sein – zumal auch schon so viele Jahre seit eurer Trennung vergangen sind –, dass du dich nicht erinnern kannst."

Ludger schaute von seiner Gabel auf und musterte mich. Da war wieder das Bewerber-verschweigt-etwas-Gefühl in meinem Bauch. Er seufzte und ergab sich in sein Sprech-Schicksal. „Ich habe noch im Studium eine Kommilitonin geheiratet. Wir kamen aus demselben Ort, hatten die gleichen Ziele und wollten uns zusammen selbstständig machen."

„Und? Hat das geklappt?"

„Nicht wirklich. Lass uns das Thema wechseln. Ich fühle mich mit dir so wohl und möchte nicht mehr an die alten Geschichten erinnert werden."

Er lächelte mich so bittend an, dass mir ganz warm im Bauch wurde. Was ging es mich auch an? Jeder von uns hatte das Recht auf ein Vorleben. Ich lächelte zurück, und alle Gedanken an die Ex verflogen wie Nebel, der sich auflöste, wenn die Sonne an Kraft gewann. Schöner Mann, schöner Abend, schöner Gestank.

Ich stockte. Wieso hatte mein Gehirn den letzten Beitrag in meine Gedanken eingefügt? Bäh! Ich blähte die Nasenflügel. Mittlerweile stank es um uns herum wie in einer Kloake. Der Mopsspeichel musste eine chemische Waffe sein. Es roch wie früher im Chemieunterricht beim Stinkbombenbasteln. Zum Glück waren wir mittlerweile fertig mit Essen und der Kellner hatte kassiert. Er hatte bei der Bezahlung zwar betont unauffällig durch den Mund geatmet, aber ansonsten keine Miene verzogen. Die Tische in unserer unmittelbaren Nachbarschaft hatte er alle nicht besetzt. Diese teuren Restaurants boten wirklich einen guten Service. In jedem Laden, den ich kannte, wären wir mitsamt dem Hund sofort rausgeflogen.

„Kay, was frisst Bernd da eigentlich?", fragte Ludger,

bevor er den letzten Schluck Wein leerte. Bisher hatte er eisern zu dem Gestank geschwiegen, oder war er so abgehärtet, dass er es gar nicht registriert hatte?

„Keine Ahnung. Klara, seine eigentliche Besitzerin, hatte das, was ich ihm mitgenommen habe, kurz vor ihrer Abreise noch eingekauft. Bernd scheint es zu lieben."

Ludger tauchte unter den Tisch. Gleich darauf knurrte es warnend. Nanu? Der Mops konnte knurren? Ludger kämpfte sich wieder nach oben und verdrehte die Augen. Er hielt etwas Klebriges in der Hand, das er in eine Serviette einwickelte.

„Er hat einen Ochsenziemer gegessen."

„Was ist das?"

„Ein Bullenpenis."

„Ein was?"

„Der Penis eines Bullen."

„Nie! Das Ding war mindestens einen Meter lang!"

Ludger grinste.

In meinem Kopf poppten schon wieder Bilder auf, die ich nicht bestellt hatte. „Ich habe den Penis einer Kuh an einen Mops verfüttert?", fragte ich sicherheitshalber nach.

War das erlaubt? Hatte Klara einen illegalen Händler für Penisse? Sowas bekam man doch nicht auf dem freien Markt. Oder?

„Eines Bullen. Eine Kuh hat keinen Penis."

„Meinetwegen auch das. Ist das strafbar?"

„Warum sollte es? Früher wurden damit auch Züchtigungen durchgeführt. Ein Ochsenziemer war ein beliebter Schlagstock."

„Oh Gott! Ich sehe schon die Schlagzeile: ‚Mann von Bullenpenis erschlagen'. So will doch auch niemand enden."

„Deswegen sind Ochsenziemer wohl auch aus der

Mode gekommen. Aber das ist ein gutes Stichwort. Hast du schon Lust auf Nachtisch?“

„Ich bin noch nicht betrunken genug.“

Ludger gefror das Lachen im Gesicht. Ich hatte mal wieder nicht nachgedacht. Dabei war der Doc schön, intelligent, und wäre ich eine Kuh, wäre mir seine lebenslange Zuneigung gewiss.

„War nur ein Spaß!“, schob ich hastig hinterher. „Lass uns deinen Wein zu Hause probieren, aber eine Frage habe ich noch.“

Jetzt schaute er, als hätte er Angst, dass ich ihm einen Antrag machen würde.

„Was zum Geier sind Cuys?“

„Meerschweinchen.“

Wieder wachte ich mühsam und mit leichtem Kopfweh auf, wieder glotzte mich ein Mops an, und wieder lag ein Zettel auf dem Kopfkissen. Täglich grüßte das Meerschweinchen. Meerschweinchen? Der Filmtitel, der mit gerade vorschwebte, handelte doch von einem Murmeltier, das täglich grüßte? Wie kam ich auf Meerschweinchen? Ach du Schreck! Meerschweinchen am Stück, als Gulasch, im Teigmantel, als Salat-Topping, überbacken oder in Honig-Senf-Soße mariniert. Ich hatte von den bedauernswerten Geschöpfen geträumt, die anderswo auf der Welt – Peru? – als Nutztier gehalten und unter anderem zu einem traditionellen Hochzeitsmahl verspeist wurden. Das war ein Grund, ledig zu bleiben.

Was aßen die wohl bei einer Scheidung? Hamster, Seepferdchen, Clownfische? Aber wie kam ich jetzt auf

Hochzeitsfeiern? Ach ja, Ludger hatte mich gefragt, ob ich bei der Hochzeit eines alten Freundes seine Tischdame sein könne. Nach der ersten Hälfte der Weinflasche hatte ich zugesagt, wenn er schwor, dass es keine Meerschweinchen geben würde.

Ich griff nach dem Zettel.

„Guten Morgen meine Schöne, danke – schon wieder – für die zauberhafte Nacht. Genieße deinen letzten Urlaubstag. Ich hole dich und Bernd morgen gegen 11 Uhr zur kirchlichen Trauung ab. Mach dich fein! Kuss Ludger."

Kirchliche Trauung? Das hatte er nicht erwähnt. Ich vermied Kirchenbesuche jeder Art. Das war meine späte Rache an dem überstrengen Pastor meiner Kindheit. Nachdem er mir die Sache mit Gott-erschuf-die-Welt anhand meines aufgeschlagenen Bio-Buches – in dem stand es nämlich anders als in der Bibel – nicht hatte erklären wollen und mich stattdessen anschrie, war unser Verhältnis zerrüttet. Natürlich kam ich nicht in die Hölle, nur weil ich mich weigerte zu glauben. Meine Freundin hatte mir auch immer weismachen wollen, dass die Schlümpfe bei uns im Wald lebten, doch das stimmte nicht! Ohne Beweis glaubte ich nichts mehr. Das hatte ich damals auch dem Pastor klargemacht. Erst als er mich beinahe vom Konfirmandenunterricht suspendiert hatte, behauptete ich brav, der liebe Gott habe alles erschaffen. Und nun also eine kirchliche Trauung.

Kirche? Schick anziehen? Da kamen noch weitere Probleme auf mich zu. Ich wählte Julis Nummer. Sie wusste Rat. Immer.

„Juli August?"

„September Oktober."

„Kay, mein Herzblatt. Wie geht es dir? Hast du den

Tierarzt wieder flachgelegt, oder warst du nach der Fahrstuhlnummer zu sehr traumatisiert?"

„Ähm ... also ... das mit dem Hund ist ja gut ausgegangen, von daher verfolgt mich kein Trauma. Und was den Tierarzt betrifft: Wir waren vorher Abendessen in einem total schicken Restaurant." Ich erklärte Juli die Zusammenhänge zwischen Ochsenziemern, Meerschweinchen und Hochzeiten. Und das mit dem Wein, wegen dem es schon wieder passiert war.

„Ich würde mal sagen, dass ihr jetzt auf jeden Fall untenrum befreundet sein."

„Juli!"

„Was'n?"

„Du sollst mich nicht ärgern. Ich rufe an, weil ich deine Hilfe brauche. Welcher Dresscode verbirgt sich bei Hochzeiten hinter ‚Zieh dir was Feines an'?"

„Kirchliche Trauung?"

„Ja."

„Elegantes Outfit, kein tiefer Ausschnitt, kein weißes oder cremefarbenes Kleid. Wann stürzt sich das Paar ins Unglück?"

„Morgen!"

„Das wird eng. Darfst du Klaras Sachen anziehen? Du besitzt vermutlich selber nichts Passendes."

„Ja. Sie sagte, ich solle alles benutzen, was ich brauche."

„Dann ist es kein Problem. Ihr habt ungefähr die gleiche Größe. Nimm ein schlichtes Kleid, eine Clutch, wenig Schmuck und unbedingt elegante Pumps."

„Eine Klatsch?"

„Kay! Das ist eine Handtasche. Das solltest du eigentlich wissen. Ist ungefähr so groß wie ein Frühstücksbrett, und außer einem Tampon, Puder und einem Geldschein geht nix rein. Sieht aber elegant aus. Klara hat mindestens eine in Schwarz und eine in Silber im Kleiderschrank. Das weiß ich."

„Ich hab's verstanden und werde mich ordentlich anziehen."

Ich verabschiedete mich von Juli und sank in die Kissen zurück. Noch vor wenigen Tagen hatte ich in einem Fertighaus im Garten meiner zukünftigen Schwiegereltern gewohnt, und jetzt lag ich mit einem schnorchelnden Mops in einem fremden Bett. Mein altes Leben war wie ausgelöscht. Es fühlte sich an, als hätte mir jemand davon erzählt, aber nicht, als hätte ich das alles selber erlebt. Wann hatte sich Johannes bloß von dem lustigen Kerl in dieses vegane Sportmonster verwandelt? Und wieso hatte ich nichts dagegen getan?

Ein Ziehen im Magen signalisierte mir, dass ich den ursprünglichen Johannes vermisste. Johannes, den Läufer, dagegen konnte ich nicht ausstehen. Der war egozentrisch und von Kalorien und Leistungssteigerung besessen. Vielleicht sollte ich mit ihm reden, um zu schauen, ob unter dieser Fassade noch irgendetwas so war wie früher. Aber als er die Chance dazu gehabt hatte, hatte er seine Mutter zu mir geschickt. Vielleicht war ich für ihn auch nicht die Richtige gewesen, und er war jetzt ganz froh, dass es so zu Ende gegangen war. Seine Sportobsession konnte, ebenso wie mein Auszug, genauso gut ein Fluchtweg sein – weg von den Erwartungen seiner Mutter.

Ein wenig fühlte sich dieses neue Leben daher an wie ein Ausbruch aus vorgezeichneten Bahnen. Wenn ich die Augen schloss und mich in Gedanken an seine Seite zurückbeamte, wurde das Bild nicht scharf. Wie bei einer schlechten Satelliten-Leitung brach es immer wieder zusammen. Ich sah mich nur verzerrt. Dann wurde das Signal schwächer, und ich erkannte bald nichts mehr.

Seufzend kletterte ich aus dem Bett und trug den Mops zu seinem Körbchen. Nur nichts überstürzen. Schließlich hatte mir Klara für ein Jahr Teile ihres Lebens geborgt, und davon waren erst wenige Tage vergangen.

Nachdem ich fast kalt geduscht hatte – ein Vorsatz, den ich zumindest irgendwann einmal konsequent durchziehen würde –, zog ich meine neue Kuschelhose mit Mops-Druck an, einen Hoodie drüber und wickelte mir den Schlauchschal um den Hals. So machten Bernd und ich uns auf den Weg in den Stadtwald. Heute stand „Wir fallen keine Radfahrer an" auf Bernds Übungsplan. Mit der bunten Hundehose und dem passenden Loop sah ich zwar aus wie eine Mops-Merchandising-Süchtige, aber egal.

Auf dem Waldweg angekommen, fühlte ich mich wie bei einem Ritterturnier. Der erste Gegner näherte sich in geduckter Haltung auf einem Mountainbike. Ritter Bernd tänzelte und war ebenfalls zum Angriff bereit. Kurz bevor uns der Gegner erreicht hatte, zog ich in einer eleganten Bewegung meine Waffe: die ausgewaschene Tube Tomatenmark, die wieder bis oben hin mit Leberwurst vollgestopft war. Bernd sprang kläffend nach vorne, und ich hielt ihm die Tube unter die Nase. Völlig verblüfft wandte er sich mir zu und leckte mit großen Augen an dem Leberwurst-Wurm, den ich aus der Tube herausdrückte. Da ich meine Hand immer höher über seinen Kopf hielt, ließ er sich auf den Mopshintern plumpsen und reckte den Kopf hoch. Na also, „Sitz!" klappte auch gleich.

„Sit! Good dog!", rief ich mit hoher Fistelstimme. Auch ich konnte meinen Hund zweisprachig erziehen. „Goooood dooоog!"

Bernd wusste gar nicht, wie ihm geschah. Mein Gefiepe,

dazu Leberwurst und der gewonnene Kampf mit dem schwarzen Ritter – schließlich war der ja abgehauen.

Wir gingen weiter. Ein neuer, ahnungsloser Radfahrer bog in unsere Kampfarena ein. Dieses Mal war es eine ältere Dame auf einem Hollandrad. Egal, dachte ich, Ritter ist Ritter. Angriff ist Angriff! Bernd kläffte, wirbelte zu mir herum, setzte sich und leckte an der Tube. Hundeerziehung war doch total simpel. Man musste nur die richtigen Anreize geben. Wir übten, bis die Leberwurst restlos aufgebraucht war. Bernd rülpste und schmatzte zufrieden. Es war Zeit, nach so einem erfolgreichen Tag heimzugehen.

Als wir den Wald verlassen hatten und auf dem Gehweg zur Wohnung trotteten, überholte uns ein Radfahrer. Ich erschrak. Bernd erschrak ebenfalls und ging direkt zum Angriff über. Die Tomatenmark-Leberwurst-Tube war leer. Bernd schien das zu wissen, denn er setzte sich nicht nach der ersten Scheinattacke auf seinen Hintern. Ein kurzer Blick zu mir, die Erkenntnis, dass ich hilf- und leberwurstlos war, und schon schoss er als cremefarbener Torpedo hinter dem fahrradfahrenden Rucksackträger in Outdoorklamotten her. Mir glitt die Leine aus den Fingern. Ah! Mist! Hinterher!

„Bernd! Aus! Out! Sit!“ Ich versuchte es in allen Sprachen.

Mit fliegenden Ohren galoppierte Bernd dem Fahrrad nach. Rad und Mops erreichten eine Ampel. Der Radfahrer hielt an, weil das Fußgängerzeichen auf Rot umgesprungen war. Das war bestimmt ein Lehrer. Der würde auch noch auf die Verkehrsordnung achten, wenn er von einem Rudel Wölfe verfolgt wurde. Bernd steigerte sich in eine Raserei und verbellte den Rotzeichen-Beachter. Der konnte nicht so gut bellen und trat stattdessen schimpfend nach dem Hund. Dabei verrutschte sein Helm und verlieh ihm das Aussehen eines Betrunkenen.

Endlich erreichte ich die beiden und schnappte mir die Leine. „Entschuldigung! Das hat er noch nie gemacht. Der will nur spielen. Der tut nix“, stammelte ich alle Hundebesitzer-Phrasen, die mich früher hätten Amok laufen lassen.

„Der tut nix? Schauen Sie sich das Vieh doch mal an!“

Das tat ich. An der kurz gehaltenen Leine gebärdete sich Bernd wie der tollwütige Hofhund eines zwielichtigen Gebrauchtwarenhändlers.

„Der freut sich bloß so sehr“, erwiderte ich.

Der Radfahrer starrte auf die an der Leine zerrende Bestie, um kurz darauf mich zu fixieren. „Sie ticken doch nicht richtig.“

„Ich? Was habe ich denn jetzt gemacht?“

„Sie haben dieses tollwütige kleine Schwein nicht im Griff! Sie sind eine Gefahr für die Allgemeinheit.“

„Nun ist aber genug. Sie sind eine Gefahr mit Ihrem aggressiven Verhalten. Sie Lehrer!“

„Woher wissen Sie, dass ich ...“

Ich grinste so breit, dass er mitten im Satz stockte.

„Ich werde Sie anzeigen, und dann haben Sie dafür Sorge zu tragen, dass dieses Tier in Zukunft einen Maulkorb tragen muss, wenn er sich auf der Straße blicken lässt.“

„Na, viel Spaß dabei. Wie soll der denn einen Maulkorb tragen?“ Mit hochgezogenen Augenbrauen zeigte ich auf Bernds plattes Gesicht. Der hatte sein Interesse an dem jetzt stehenden Radfahrer verloren und verfolgte das Gespräch mit schief gelegtem Kopf. Gott, war er hübsch, wenn er so lauschte. Die Vorstellung, wie ein Mops mit Maulkorb aussah, erheiterte mich. „Das wäre dann ja wohl eher ein Helm – bei der Kopfform!“, ließ ich den wütenden Radfahrer wissen. „Aber damit würde er genauso bescheuert aussehen wie Sie!“

Bernd und ich drehten uns um und verließen den Kampfplatz. In diesem Moment schaltete die Ampel auf Grün. Da konnte der Lehrer sowieso nicht mehr diskutieren. Das war sein Signal zum Aufbruch.

Aber hatte er am Ende recht? Wir waren durch die Sachkundeprüfung gefallen, Bernd hatte einen Radfahrer genötigt, und in der Erziehung kam ich auch nicht so richtig voran. Ludger wollte ich lieber nicht fragen. Der lachte immer noch über mein Unwissen zur Nachnutzung eines Bullenpenis. Wie hieß bloß der Hunderetter vom Fahrstuhl? Der hatte doch eine Hundeschule, und attraktiv war er auch. Irgendwie.

16.

Ich sah aus wie eine Flasche Lenor. Hellblau war definitiv nicht meine Traumfarbe. Aber leider die Farbe des einzigen passenden Kleides. Klara musste heimlich eine Diät gemacht haben, oder die anderen Ensembles waren uralt. So, wie ich jetzt aussah, würde ich nachher Weichspüler-Pröbchen an die anderen Gäste verteilen können. Die silbernen Pumps machten die Optik nicht besser. Aber ich selber besaß nur ein Paar schwarze hochhackige Schuhe, und laut den Internetforen, die ich auf der Suche nach Fettnäpfchen durchforstet hatte, ging das auf keinen Fall. Zum Glück hatte Klara die passende Frühstücksbrett-Tasche in Silber bevorratet.

Am meisten gefiel mir Bernds Hochzeitsequipment. Im Schrank hatte ich ein weißes Halsband samt Leine gefunden, das rundherum mit Strasssteinchen beklebt war. Halsbänder waren bei einem Mops eigentlich nicht so sinnvoll. Wenn dessen Kopf eine Idee kleiner war als der Hals, dann stand man schnell mal mit einer Leine und leerem Halsband da, während ein nackter Mops das Weite suchte. Aber Bernd war groggy vom Ritterspiel, und wir wollten ja auch nicht an der Autobahn spazieren gehen. Mit dem Halsband funkelte er in der Sonne geradezu überirdisch. Wenn ich dazu meine silbernen Accessoires betrachtete, sahen wir zwar aus wie die Besetzung vom Raumschiff Enterprise, aber immerhin hatten wir uns fein gemacht. So standen Mops und Frau nun vor der Haustür zur Abholung bereit.

„Hallo ihr Schönen!", rief Ludger, als er mit seinem dunkelgrünen Landrover vorfuhr. Der Wagen glänzte wie frisch vom Werk und tropfte noch von der Waschanlage. Wir kletterten vorne rein, und ich quetschte Bernd in den Fußraum. Der hob interessiert die Nase und schnupperte. Drinnen sah das Auto so aus – und es roch auch so –, als hätte Ludger kurz vorm Losfahren noch schnell eine Kuhherde rausgescheucht: Stroh mit Kuhdung im Fußraum, ein paar Halfter – hieß das bei Kühen auch so? –, ein Ballen Stroh im Kofferraum und diverse mir unbekannte Gerätschaften teilten sich die Rückbank. Eine merkwürdig verbogene Zange und eine Art Schleifmaschine mit einer poppig roten Scheibe, die wie eine CD aussah. Die Aufschrift behauptete, dass das Gerät ein „Muh-Cutter" sei. Daneben ein fußballgroßer Tiegel mit Eutercreme. – Eutercreme? Während Ludger im Kofferraum kramte, beugte ich mich zu dem Eimer rüber. „Euter Creme mit Golden Formel. Zuerst KALT, dann HEISS!", lautete der Werbeslogan auf dem Topf.

„Kann ich dir helfen?", lachte Ludger und stieg auf der Fahrerseite ein.

„Für was ist diese Mischung aus Nussknacker und Rohrzange?"

„Nussknacker trifft es ganz gut ..."

Ich griff nach der Edelstahlzange und drehte sie in der Hand. Nussknacker? Weihnachten war schon Monate her. Wieso sollte er so ein Teil in dieser Jahreszeit spazieren fahren? Ich grübelte. Ludger ließ mich nicht aus den Augen und schien sich das Lachen nur mühsam zu verbeißen. Das wird doch nicht etwa ...? Ich riss die Augen auf.

Er prustete los. „Ich sehe, du erahnst den Zweck des Gerätes", japste Ludger und wischte sich die Lachtränen aus dem Augenwinkel.

Ich schmiss die Zange zurück zur Eutercreme. Wieder schoss mir Hitze ins Gesicht. Ich brauchte Wein. Dringend!

„Ähm ... ist das für Bullen untenrum, wenn sie keine Bullen mehr sein sollen?"

„Eine Kastrationszange", sagte Ludger in dem gleichen Ton, wie ein KFZ-Schlosser „Ein Vergaser" sagen würde.

Ich schwor, nichts mehr zu fragen. Diese Bilder im Kopf kriegte ich nicht in die Tube zurückgedrückt.

Wir parkten fast direkt vor der Kirche, stiegen aus dem Auto und mischten uns unter die anderen Gäste. Ich wurde vorgestellt, musste Hände schütteln, vergaß jeden Namen, noch während er genannt wurde, und lächelte. Bernd sollte während der kirchlichen Trauung im Auto warten. Er war auf den Beifahrersitz geklettert, hatte die Pfoten auf die Mittelkonsole gestellt und beobachtete uns empört. Definitiv fand er die Idee nicht gut. Ich ignorierte ihn, so gut ich konnte, lugte aber immer wieder rüber, ob mit dem kleinen Mann auch alles okay war.

Wir näherten uns dem Brautpaar.

Der Bräutigam war kalkweiß im Gesicht, und an der

Braut tupften zwei lachsfarben gekleidete Meerjungfrauen ... äh ... Brautjungfern herum. Entweder hatte sie Heuschnupfen, trug den Heroin-Look um die Augen oder war komplett verheult. War das hier eine arrangierte Hochzeit, bei der die Frau gegen ihren Willen vermittelt wurde? War die Geliebte des zukünftigen Gatten aufgetaucht? Die Meerjungfrauen puderten die Braut und zogen ihren Lidstrich nach.

Wir warteten.

„Ludger, da bist du ja", lächelte uns die Braut entgegen, als die Make-up-Jungfrauen wegschwammen. Die Brautaugen liefen schon wieder über vor Tränen.

„Diana, immer noch so nah am Wasser gebaut? Ohne Photoshop könnt ihr später kein Bild verwenden, wenn du so weitermachst. Darf ich dir die reizende Kay vorstellen?" Ludger schob mich nach vorne.

Die Pumps sanken im Gras ein. Ich taumelte. Ludger fasste mich am Arm, damit ich mich nicht auf den Lenorboden setzte. Diana-Braut schaute, als wäre ich blitzeblau. Immerhin versiegten ihre Tränen umgehend. Sicherlich sah sie mich in Gedanken bereits als strippende, randalierende Furie auf ihrer Torte tanzen.

„Hallo, ich bin Kay. Vielen Dank, dass ich heute dabei sein darf."

Das klang leider, als würde ich „Lieber guter Weihnachtsmann, schau mich nicht so böse an" aufsagen. Diana ließ einen kurzen Blick über mein Weichspüler-Kleid gleiten und lächelte verkrampft.

„Aprilfrisch", flüsterte ich ihr zu und versuchte meine Absätze aus dem erdigen Boden zu befreien. Ludger zog mich am Arm, ich stolperte und stand barfuß da. Die silbernen Pumps steckten im Gras, als wäre ich aus ihnen rausgeschossen worden. Da das Kleid knapp unterhalb des Knies endete und zumindest meine kräftigen Oberschenkel gut kaschierte, lag der Blick auf meine Füße frei. Wie auf Kommando starrten alle nach unten. Die Meerjungfrauen kicherten. Was hatten die denn? Ich blickte ebenfalls nach unten und erstarrte vor Peinlichkeit. Die Pumps waren an der Hacke etwas zu groß gewesen und hatten gescheuert. In Klaras Badezimmerschrank hatte ich kein Blasenpflaster gefunden, stattdessen aber eine Packung extra saugfähiger Slipeinlagen. Strahlend weiß klebte also jeweils eine ergonomisch geformte dünne Binde an meinen beiden rückwärtigen Fußteilen. Schnell bückte ich mich, zerrte die Pumps aus der Erde und schlüpfte wieder rein. Ich überlegte auch ohne das Kommando „Robben", mich in Kniehöhe bis zu den Kirchenbänken durchzuschlagen. Was sollten die hier von mir denken? Ich torkelte und hatte Binden an den Füßen kleben.

„Hallo Oliver, darf ich auch dir Kay vorstellen?" Ludger ignorierte das Bindendesaster, zog mich hoch und lächelte den Bräutigam an.

„Hallo Oliver", stammelte ich und musterte den schlaksigen Mann. Der hatte immer noch die ungesunde weiße Gesichtsfarbe, zu der sich jetzt zusätzlich knallrote Wangen gesellten. Augenscheinlich hatte er das Geschehen verfolgt. Sein Kreislauf schien im Keller zu sein, aber sein Schamgefühl kontrastierte interessant mit der Blässe im Gesicht. Oliver murmelte etwas Unverständliches und ging in Richtung Kirche. Wir alle folgten, nahmen unsere Plätze ein.

Die Zeremonie begann mit dem Einzug des Brautpaares und Orgelmusik. Ich kriegte eine Gänsehaut, als ich das Paar zum Altar schreiten sah. Die Ehrfurcht vor Gott, untermalt mit dieser dramatischen Musik, ließ mich direkt wieder vierzehn Jahre alt sein. Diana schluchzte unaufhörlich, und Olivers Gesicht hatte die Farbe seines Hemdes erreicht.

Der Pastor ignorierte den desolaten Zustand der künftigen Eheleute, sprach seine Gebete, stimmte Lieder an und machte alles, was Pastoren bei einer Trauung zu erledigen hatten. Nahm ich zumindest an – ich kannte mich da nicht so aus.

Nun räusperte er sich, setzte eine gewichtige Miene auf und wandte sich dem Paar zu. „So frage ich euch vor Gott und dieser, seiner Gemeinde: Oliver Sauerland, willst du diese Sandra, geborene Müller, als deine dir von Gott anvertraute Ehefrau lieben und ehren und die Ehe mit ihr nach Gottes Gebot und im Glauben an seine Verheißung führen, bis der Tod euch scheidet? So antworte: Ja."

In der Kirche war es mucksmäuschenstill. Niemand räusperte sich. Keiner hustete. Dianas Schluchzen war verstummt, als hätte ihr jemand die Batterien rausgenommen. Und Oliver schüttelte den Kopf. Hach! Ich wusste doch, dass da was nicht stimmte. Gleich würde von irgendwo her eine Geliebte nach vorne rennen und dem vermeintlichen Bräutigam in die Arme fallen.

Der Inhaber kirchlicher Würden schaute Oliver auffordernd an. Der schüttelte wieder den Kopf.

„Wie? Jetzt doch nicht?", fragte ein sichtlich irritierter Pastor.

Oliver beugte sich flüsternd nach vorne.

„Ach so", sagte der Geistliche und haute sich mit der flachen Hand vor die Stirn. „Ich Rind!"

Rind? Da horchte Ludger auf.

Der Pfarrer brach in dröhnendes Gelächter aus und fing noch mal an. „So frage ich euch nochmals vor Gott und dieser, seiner Gemeinde: Oliver, willst du diese Diana, geborene Müller, als deine dir von Gott anvertraute

Ehefrau lieben und ehren und die Ehe mit ihr nach Gottes Gebot und im Glauben an seine Verheißung führen, bis der Tod euch scheidet? So antworte: Ja."

„Ja!", brüllte Oliver so laut, dass der Pastor ein Stück zurückhüpfte.

„Wer ist denn Sandra?", flüsterte ich Ludger zu.

Allgemeines Gemurmel und Gekicher erhob sich.

„Keine Ahnung. Eine Sandra hat er meines Wissens nie gehabt."

Die Zeremonie ging ohne weitere Freudsche Versprecher dem Ende entgegen. Das Brautpaar durchschritt den Mittelgang Richtung Ausgang. Draußen würden als Überraschung für die jung Vermählten ein großes Aufgebot an Feuerwehrautos und jede Menge Feuerwehrmänner warten, die in Uniform Spalier standen. Ludger hatte am Anfang der Trauung gemerkt, dass ich auf keinen Fall die Lieder mitsingen würde. Er klärte mich daher flüsternd über den weiteren Ablauf auf und dass er sich so sehr auf Olivers Gesicht freue, wenn der durch das Spalier schreite.

„Hoffentlich", überlegte ich, „freut sein Hintern sich auch über die Feuerwehrleute?"

„Was?"

„Na ja, wenn sein Gesicht sich freut, kriegen wir es nicht mit. Wir gehen dahinter!"

Ludger verdrehte die Augen. Er wirkte etwas angespannt nach der interessanten Traurede.

Wir standen auf und sahen dem Brautpaar nach. Klatsch! Ein Schrei! Ich drängelte an Ludger vorbei, um besser sehen zu können. Ich sollte wirklich öfter in die Kirche gehen. Das war besser als Kino. Diana, die nicht Sandra heißen wollte, hatte die weiß behandschuhten Hände vor den Mund geschlagen und schrie. Aber warum? Ich beugte mich nach vorne. Neben ihr lag Oliver und rührte sich nicht. Über seiner Augenbraue sickerte Blut aus einer Platzwunde. Ludger schob mich zur Seite, eilte zu seinem Freund und riss Oliver die Krawatte vom Hals. Vorsichtig zog er Olivers Augenlider hoch, während ein anderer Hochzeitsgast dessen Beine in die Höhe hob. In den Augen sah man nur das Weiße. Der frisch Vermählte war vor Schreck ohnmächtig geworden.

„Diana, wann hat Oliver zuletzt was gegessen?", fragte Ludger die schniefende Braut.

„Heute früh noch nichts. Er war so aufgeregt", brachte sie unter Schluchzen heraus.

„Hat er immer noch so einen wackligen Kreislauf?"

Diana nickte betreten.

Ludgers Kiefer mahlten. Vermutlich fand er, dass sich sogar seine heiß geliebten Kühe schlauer verhielten als sein alter Kumpel.

Alle drängelten sich um das Paar und den Pastor, der sich mit einem gebügelten Taschentuch über die lichte Stirn wischte.

Der Hund! Ich erschrak. Hoffentlich wurde es Bernd im Auto nicht zu warm. Es war zwar ein eher kühler Frühlingstag, aber wenn die Sonne zu lange ins Auto schien, heizte sich das schnell auf. Obwohl wir unter einem Baum geparkt hatten, wurde die vorsichtige Mopsmutter in mir unruhig. Ich ging zurück in die Sitzbankreihe und stahl mich auf der anderen Seite raus.

Als ich die Tür aufdrückte, stand ich vor einer Wand von Uniformierten, die Äxte und Feuerwehrschläuche in den Himmel reckten und eine Gasse bildeten. Ich blinzelte irritiert in die Sonne. Was war jetzt wieder los? Ach ja, die Feuerwehrkumpel. Als sie nur mich sahen, ließen sie ihr Equipment wieder sinken und sahen mich verdattert an.

„Warum dauert das so lange?", fragte mich einer der Uniformierten.

„Der Bräutigam ist ohnmächtig geworden."

„Oh nee, nicht schon wieder! Schorse, hol mal den Ambu-Beutel hinten aus dem Wagen und bring ihn rein."

Der Angesprochene ließ seine Axt fallen, lief zum Wagen und trug unter dem Gelächter seiner Kollegen einen schwarzen Sack, an dem an der Öffnung eine Art Atemmaske befestigt war, in die Kirche.

„Wieso schon wieder? Wie oft heiratet der Kerl denn und kippt dabei um?"

„Oliver ist immer einer der Ersten bei einem Brand oder einem Unfall. Der schneidet Verletzte aus Autos, rennt in brennende Häuser und ist ein echter Draufgänger."

Ich verstand nicht, wie das zusammenpasste. „Und dann schafft er nicht mal eine Hochzeit bei vollem Bewusstsein?"

„Na ja. Wenn bei einem Einsatz das Grobe erledigt ist, dann stellen wir immer einen Kollegen für Oliver ab, damit wir ihn nicht auch liegend wegfahren müssen. Sobald das Adrenalin nicht mehr durch seine Blutbahn rauscht, fällt er einfach um. So wurde er auch schon öfter zum notärztlichen Liegendtransport. Mittlerweile wissen wir das und passen auf. Konnte ja niemand ahnen, dass er bei seiner Hochzeit so reagiert wie bei einer Massenkarambolage."

Die umstehenden Männer quittierten die Aussage mit Gelächter.

Ich schielte zum Landrover hin, sah aber keinen Bernd. Also schlich ich mich näher ran und lugte durch das Fenster an der Fahrerseite. Bernd lag zusammengerollt auf dem Beifahrersitz und schlief wie ein Stein.

Aus der Ferne schwoll das Martinshorn eines Notarztwagens an. Bernd, die Augen noch geschlossen, schoss hoch, legte den Kopf in den Nacken und jaulte mit. Ich öffnete die Fahrertür und sprang auf den Sitz.

„Hey Kumpel, alles fein. Ganz ruhig."

Bernd hielt inne, senkte den Kopf und schaute mich verwundert an. Richtig ängstlich wirkte er nicht. Eher so, als hätte ich ihn bei etwas Wichtigem gestört. Er riss den Kopf wieder hoch, jaulte und verstummte erst, als der Notarztwagen angehalten hatte und das Martinshorn ausgeschaltet worden war. Ich ließ das Fenster runter, damit ich auch bei diesem Teil der Vorstellung nichts verpasste.

„Wo issern?", rief der Arzt, als er aus dem Wagen sprang.

Einer der Männer wies mit der Axt in Richtung Kirche.

„Hodder dann schun Ja gesaaht?"

„Glaub schon", antwortete der Angesprochene.

„Alla, warum falldder dann noch um?" Kopfschüttelnd verschwand der Notarzt in der Kirche, aus der Ludger gleich darauf, sich hektisch in alle Richtungen umschauend, herauskam.

„Hier bin ich!", rief ich durch das geöffnete Fenster.

Ludger stapfte auf das Auto zu und riss die Fahrertür auf. „Sag mal, spinnst du?"

„Wie bitte?"

„Du kannst doch nicht einfach abhauen!", schnauzte er mich an.

Bernd spannte seinen Körper wie einen Flitzebogen und bellte Ludger an. Der Ton schien dem kleinen Kerl gar nicht zu gefallen. Ich streichelte ihm über den Kopf. Das schien ihn allerdings in seinem Ausbruch noch zu bestärken.

„Was sollte ich denn da noch machen? Ich habe lieber nachgesehen, ob es für den Hund hier im Auto nicht zu warm geworden ist", rechtfertigte ich mich.

„Drinnen kriegt jemand eine Infusion gelegt und Glucose-Ampullen gespritzt, und du schaust nach dem Hund?" Ludger blickte vernichtend auf den Mops.

Bernd knurrte. Ich schmollte.

„Schon gut. War wohl alles etwas aufregend", winkte Ludger ab. „Wir sollen zur Gaststätte fahren und da abwarten."

Missmutig stieg ich aus, ging um das Auto herum und schob den grollenden Mops in den Fußraum. Schweigend fuhren wir in den Landgasthof mit angeschlossenem See, wo die Feierlichkeiten weitergehen sollten.

Mir klebten Binden an den Füßen, ich war angeschnauzt worden, und die Gesamtsituation stellte mich keineswegs zufrieden. Nicht einen der Anwesenden hatte ich je zuvor gesehen. Alle Gäste saßen rum und warteten. Die Feuerwehrleute standen an der Theke und orderten fortlaufend Bier. Die fanden die Hochzeit vermutlich ausgesprochen lustig.

Endlich traf das Brautpaar ein. Beide sahen aus wie die Überlebenden eines Attentats. Dianas Kleid war mit roten Flecken übersät und ihr Make-up ließ sie aussehen wie Alice Cooper. An Olivers Stirn klebte eingetrocknetes Blut. Ein Pflaster verdeckte fast sein linkes Auge. Das würde endlich mal etwas andere Hochzeitsbilder geben, als immer diese debil glücklich lächelnden Paare, die sich im Gras, vor Bäumen sitzend, anschmachteten oder selig in die Kamera schauten. Mir gefiel diese Action-Variante ausgesprochen gut, und ich musste trotz allem grinsen.

„Was gibt's da noch zu lachen?", knurrte Ludger.

„Ah! Es kann sprechen."

„Du benimmst dich total albern."

„Ich benehme mich albern? Du spinnst doch."

„Erst dein peinlicher Auftritt mit diesen Binden an den Füßen, und dann haust du aus der Kirche ab und lässt mich wie blöd dastehen. Wenn das nicht peinlich ist, was dann?"

Ich schaute Ludger an, als wäre er eine Vogelspinne. Was war denn mit dem los? War das eine verspätete Stressreaktion? Dann sollte er es eher so machen wie Oliver. Schweigend umfallen – und gut. Das gefiel mir besser. Diese albernen Vorwürfe waren nicht mal eine Antwort wert. Hoheitsvoll blickte ich in eine andere Richtung. Was scherte es die Eiche, wenn sich die Sau daran rieb?

„Ich rede mit dir!"

„Aber ich nicht mir dir." Ich wollte lieber den Hund kraulen. Der war heute so brav wie noch nie. Die Leine hatte ich um meinen Stuhl gewickelt, das Deckchen ausgebreitet und Bernd etwas Geruchsneutrales zum Kauen gegeben. Bullenpenis kam mir nicht mehr ins Haus. Ich griff unter den Stuhl und fasste in den Wassernapf. Ich tastete weiter und fühlte das Halsband. Doch wo war der Mops? Der war weg! Ich tauchte unter den Tisch.

„Bernd? Komm! Bernd! Hierher!", wisperte ich. Aber unter dem Tisch waren nur Beine, kein Mops weit und breit.

„Was ist jetzt wieder?" Ludger stöhnte.

„Nix."

„Nix? Wegen nix kriechst du unter den Tisch?"

„Ja. Hier ist nämlich nix. Vor allem kein Hund!"

Ludger verdrehte die Augen.

Ich stand auf, ließ den missmutigen Rinderfreund alleine stänkern und suchte die Reihen ab. „Bernd? Beeeheernd? Wo steckst du denn?"

Dann schrie jemand. „Oh nein!"

Fiel Oliver wieder um? War der Notarzt noch da? Den hätte man doch vorsorglich zum Essen einladen können, damit Oliver im Falle eines Falles eine vernünftige Erstversorgung hatte.

Der Schrei wurde lauter. Nach diesem Tag würde ich Diana unter Tausenden Kreischenden raushören können.

„Das bringt Unglück! Oliver, tu was! Oliver!"

Diana zeigte in Richtung des Buffets. Die dreistöckige Hochzeitstorte neigte sich zur Seite wie die Titanic nach der Kollision mit dem Eisberg und sah genauso derangiert aus wie das Brautpaar.

Ich reckte den Hals, um zu sehen, was die Torte zum Einsturz gebracht hatte. Sofort wünschte ich mich zurück aufs Raumschiff. „Beam mich hoch, Scotti!", flüsterte ich.

Mitten im Erdgeschoss der Torte saß Bernd und leckte genüsslich den roten Zuckerguss vom herzförmigen Backwerk.

„Bernd!", schrie ich.

Der Mopskopf ruckte hoch. Er war komplett mit roter Glasur verschmiert und sah aus, als wäre er aus „Friedhof der Kuscheltiere" entsprungen. Diana schrie nicht mehr, Oliver war krebsrot, und Ludger stand der Mund offen. Vermutlich hatte Bernd mit dieser Aktion die Erinnerung an meine Fuß-Binden komplett überschrieben.

17.

„Wie soll das mit euch weitergehen?", fragte Juli, als wir am anderen Morgen zu Aufnahmen fuhren und ich ihr beichtete, dass es mit Ludger und mir nicht gut aussah. Den genauen Grund wollte ich ihr lieber nicht sagen.

„Ich weiß es nicht. Ich weiß ja nicht mal,

ob ich in den Mann verliebt bin. Johannes und ich sind erst wenige Tage getrennt, und ich tröste mich schon mit einem Veterinär."

„Na und? Was hast du zu verlieren? Oder gibt es eine Art Trauerjahr, in dem man potenzielle Sexualpartner nicht mal anschauen darf? Willst du, dass dir da Spinnweben wachsen?"

„Julia!" Immer, wenn ich entrüstet war, benutzte ich die volle Form ihres Namens.

„Kay, mal im Ernst. Es ist doch alles kein Problem. Du bist jung und ungebunden. Amüsier dich mit dem Tierarzt, und wenn es was Ernstes ist, prima. Wenn nicht, dann ziehst du irgendwann weiter."

War es denn was Ernstes? Keine Ahnung. Es war schön, und ich hatte in den letzten Tagen kaum an Johannes gedacht. Alles war neu. Ich war Hundebesitzerin, lebte in einer tollen Wohnung und hatte eine Woche frei von allem. Ich lebte, als müsste in dieser einen Woche alles passieren, bevor die Normalität mich wieder am Kragen packte.

„Wie war eigentlich die Hochzeit seines Freundes?" Juli holte mich aus meinem Gedankenkarussell.

Ich stöhnte. Ein heißer Schauer der Peinlichkeit durchrieselte mich. Aber ich fügte mich in mein Schicksal und gab Juli einen Abriss des Abends.

„Erzähl das bitte noch mal. Jetzt aber mit allen Details. Ich will es fühlen, als wäre ich dabei gewesen. Diese Erinnerung soll auch Teil meines Lebens werden." Juli wieherte und klappte schon wieder die Sonnenblende runter, um sich mit Blick in den kleinen Spiegel die Lachtränen wegzuwischen.

Dass sie überhaupt neben mir im Auto saß, war ein Meilenstein und gleichzeitig ein weiteres Ergebnis meines

Mopstrainings. Bernd hockte auf der Rückbank in einer Box, und der Beifahrersitz stand wieder den mitgeführten Menschen zur Verfügung. In der Rudelordnung waren Juli und ich Alpha und Beta, in der vergitterten Box saß Gamma. Ein sehr schlecht gelauntes Gamma. Den Verlust von Macht verkrafteten kleine Männer nicht gut.

Ich hatte mit meiner neutralsten Ullrich-Wickert-Gedächtnis-Stimme von den gestrigen Vorfällen berichtet, um Juli keinen Anlass zur Erheiterung zu geben. Schließlich war das Ende des Abends eher frostig verlaufen. Ludger hatte die Feier nach der vorzeitigen Vernichtung der Hochzeitstorte augenblicklich und mit eingefrorenem Gesicht verlassen wollen. Zu Hause angekommen, waren Bernd und ich wortlos aus seinem Wagen ausgestiegen. Ich hatte auch nicht mehr fragen mögen, ob er noch bleiben wollte.

Seitdem herrschte Funkstille. Falls das jetzt das Ende unserer Beziehung war, dann galt das als mein persönlicher Rekord: Sex, Abendessen, Hochzeitsfeier, Trennung – alles zusammen in weniger als einer Woche. War der Mops so eine Art Lebensbeschleuniger?

„Juli, das war alles voll peinlich", schloss ich meine Beichte.

„Das war großartig. Erklär mir noch mal ganz genau, warum du Slipeinlagen an den Haxen kleben hattest."

„Boah, bist du fies!"

Allerdings war Julis Lachen auch ansteckend. Also erklärte ich erneut alles bis ins kleinste Detail. Mit dem Erfolg, dass Juli sofort wieder losprustete. Während sie erschöpft nach Luft schnappte, griff sie mit der linken Hand zwischen den Sitzen hindurch nach hinten und kraulte Gamma durch das Gitter der Box.

„Der Süße hat so eine schöne weiche Fluppe."

Ich drehte den Kopf zur Rückbank und sagte: „Stimmt. Aber woher weißt du? Er steht andersrum."

Kreischend zog Juli die Hand nach vorne und wühlte in ihrer Tasche nach Desinfektionstüchern. Ich gniggelte zufrieden vor mich hin. Bernd glotzte. Richtig herum natürlich.

„Du bist aber auch fies!" Juli sah mich augenzwinkernd an. „Zur Strafe musst du einen von diesen scheußlichen Kaugummis mit Melonen-Granatapfel-Geschmack essen. Da habe ich mich im Regal vergriffen." Sie reichte mir einen Streifen herüber, den ich artig in den Mund steckte. Alles hatte seinen Preis. Auch gute Gags.

„Pfui Deibel! Das hat ja den Geschmack eines Klosteins."

„Keine Sorge. Nach drei Minuten schmeckt es wie Tapetenkleister. So lange hältst du durch." Jetzt gniggelte Juli vor sich hin.

Wir fuhren in ein Gewerbegebiet am Rand der Stadt, parkten den Wagen vor einem zweistöckigen grauen Zweckbau und stiegen aus. Das Firmenschild behauptete, dass das Unternehmen „Siegel und Söhne, Spezial-Landmaschinen" hier seinen Sitz hatte. Der Parkplatz war bis auf wenige Autos und einen schwarzen Kastenwagen mit zweideutiger Erotik-Werbung verwaist. Alle Firmengelände, an denen wir vorbeigefahren waren, lagen verlassen da. Wo sonst Lkws be- und entladen wurden, Mitarbeiter in Hallen strömten, um allerlei Tagewerk zu verrichten, war sonntags niemand anzutreffen.

„Juli, warum ist das Shooting heute? Und vor allem: Warum ist es hier? Du kannst dir deine Zeit doch frei einteilen und könntest sonntags die Beine hochlegen."

„Es ist eine Ausnahme. Der Fotograf wollte für diese Kollektion unbedingt einen Ort, an dem sich nur Männer wohlfühlen. Und so kam er auf einen Landmaschinenhandel. Gestern haben sie den ganzen Tag lang die Kulissen aufgebaut. Ich bin gespannt auf das Ergebnis."

Hinter dem Haupthaus reckten Gerätschaften ihre Tentakel in die Luft, die aussahen, als hätte jemand Insekten als Roboterversion in XXL nachgebaut. Das einzige Gerät, das ich auf Anhieb erkannte, war ein Trecker – der war allerdings so groß wie ein Einfamilienhaus.

„Was ist eigentlich das Thema dieses Shootings?"

„Erotik natürlich."

„Erotik? Und Trecker? Wer soll da die Zielgruppe sein? Bauern?"

„Oder Tierärzte?"

Ich jaulte auf. Bernd stand auffordernd in seiner Box. Er wollte definitiv den Gamma-Stall verlassen. Ich hob ihn raus und ließ ihn ohne Leine laufen. Hier würde ihm nichts passieren. Kaum berührten seine Pfoten den Boden, sprang er drei Sätze nach vorne, buckelte wie ein steifbeiniges Fohlen und bellte heiser in die Runde, als hätte er sich in eine Panzerfaust verwandelt.

„Was hat er denn?", fragte Juli.

„Allmachtsfantasien? Traktorphobie? Keine Ahnung."

Der Ausbruch war schnell vorbei, und Bernd trabte auf das Gebäude zu, während wir noch Julis Schminktonne – sie nannte sie „Köfferchen" – ausluden. Wir folgten dem Mops, der bereits durch eine offene Tür verschwunden war.

„Ja hallo. Wer bist du denn?", rief eine hohe Frauenstimme.

Was Bernd darauf antwortete, konnte ich nicht verstehen.

„Du bist ja ein ganz Feiner. Komm mal her zur Tante."

Ach so. Es war eine Verwandte von Bernd, die sich über ein Wiedersehen mit ihrem Neffen freute.

„Hallo Jojo, am Ende des Mopses hängen auch noch zwei Menschen dran." Juli lachte, als wir eintraten.

Tante Jojo tätschelte Bernds Kopf und wandte sich uns zu. „Ich muss dringend mit Walter sprechen. Was für eine geniale Idee von dir, so einen Knautschhund mitzubringen. Ein Mops zwischen molligen Models – herrlich! Sie sind sicher seine Trainerin?"

Jojo wandte sich mir zu. Ihr Gesicht sah aus wie in Wachs gegossen. Entfernt erinnerte sie mich an die Mutter der Adams Family, die lange schwarze Haare mit Pony trug und ganz weiß geschminkt in die Welt blickte. Genau wie Mortisha trug Jojo ein freundliches Schwarz. Dazu hatte sie sich einen kirschroten Mund gemalt. Irgendwas stimmte aber mit dem Gesicht nicht. Jojo streckte mir ihre Hand mit rot lackierten Krallen entgegen. Auf dem Handrücken war die Haut eher schrumpelig und stand im krassen Gegensatz zu dem maskenhaften Gesicht. Ich schüttelte die Hand. Jojo lächelte freundlich. Aber das Lächeln erreichte ihre Augen nicht. Ganz am Rand der Stirn zuckten ein paar Querfalten, als wollten sie tanzen, während die Mitte glatt blieb. Botox! Jetzt, wo ich die eigenwillige Mimik sah, fiel es mir ein. Ein bisschen so, als wäre in der Mitte ein Bügeleisen rübergehuscht, das die Ränder nicht erwischt hatte. Ich wusste genau, wie sowas aussah. Während meines ersten Kostümjacken-Jobs hatte ich immer nur Kragen, Armabschlüsse und die Knopfleiste meiner Blusen gebügelt. Der Rest, konsequent unter der Jacke verborgen, war so verknuddelt gewesen, als käme das Teil aus einem Altkleidersack. Nun stand also eine partiell gebügelte Bluse direkt vor mir. Wahnsinn!

Oh, peinlich. Ich hatte noch gar nichts gesagt, nur gedacht und gestarrt. „Äh ... hallo Jojo, ich bin Kay Bielefeld und begleite Juli. Der Mops gehört zu mir."

Jojo schaute mir in die Augen und brach in ein heiseres Gelächter aus, aus dem ich viele Tausend bis auf den Filter gerauchte Zigaretten heraushören konnte. Sie knuffte mich in die Seite. „Die letzte Dosis in der Stirn war ein bisschen zu hoch, ich weiß. Wir sollten aufhören, den Doktor bei den Botox-Partys mit Prosecco abzufüllen. Kommt mit. Die anderen warten hinten."

Sie bedachte Bernd mit einem liebevollen Lächeln und ging den Gang voraus bis zu einer Lagerhalle. Bemalte Pappstellwände bildeten Szenerien wie Weihnachten oder ein Krankenhaus nach. Krankenhaus? An einem weißen Bett in der Deko baumelten Handschellen aus rosa Plüsch! Alle Kulissen wurden von einem froschgrünen Mähdrescher überstrahlt, der mitten in der Halle auf Kunstrasen stand. Überall wuselten Menschen rum, schraubten an Scheinwerfern oder riefen sich Anweisungen zu.

Vor dem Mähdrescher räkelten sich zwei dralle Frauen in einer Art Schlüpfer-Dirndl an einer Heugabel. Mir fielen fast die Augen raus. Ein gerafftes, weißes Oberteil fungierte als BH, und statt eines Rockes hatten sich die Models die XXS-Ausgabe einer roten Schürze in Postkartengröße über einen karierten Slip gebunden. Zwei geflochtene Zöpfe und ein Samtband mit einem Enzian aus Plastik vervollständigten das jeweilige Outfit. So eine Verkleidung hatte ich noch nie gesehen.

Ich wusste, dass Juli als molliges Model für erotische Unterwäsche arbeitete, aber ich hatte mir da eher Schlüpfer und BH in Gardine oder mit einigen sinnvoll angebrachten Eingängen vorgestellt. Dazu Strapse, deren Bedeutung für Männer sich mir einfach nicht erschloss, und vielleicht noch String-Tangas. Aber umgebaute Dirndl? Sollte ich Bernd lieber wieder ins Auto bringen? Das hier war bestimmt nicht gut für seine natürliche Entwicklung.

„Ich sehe", sagte Juli, „dir gefällt ‚Modell Landliebe'. Ich kann nachher bei Walter anfragen, ob ich vom Shooting etwas behalten darf. Kann mir vorstellen, dass der Mann, mit dem du untenrum befreundet bist, dich gerne so sehen würde."

„Dann renne ich schreiend weg. Apropos wegrennen. Hast du Bernd irgendwo gesehen?"

„Der kann ja hier nicht abhauen und wird sich ein wenig umsehen. Ich werfe mich mal in die heißen Teile." Juli steuerte einen Bereich voller Kleiderständer an, auf denen kunterbunte Dessous, Latexzeugs und Accessoires hingen. In was sie sich wohl verwandeln würde? In eine Stewardess? Oder vielleicht in eine strenge Businessfrau mit Brille und stahlgrauem BH?

„Bernd? Beeheeernd! Komm!", lockte ich halblaut, damit der Mops mich zwar hören konnte, aber ich die anderen nicht bei der Arbeit störte.

Schnaufend kam der kleine Kollege um die Ecke getrabt.

„Hey Schöner, wollen wir hier mal ein bisschen zuschauen?"

Angesichts meines lockenden Tonfalls erwartete Bernd mindestens einen Bullenpenis, der in dieser Kulisse eine Bereicherung gewesen wäre, und ließ sich auf sein Hinterteil plumpsen. Ich streute ein paar Leckerlis vor einen Stuhl, ließ mich auf diesen nieder, und der Hund staubsaugte mit seiner Schnauze den Boden.

„Frau Doktor, Frau Doktor, kommen Sie schnell!", flüsterte mir nach einer Weile eine bekannte Stimme von hinten ins Ohr.

„Da bist du ja. Lass dich anschauen."

Juli sprang mit einem Satz vor den Stuhl und breitete die Arme aus.

„Alter Schwede ..." Mehr fiel mir nicht ein.

Julis Rubensfigur wurde von einer weißen Latex-Schwesterntracht zusammengepresst, die einen essteller-großen Ausschnitt im Dekolleté hatte. Der Rock endete schon nach wenigen Zentimetern, und weiße Strümpfe wurden von roten Strapsen gehalten, deren Verschlüsse weiße Kreuze waren. Auf Julis hochgesteckten Haaren thronte ein gummiertes Schwesternhäubchen, das ebenfalls ein Kreuz zierte. Auf weißen Plateauschuhen stöckelte sie vor mir auf und ab. Bernd gähnte unbeeindruckt unterm Stuhl.

Juli beugte sich zu mir und flüsterte: „Wenn du wüsstest, wie gut das hier bezahlt wird, würdest du mir den Fummel runterreißen und ihn selber anziehen."

„Dann sag es mir lieber nicht", flüsterte ich zurück.

Erstaunlich sicher ging Juli auf ihren Lackschuhen Richtung Krankenzimmer und umarmte den Fotografen, mit dem sie sich anschließend lachend unterhielt.

Mir winkte jemand aus der Mähdrescher-Kulisse zu. „Hallo Sie da! Der Hund wäre jetzt dran. Bringen Sie ihn bitte rüber."

Ach ja. Dank Tante Jojo solle Bernd in eine Szene eingebunden werden. Wenn Klara jemals erfuhr, dass der Mops für erotische Unterwäsche in Übergrößen posierte, würde sie ausflippen. Ich guckte unter den Stuhl. Kein Mops! Der war doch eben noch da gewesen.

„Kleinen Moment bitte", rief ich in Richtung der Bauern-Idylle.

„In fünf Minuten bräuchten wir ihn spätestens. Klappt das?"

„Na klar. Wir sind gleich da."

Ich sprang vom Stuhl und lief, immer wieder seinen Namen rufend, durch die Kulissen. Mit der Rückwand zu uns standen hier noch andere Aufbauten, auf die ich vorher gar nicht geachtet hatte. Ich umrundete die Wand und stand mitten in einer schwarz gemalten Szene, wo gerade Fotos von einer vollschlanken Blondine mit Latexmaske und Peitsche vor einem Gitter gemacht wurden. Okay, die musste wenigstens kein aufwendiges Make-up tragen. Bisschen Spray auf die Locken, schwarze Maske drauf – fertig!

„Tschuldigung", murmelte ich und schlich weiter. Zwischen den nächsten beiden Kulissen lag Bernd und nagte an etwas.

„Bernd! Hierher!"

Der Mops richtete sich auf, ging wieder runter auf die Vorderbeine und sah mich frech an. Als ich näher kam, sprang er auf und rannte im Kreis. Was immer er im Mund hatte, ließ er nicht los. Ich ging auf ihn zu, der Mops sprang zur Seite. Immer genau so weit, dass ich nicht rankam. Was sagte das Hundebuch? Spiel abbrechen, Desinteresse heucheln. Ich schlenderte seitlich weg, beobachtete ihn aber aus den Augenwinkeln. Bernds Kopf ruckte hoch. Ihm fiel die Beute aus dem Mund. Mit einem Satz war ich bei ihm und schnappte mir das Stück. Hockend hielt ich einen vollgesabberten Schaumstoffpenis in der Hand. Das konnte doch nicht wahr sein! Bernd sprang an mir hoch und schnappte danach. Dabei riss das vordere Teil ab. Mit einem Griff in den Nacken, dem „Muttergriff" – Hundelehrbuch sei Dank –, hinderte ich Bernd am Wegrennen. Empört jaulte er auf.

„So, alter Freund. Du kommst jetzt an die Leine." Wie ein Rodeo-Cowboy stülpte ich ihm sein Geschirr über und betrachtete die zerrissenen Teile der ungewöhnlichen Requisite. Wie reparierte man eine abgetrennte Schaumstoffeichel? Nachdenklich kaute ich auf meinem

Kaugummi. Kaugummi, na klar! So gut wie möglich wischte ich die Mopsspucke ab, pfriemelte meinen Kaugummi zwischen die beiden Teile und klebte sie zusammen. Von Weitem sah man das kaum. Aber wo hatte Bernd das Ding bloß her?

Den Mops an der Leine und den Schaumstoffpenis hinter dem Rücken zwischen spitzen Fingern haltend, wanderte ich suchend durch die Kulissen, bis ich beim Krankenzimmer ankam. Juli brachte sich gerade neben einem Schild mit der Aufschrift „Belebe und heile jeden Mann" in Position.

Unauffällig deponierte ich den Kunststoff-Kollegen hinter Julis Kulisse auf einem Tisch voller Puderpinsel, Sprays, Bürsten und Lidschatten. Ich hatte nicht mehr die Zeit, den Fundort zu ermitteln. Theoretisch hätte das Ding aus jeder der Kulissen stammen können.

„Wo ist der Mops?", brüllte es durch die Halle.

„Hier! Wir kommen!"

Ich zerrte Bernd hinter mir her und bemerkte, dass er den Blick kaum von seinem neuen Freund wenden konnte und ihn nur ungern zurückließ. Bernd schien eine unerkannte Neigung zu Phallussymbolen zu haben. Von der anderen Seite näherten sich zwei übergroße Schulmädchen mit Pippi-Langstrumpf-Zöpfen und kurzen Röckchen, flankiert von einer Jeans-und-T-Shirt-Frau, die im Gehen den Schulmädchen-Frauen das Gesicht mit einem Pinsel mattierte.

„Unsere Wangen müssen viel röter sein, und ich brauche vorne eine kleine Zahnlücke", nuschelte die eine unter dem Pinsel hervor.

„Okay, dann setzt euch noch mal. Ich arbeite nach", erwiderte die Normalo-Frau und griff nach einem der Umhänge, die auf den Stühlen lagen.

Ich erreichte die Bauern-Kulisse und stellte mich geduldig mit Bernd an den Rand.

„So geht das nicht", rief ein Mann in Schlabberjeans und schaute hinter einer Kamera hervor. „Was denkst du, wofür wir hier Aufnahmen machen? Zieh dich erst mal aus. Und dann weg mit diesem Nude-Look im Gesicht. Wir brauchen Glamour!"

„Ich?"

Entgeistert schaute ich auf den auch nicht besser geschminkten Mittvierziger, dessen Haare wie bei einem Rosettenmeerschweinchen abstanden.

„Ja. Oder siehst du hier sonst noch jemanden?"

Ich nickte und zeigte auf Bernd. „Ich bin die Mopstrainerin und begleite ihn zu allen Shootings." Ich schaffte es, meiner Stimme diesen leicht nöligen, nasalen Unterton zu geben, der zeigte, wie weit unter Mopswürde so ein Gespräch war.

„Die Trainerin? Der soll sich doch da nur hinsetzen und keine Pilates-Übungen machen."

„Ja, aber einer muss doch aufpassen, dass er nicht durch die Requisite tobt und sich über die Deko hermacht."

„So kann ich nicht arbeiten", stöhnte der Struwwelpeter und musterte mich. „Können Sie sich wenigstens auf den Trecker setzen? Wir leuchten nur vorne aus und gehen dann in die Totale. Sie sind kaum zu sehen, nur ein beigefarbener Punkt auf einem Trecker."

„Mähdrescher, das ist ein Mähdrescher."

„Meinetwegen auch das."

Bevor der Fotograf weitersprechen konnte, schrie eine hohe Frauenstimme irgendwo hinter den Kulissen und fluchte: „Das ist nicht witzig! Welche Sau hat ihren vollgesabberten Pimmel zwischen meine Bürsten gestellt?"

Bernd bellte. Verräter!

Ich guckte unschuldig und schaffte es, nicht zu lachen. So eine Frage hatte ich vorher noch nie gehört.

„Also, sind Sie dabei?“, fragte der Fotograf, den das Gekreische überhaupt nicht beeindruckte.

„Meinetwegen auch das.“

„Jojo! Komm mal her und pudere die Hundefrau ab. Können wir dem Hund ein Enzianband umbinden? Dann sieht er bayerischer aus.“

Wieso musste ein unscharfer, heller Brocken gepudert werden? Ich ging in die Hocke und entschuldigte mich bei Bernd, dass er als bayerischer Mops in einem Katalog für Reizwäsche enden würde.

Als ich mit mattiertem Gesicht und in einem herbeigezauberten grünen Latex-Kittel auf den Sitz des Mähdreschers kletterte, wurde Bernd an die Mistgabel gebunden und ließ die Begeisterung der Dirndl-Darstellerinnen über sich ergehen. Er verhielt sich, als wären Shootings ein gewöhnlicher Bestandteil seines Lebens. Mir war hingegen unwohl. Unter dem kurzärmligen Kittel trug ich einen Push-up-BH, der aus mir eine Atombusenfrau mit hervorquellenden Brüsten machte.

Irgendwann gesellte sich eine feixende Juli zu uns und beobachtete das Treiben. „Walter, sag bloß, dass Kay jetzt ohne Honorar mitmacht?“

„Honorar? Dafür, dass sie im Hintergrund gesessen hat? Mir reichen die zwei Scheine, die wir immer für die Tiere abdrücken müssen.“

„Nur zweihundert Euro? Dafür, dass sie so spontan eingesprungen ist?“

„Okay, dreihundert. Aber dann ist auch Ende der Fahnenstange.“

Ich verfolgte die Diskussion von meinem erhöhten Platz aus und war beeindruckt. So viel Geld für Mit-dicken-

Dingern-im-Kittel-Sitzen? Juli zwinkerte mir zu. Ich kletterte zurück auf die Erde und übernahm Bernd, der zusehends gelangweilt war und auf mehreren Bildern herzhaft gähnte.

„Was verdienst du hier doch gleich an so einem Vormittag?“, fragte ich leise.

„Ich sagte doch, das willst du gar nicht wissen, sonst reißt du dir den Kittel runter und springst nackt auf den Trecker zurück.“

„Mähdrescher“, erwiderte ich kraftlos. „Es ist ein Mähdrescher.“

Neben dem PC lehnte eine mopsstoffummantelte und mit Süßigkeiten gefüllte Schultüte, an der ein Schild mit der Aufschrift „Mein erster Tag“ baumelte. Ein Geschenk von Juli zum Start meines Home-Office-Lebens. Sie musste einen Lkw voll von dem Stoff gekauft haben. Ich war gespannt, was sie noch daraus zaubern würde.

Bernd und ich hatten unsere Morgenrunde erledigt, und er nagte zufrieden an einem getrockneten Schweineohr. Der Mops und ich fanden langsam zueinander, die Wohnung war toll, und alles Weitere würde sich finden. In Sachen Ludger hatte ich mir für das Zueinanderfinden allerdings eine Deadline gesetzt. Wenn er sich bis Mittwoch nicht meldete, würde ich ihm eine SMS schicken. So hatte ich das Gefühl, auch in Liebesdingen etwas Sinnvolles unternommen zu haben. Während meiner Urlaubstage hatte ich immer wieder meine E-Mails abgerufen, weil ich so neugierig gewesen war, welches innovative Karriere-am-Telearbeitsplatz-Projekt mein erstes sein sollte.

Gut gelaunt öffnete ich auch heute mein E-Mail-Postfach und fand endlich eine Nachricht von der Schreiber im Posteingang vor. Betreff: „Erste Schritte".

„Guten Tag, Frau Bielefeld, ich hoffe, dass Sie sich mit dem Tier so weit eingerichtet haben, dass Sie nun an die Arbeit gehen können. Da wir uns noch in der Erprobungsphase befinden, starten wir mit: Absagen schreiben."

Ich blinzelte. Meinte die ernsthaft, dass ich Bewerbungsabsagen schreiben sollte? Ich wollte Personalreferentin werden! Und zwar nicht nur wie bisher für die Auszubildenden, sondern vor allem für die qualifizierten Berufe. Unterlagen von Kandidaten lesen, die Perlen unter ihnen herauspicken, sie kennenlernen, beurteilen und Einstellungsgespräche führen. Absagen schreiben taten die anderen, doch nicht ich! Fassungslos las ich weiter.

„Unsere große Einstellungswelle zum Aufbau des Hochregallagers ist durch. Wir haben in der letzten Woche alle abgelehnten Bewerber gesammelt. Den Link zu den Unterlagen und den dafür vorgesehenen Absagebriefen finden Sie im Anhang. Schicken Sie eine Nachricht, wenn Sie mit den Daten durch sind. MfG Kordula Schreiber."

Ich klickte auf den Link. Eine Übersicht mit zweitausendvierhundertdreiunddreißig Namen und fünfzehn verschiedenen Absageformschreiben baute sich auf. Ich sollte sie anhand ihrer Nummern einer der Adressen zuordnen und dann verschicken. Damit wäre ich ja Monate beschäftigt!

Wenn die Schreiber dachte, dass sie mich damit mürbe machen würde, hatte sie sich getäuscht! Ich würde tadellose Arbeit abliefern, und das doppelt so schnell wie alle anderen. Um mich entsprechend zu dopen, ließ ich Klaras Vollautomaten eine riesige Tasse Kaffee zubereiten und machte mich ans Werk.

Nach drei Stunden war ich bereit, die Schreiber zu erwürgen. Ich war mir sicher, dass das als Notwehr durchgehen würde. Ich kam kaum voran. Die E-Mail-Adressen waren oft fehlerhaft und die Schreiben daher nicht zustellbar.

Ich brauchte eine Pause und tippte eine SMS an Ludger. Und löschte sie gleich wieder. Nach wenigen Stunden langweiliger Arbeit gab ich doch nicht schon meine guten Vorsätze auf? Nix da. Ich hatte nichts Doofes gemacht. Dass der Hochzeitstag so aus dem Ruder gelaufen war, hatte mit Bernds fehlender Erziehung zu tun. Er hatte nicht gelernt, sich zu benehmen. Das war aber nicht mein Fehler. Apropos Hundelebensretter: Der war doch auch Trainer. Er hatte zwar etwas unnahbar gewirkt, aber immerhin konnte er einen Hund losschneiden und beatmen. Er wäre bestimmt kein so ungerechter Hungerturm wie der Prüfungsmann, der sich in Duchesse und ihr Frauchen verknallt hatte. Wie hieß der Fahrstuhlretter doch gleich? Fährtenmann? Fairman? Ich probierte ein paar Alternativen, landete bei der schlichten Internetseite von „Fährmanns Hundeschule" und wählte die angegebene Telefonnummer.

„Fährmanns Hundeschule, guten Tag", meldete sich eine tiefe Männerstimme.

„Kay Bielefeld, guten Tag. Ich würde gerne meinen Hund zu ein paar Trainingsstunden anmelden."

„Was hat er für ein Problem? Welche Rasse?"

„Er hört nicht so toll und ist ein Mops."

„Passt Ihnen heute Abend achtzehn Uhr? Ich unterrichte bis siebzehn Uhr dreißig im Stadtwald. Können Sie dahin kommen?"

Hach! Es gab keine Zufälle im Leben. Das war unser Mann. Zum Wald gingen wir fünf Minuten zu Fuß. Wir klärten noch die Konditionen und den genauen Treffpunkt. Dann konnte ich zufrieden auflegen. Wir würden dem Fährmann nachher unsere ersten Fortschritte zeigen. Speziell auf das Anti-Radfahrer-Anfall-Training war ich sehr stolz.

Überpünktlich standen Bernd und ich auf dem Parkplatz am Rande des Stadtwaldes und warteten auf Herrn Fährmann. Sein Auto, das ich an der Werbung in der Heckscheibe erkannte, war auf jeden Fall da. Ich kniete mich neben den Mops und hypnotisierte ihn mit der Leberwursttube, um ihn von den schwarzen Rittern auf Rädern abzulenken. Er verfolgte die Tube mit den Augen, als wollte er sie kraft seiner Gedanken öffnen.

„Bleibt es bei nachher?", hörte ich direkt hinter mir eine Stimme. Da ich wie Miss Marple hinter einem Reifen hockte, konnte die Frau mich nicht sehen.

„Hast du die Jungs dann schon geholt?"

Nanu? War das nicht die Stimme des Fährmanns?

„Ich fahre jetzt los und sammle sie am Fußballplatz ein. Wer sollte sonst Gesichter auf die Pizzen legen? Bist du pünktlich?"

„Das kommt auf die neue Kundin an. Zehn Minuten hat sie noch. Ich tippe auf Paris-Hilton-Kopie, die ihren Schoßhund nicht mehr in der Handtasche tragen kann und nun merkt, dass er null erzogen ist. Zumindest klang sie vorhin am Telefon so."

Sprach der über mich? Und wann hatte er zuletzt mit Paris Hilton telefoniert? Na bravo! Das würde ja eine tolle Stunde werden.

Die Frau lachte. „Sei nicht so. Sie ist bestimmt nett."

„Angela, du bist zu gut für die Welt. Aber dafür liebe ich dich ja auch."

„Spinner", lachte die Angela-Angesprochene.

Ich schielte am Fenster vorbei und sah, wie sie ihm durch die Haare wuschelte. Wie kamen wir jetzt hier weg, ohne dass wir als Lauscher enttarnt wurden?

„Robben", flüsterte ich Bernd eindringlich ins Ohr. Diesen einen Befehl nahm er sehr ernst, und er würde nie bellen, während wir über die Erde krochen. Neben dem Auto waren gefällte Bäume aufgeschichtet, hinter die wir robbten. Ich fühlte mich, als wäre mein Bewegungsablauf in den einer Ente verwandelt worden, der Körper aber im Menschen stecken geblieben. Wir robbten vom Parkplatz weg und versteckten uns hinter einer mächtigen Eiche.

Ich klopfte mir den Dreck ab, lugte um die Ecke und sah, wie der Hundetrainer die fast gleich große, dunkelhaarige Frau auf die Stirn küsste. Genau in der Sekunde sauste ein Mountainbiker an meiner Eiche vorbei. Wie ein Torpedo schoss Bernd los. Die Leine wickelte sich um meine Beine. Ich verlor das Gleichgewicht und knallte mit rudernden Armen auf den Waldboden. Mit einem Blick nach hinten erfasste der Radfahrer die Situation – den Mopsangriff – und trat in die Pedale. Bernd galoppierte mit fliegender Leine kläffend hinterher.

„Bernd! Beeeheernd! Aus! Stop! Sit!"

Ich rappelte mich hoch. Wie bremste man bloß einen Mops auf der Jagd? Der Radfahrer schaute wieder nach hinten, feixte und fuhr einen großen Bogen. Als wäre er ein Wasserskifahrer hinter einem Motorboot, folgte Bernd exakt seiner Spur. Noch eine Kurve, und der Radfahrer kam wieder zurück, direkt auf mich zu. Dieser Teenager-

Schnösel streckte mir die Zunge raus. Der hatte wohl Spaß daran, Möpse zu Tode zu jagen!

Bevor Bernd um die Ecke biegen konnte, trat ihm ein Mann in den Weg und schnappte sich den Mops, wie ein Bär am Fluss einen hochspringenden Lachs fängt. Selbst in der Luft rannte Bernd noch weiter. Als er merkte, dass er den Boden unter den Füßen verloren hatte, ruckte sein Kopf nach unten, und das Bellen hörte abrupt auf. Der Mann setzte Bernd wieder ab und erntete einen verdutzten Blick vom Mops. Warum riss der Hund den Greifer nicht in Stücke?

Ich ging auf die beiden zu und erkannte den Mann. Es war Sascha Fährmann, der Hundetrainer. Gott, wie peinlich!

Er musterte mich und sagte: „Guten Tag. Nun verstehe ich Ihr Problem."

„Äh ... hallo. Herr Fährmann, nehme ich an? Also, so hat er das noch nie gemacht. Ich meine ..."

Der Trainer zog die Augenbrauen hoch. Neben diesem großen Kerl sah der Mops aus wie ein winziges Ferkel. Bewundernd blickte Bernd zu dem Mann auf und ließ sich auf seinen Hintern nieder.

„Sascha Fährmann, genau. Wie lange haben Sie das Tier schon?"

„Eine Woche."

„Eine Woche?"

„Ja. Bernds Frauchen ist für ein Jahr ins Ausland gegangen, und ich passe auf ihn auf."

„Haben Sie Erfahrungen mit Hunden?"

„Ich habe schon mal welche gesehen."

„Aha. Dann lassen Sie uns anfangen. Nehmen Sie die Leine und gehen vor. Ich schau mir das an."

Ich schnappte mir Bernds Leine und zog ihn hinter

mir her. Von vorne näherte sich eine Mutter samt Nachwuchs auf Dreirad. Das komplett in Rosa gehaltene Kind riss den Mund auf, zeigte auf den Mops und quietschte. Wauwau!", rief es und sabberte.

„Mag er Kinder?", fragte die Mutter in unsere Richtung und hielt den rosa Knirps an der Kapuze fest.

„Ja, aber ein ganzes schafft er nicht."

„Was?"

Wortlos nahm mir der Trainer die Leine aus der Hand, und wir umrundeten das Mutterschiff samt rosa Beiboot. Bernd quittierte den Wechsel mit begeistertem Ringelschwanzwackeln. Er sah aus, als würde er Lambada tanzen. Wie ein Zirkuspferd trabte er neben dem Trainer her und würdigte das quietschende Kind keines Blickes.

Nach hundert Metern gab mir Sascha Fährmann die Leine zurück. „Jetzt Sie."

Wir spazierten weiter. Die nächsten Radfahrer, die sich uns näherten, wurden von Bernd ins Visier genommen. Er tänzelte, schoss nach vorne, bellte einmal in Richtung der Rad-Ritter und setzte sich auf sein Hinterteil. Nach der nächsten Leberwurst-Ladung leckte er sich die Fluppe, fixierte einen weiteren Radfahrer und sprang auf ihn zu. Kläff! Kläff! Und wieder ließ er sich auf seinen Mopspo plumpsen. Ich ließ ihn an der Tube lecken.

„Was genau machen Sie da?"

„Ich belohne den Hund, weil er so folgsam ist." Den Stolz in der Stimme konnte ich kaum unterdrücken.

„Was ist das Ziel dieser Übung?"

„Zunächst fällt er Radfahrer an. Dann erinnert er sich daran, dass er das nicht soll, und setzt sich hin. Das haben wir lange geübt. Super, oder?"

„Nein."

„Nein?"

„Das ist Mist, was Sie da tun."

„Aha. Und warum?"

„Die Belohnung kommt an einer völlig falschen Stelle. Der Hund verknüpft das aber aus seiner Sicht absolut richtig. Er wird irgendwann die halbe Welt anfallen und dafür Leberwurst fordern."

„Aber er hört doch auf."

„Ja, weil er die Belohnung für die Attacke will."

„Oh!"

So, wie Sascha Fährmann das sagte, klang es, als wäre ich ausgesprochen dämlich. Aber leider auch logisch. Ich fühlte mich wie ein Trottel.

„Das kriegen wir schon hin." Er erklärte mir, wann ich die Belohnung wie einsetzen sollte, schnappte sich Bernd, und wir gingen kreuz und quer über Waldwege. Der Hund schien die Leberwurst völlig vergessen zu haben. Sowie der Trainer anhielt, setzte Bernd sich hin und himmelte ihn an.

„So, jetzt versuchen wir das noch mal. Er hat Spaß daran und will gehorchen. Er muss nur darauf vertrauen können, dass Sie in die Führung gehen."

In die Führung gehen? Klar, kein Problem. Ich wollte ja auch Personalleiterin werden. Da konnte ich als Mopsrudelführer gute Erfahrungen sammeln.

Wir gingen weiter. Bernd trabte neben mir, schaute aber immer, ob uns der Trainer auch wirklich noch folgte.

Und wieder näherten sich zwei Läufer. Unerwartet zog sich mein Magen zusammen. Der hatte von da unten schon was gesehen, was mein Gehirn noch gar nicht kapierte: Einer der beiden war Johannes! Ausgerechnet! Er lief wie ein Gepard durch den Wald, während ich im betreuten Spaziergang mit Trainer und Leberwurst die

Wege entlangwatschelte. Wer war der andere? Ein brünetter, wippender Pferdeschwanz, lange, raumgreifende Schritte, die mit denen von Johannes synchron waren. Die liefen sogar Hand in Hand! Oh, mein Gott! Hatte er mich deswegen so schnell loswerden wollen? Das war kein Laufkollege, das war eine Frau. Gab es schon lange eine Nachfolgerin? Mir wurde schlecht. Ich schaute zu den Büschen. Konnte ich dahinter hechten? Bitte, bitte, mach eine Erdspalte auf! Zum Eingraben reichte die Zeit nicht, und die Büsche waren zu niedrig. Was sollte ich nur tun? Die sollten mich hier nicht sehen. Ich war dreckig, fühlte mich pummelig und war ungeschminkt. Sie kamen näher. Gleich würde Johannes mich erkennen. Ich ließ die Leine los, machte auf dem Absatz kehrt und schmiss mich dem überrumpelten Trainer in die Arme. Johannes und seine Gazelle hatten uns fast erreicht. Ich presste mein Gesicht an die Brust von Sascha Fährmann. Höher kam ich nicht. Gott, war der groß! Und er roch ausgesprochen gut. Auf einmal schoss Bernd auf die Gazelle los. Na klar, in dem Kerl war ja noch jede Menge Wolfs-Gen, und Gazellen fielen in sein Beuteschema.

Der Trainer wirbelte herum, während ich mich wie eine Ertrinkende an ihn klammerte. Die Gazelle schrie, als Bernd an ihr hochsprang, und kam ins Straucheln. Ich schrie, als ich durch das Klammern den Trainer und mich zu Fall brachte. Außer Johannes und Bernd lagen jetzt alle im Dreck. Bernd vergaß zu bellen und setzte sich hin. Der Erfolg seines Angriffs schien ihn zu beeindrucken.

Johannes half seiner Gazelle auf die Beine. „Katharina, Liebes, hast du dir wehgetan? Ist alles okay?"

Ich schluckte und grub meine Finger in die Jacke von Sascha Fährmann. Damit waren auch die letzten Zweifel beseitigt.

„Ich denke, wir können jetzt alle wieder aufstehen. Sofern Sie mich loslassen", sagte der Trainer völlig ruhig – und meinte mich.

Oh! Wie peinlich. Ich klammerte mich an seine Jacke, als wäre er eine Rettungsinsel, von der ich abstürzen könnte.

„Kay? Bist du das?", fragte Johannes.

„Äh ... nein. Ich bin das nicht. Auf keinen Fall." Ich rappelte mich hoch und klopfte mir den Waldboden von den Klamotten. Vielleicht lösten sich Bonnie & Clyde in Luft auf, wenn ich nicht hinsah.

„Du kennst diese Frau?", schrillte die Stimme von Katharina, der Großen.

„Ich denke schon. Das ist Kay."

„Das soll deine Ex sein? Ach. Dann ist es ja kein Wunder, dass sie den Hund auf mich hetzt. Wie erbärmlich, wenn man mit Verlassenwerden nicht umgehen kann."

Johannes schaute betreten drein.

Verlassen? Ich? Was? Wieso? Von wem überhaupt? Mein Gehirn spuckte Frage um Frage aus, aber keine fand den Weg bis zu meinem Mund. Ich glotzte nur.

Sascha Fährmann gab mir Bernds Leine, schaute in die Runde und sagte: „Da niemand verletzt zu sein scheint, wünsche ich noch einen schönen Abend. Wir sehen uns zum nächsten Termin, Frau Bielefeld." Er drehte sich um und ging.

„Johannes, können wir auch los? Mir wird kalt", quengelte Gazelle und klopfte sich die Hightech-Laufkleidung sauber.

„Ja, dann ..." Johannes nickte mir zu, und sie trabten weiter. Nur Bernd und ich standen noch in der Kampfarena. Vor Scham war ich wie gelähmt.

20.

Ich saß am Frühstückstisch und schob das Anschalten meines PCs vor mir her wie die Ü50-Generation eine routinemäßige Darmspiegelung. Mir schoss die Hitze ins Gesicht, wenn ich nur an die Waldszenen von gestern dachte. Wie hatte ich es bloß geschafft, alles und jeden um mich herum in Rekordzeit zu vergraulen?

Ein Blick auf die Leuchtziffern an der Mikrowelle machte mir klar: Es war neun Uhr vorbei. Juli müsste auf Betriebstemperatur sein. Wenn ich sie vor acht anrief, konnte sie sich nicht mal an meinen Namen erinnern. Ab zehn Uhr war sie meist in der Firma. Also war jetzt mein Zeitfenster gekommen.

Ich schmunzelte, als ich ihre Nummer wählte. Juli war vor langer Zeit mal mit einem unserer Diagnose nach ADHS-Juristen zusammen gewesen. Der hatte an den Wochenenden ab sechs Uhr morgens knallwach im Bett gelegen und an ihrer Schulter gerüttelt mit der Frage, was sie denn an diesem Tag unternehmen wollten. Vorher hatte er sie meist schon eine halbe Stunde beim Schlafen beobachtet, um sie durch schiere Willenskraft zum Aufwachen zu bringen. Die Beziehung war nicht lange gut gegangen, weil die gemeinsamen Stunden, die sie wach und ansprechbar verbracht hatten, einfach zu kurz ausgefallen waren. Juli hatte sein frühes Aufwachen als einen persönlichen Angriff auf ihr Leben empfunden, und nicht einmal Fachartikel über Eulen und Lerchen hatten sie davon abbringen können.

Ich ließ es klingeln, bis es irgendwann in der Leitung schepperte. Eine unbekannte, heisere Stimme atmete in den Hörer. „Ja?"

„Guten Morgen! Juli, bist du das?"

„Wie spät isses?"

Mit der Tonlage konnte sie jetzt auch Bärenfilme synchronisieren.

„Dienstag."

„Ach ... Sachen gibt's."

„Bist du betrunken?"

„Nicht mehr ... aua."

„Ich fasse es nicht. Du hast einen Kater! Was ist passiert? Jetzt will ich aber alles wissen." Ich nahm meine Tasse Kaffee, stieg über den auf dem Teppich schnarchenden Mops und machte es mir auf dem Sofa bequem. Die Darmspiegelung konnte warten.

„Wir haben gestern Abend mit ein paar Frauen ‚Tabu' gespielt."

„Tabu? Das Ding, wo man Begriffe erraten muss?"

„Ja, genau das."

„Und das geht nur betrunken?"

„So blau war ich anfangs gar nicht. Ich habe gestern gelernt, dass man erst genug Alkohol getrunken hat, wenn die Mücken an der Einstichstelle torkeln und sich übergeben müssen."

„Und warum musstest du das lernen?"

„Vor Peinlichkeit!"

„Was ist passiert?"

„Meine Ex war mit ihrer neuen Freundin zum ersten Mal bei unserer Spielrunde dabei. Auch bei uns Frauen neigen die Klugen dazu, sich ein Blondchen zu angeln. Tolle Brüste, tolles Lachen, kein Gehirn."

„Wusstest du, dass sie dabei sein würde?"

„Klar. Das war auch okay. Aber die kommt nie wieder mit."

„Wieso?"

„Bei einer Runde sollte sie etwas erklären und sagte:

‚Meine heißen Herrmann und Dieter.' Daraufhin fragte eine andere: ‚Du gibst deinen Kunsttitten auch noch Männernamen?' Gefragt war übrigens der Begriff ‚Eltern'."

„Eltern? Welche Frau heißt denn Herrmann?"

„Keine. Aber Herma."

„Oh."

„Ja, oh. Jetzt weiß jeder, dass die Dinger nicht echt sind. Das wussten vorher auch alle, aber Blondie wusste nicht, dass wir es wussten."

„Sind sie dann gegangen?"

„Nee, es kommt noch schlimmer."

„Ist auch ihre Vagina vom Chirurgen?"

Juli lachte und musste husten. „Du bist nah dran. Als der nächste Begriff erklärt werden sollte, sagte Marion: ‚Das habe ich dir mal zum Geburtstag geschenkt.' Und Blondie fragte: ‚Den Vibrator?'"

Ich kreischte so laut, dass Bernd hochschreckte und bellte.

„Kay, leiser. Bitte! Aua, mein Kopf."

„Und welcher Begriff war gesucht?"

„Thermometer. Von da an begann ich zu trinken."

Ich japste. Bisher hatte ich „Tabu" für ein langweiliges Spiel gehalten, aber mit der richtigen Besetzung schien es ausgesprochen interessant zu sein. „Oh Mann, was für ein Abend! Da will ich dich nicht mit meinen Problemen belästigen."

„Doch! Auf jeden Fall. Ich hoffe, dass sie groß und furchtbar sind, damit ich den gestrigen Abend vergessen kann. Was ist ein Vulkanausbruch gegen einen abgebrochenen Fingernagel? Sei mein Vulkan."

Ich fasste zusammen, dass Ludger sich totstellte, Johannes Sodomie betrieb, weil er seit Neuestem mit einer Gazelle liiert war, die von Bernd, dem Wolf im

Mopspelz, gejagt, aber von Sascha, dem Tierretter, der mich wiederum jetzt vermutlich verachtete, gerettet worden war. Der Einzige, der nach zwei Tagen voller Dramen noch bei mir sein wollte, war Bernd.

„Also, was soll ich jetzt tun, Juli?"

„Danke."

„Danke?"

„Ja, danke. Bei diesem Chaos fühl ich mich gleich viel besser. Zumal ich heute Abend meinen ersten Live-Auftritt im Shoppingkanal habe und aussehe wie ausgespuckt."

„Shoppingkanal? Im Ernst? Das ja cool. Wie ist das denn passiert?"

„Eines der Mädels von gestern leitet das Casting für die Verkaufsshows und hat mich vor paar Wochen angesprochen."

„Wann kommt das? Welche Produkte? Schmuck?"

„Hornhauthobel, elektrisch."

„Igitt, sowas gibt es?"

„Yep. Schalt heute gegen achtzehn Uhr ein. Dann siehst du, wie ich den Magic Gartenschlauch und den elektrischen Raspler vorstelle."

„Dann ist mein Abendprogramm ja gesichert. Prima. Da muss ich nirgendwo zu Kreuze kriechen, ich habe ja jetzt was vor."

„So einfach ist es auch nicht", sagte Juli. „Schreib Ludger eine SMS. Du hast ihn vor seinen Freunden blamiert, da kann er schon mal schmollen. Frag, ob ihr was unternehmen wollt. Tu so, als wäre alles in schönster Ordnung."

„Ist es aber nicht! Er hat sich doof benommen. Ich habe nichts gemacht. Weder habe ich dem Pastor einen falschen Namen zugeflüstert noch den Bräutigam niedergestreckt."

„Stimmt, aber dir gehört der Hund, der auch noch den

ganzen Rest verdorben hat. Ausgerechnet die Hochzeitstorte ..."

Hatte sie recht? Ich war unsicher, aber offenbar hatte ich im Alleingang alle Kerle gegen mich aufgebracht. Sogar der Elektro-IT-Dingsda-Mann hielt mich für nicht ganz dicht. Unschwanger und trotzdem zu Hause bleiben?

Ich versprach Juli, dass ich das Projekt „Versöhnung" mit Ludger angehen würde. Wir verabschiedeten uns, und ich schlich zum PC.

Nach einem drögen Vormittag voller Absageschreiben tanzten so viele Buchstaben vor meinen Augen, dass ich ein paar davon in eine SMS an Ludger einbauen konnte.

„Hallo Ludger, bei mir stressige Zeiten mit Hund und Job. Wollen wir was unternehmen, wenn du Zeit hast? Kuss Kay"

Die Grußformel „Kuss" fiel mir nicht ganz leicht, aber wenn es der Sache dienlich war, warum nicht. Eigentlich war ja nichts passiert. Ich wollte so kurz nach unserem Kennenlernen auch keine Problemgespräche führen. Er war attraktiv, nett, und wir hatten Spaß zusammen gehabt. Vielleicht waren wir nicht die Traumbesetzung für einen Liebesfilm – das scheiterte schon an den Sternen, wie ich von Juli wusste. „Fremdgänger", „führungsstark", „unterdrückend" und „eifersüchtig" waren nicht die Eigenschaften, die man von sich in einer Kontaktanzeige preisgeben sollte. Außer man suchte einen dummen Fisch wie mich, der emotional und sensibel war und sich leicht unterdrücken ließ.

„Hallo Kay, ich habe heute Abend schon was vor. Du kannst aber gerne mit, wenn du magst. Mops kann im Auto warten. Ich fahre zu einer Kuhausstellung. Na, Lust?"

Wie romantisch. Ludger und ich zwischen lauter Rindviechern. Das fand ich zwar nicht so spannend, aber um des lieben Friedens willen sagte ich zu. Julis Hornhauthobel-Premiere würde ich aufzeichnen und später genießen.

Nachdem Bernd und ich zum Üben alle Wege im Stadtwald abmarschiert waren, schnarchte er entspannt im Korb. Das Leben mit einem Mops war einfacher, als ich erwartet hatte. Man widmete ihm Zeit, schruppte ein paar Kilometer, und dann war der Bursche schon zufrieden.

Ich stand vorm Kleiderschrank und überlegte, wie wohl ein sexy Landhaus-Outfit aussehen könnte. Sofort schossen mir die Latexbilder aus dem Shooting ins Gehirn. Ich entschied mich für ein blaues, ausgeschnittenes T-Shirt und für den Wonderbra mit den dicken Polstern. Ein Geschenk vom Mähdrescher-Shooting. Dazu eine Jeans – und natürlich Cowboy-Stiefel. Ich kicherte albern, als ich mich anzog. Ob ich wohl irgendwo einen Stetson und ein Lasso fand?

Schnell versuchte ich noch, dieses Festplattendingsda in Klaras Fernseher zu programmieren. So ein ähnliches Gerät hatten wir auch zu Hause gehabt, aber da war mir von Ludger ein Berührungsverbot verhängt worden, nachdem ich versehentlich eine sechsstündige Live-Übertragung des Hannover-Marathons gelöscht hatte. Wie konnte man sechs Stunden lang Menschen beim Laufen zuschauen? Meines Wissens gab es nicht mal Pornos in der Länge, und da passierte deutlich mehr.

Es klingelte.

Bernd wachte auf und rannte kläffend zur Tür. Ich drückte den Summer und wartete auf den Fahrstuhl. Mit einem Lächeln stieg Ludger aus, worauf sich Bernd umdrehte und in die Wohnung zurückkehrte. Liebe sah anders aus, hoffte ich zumindest.

„Hallo Kay, bist du fertig?“ Ludger umarmte mich und hielt mir eine Flasche hin.

„Hallo. Haben wir es eilig?“

„Ja, damit wir den Abend später bei einer Flasche Wein ausklingen lassen können, die im Übrigen auch was mit deinem Hintern zu tun hat“, sagte er und kniff mich in selbigen.

Ich wand mich verlegen aus seinem Arm, versuchte das Etikett des Weißweins zu entziffern und las: „Kröver Nacktarsch.“ Was für eine grazile Anspielung. „Ist der echt?“

„Der Wein? Klar.“

„Der Name vom Wein?“

„Natürlich. Das Weinbaugebiet liegt an der Mosel.“

Er sagte das so selbstverständlich, dass ich nichts mehr fragen wollte. War die Mosel am Arsch der Welt? War das eine Metapher? Gurgelten wir die Schlucke und rotzten sie dann wieder aus? Da ich das mal im Fernsehen bei einer Weinverkostung gesehen hatte, waren mir Weinliebhaber suspekt. Wenn man das Zeug mochte, gab es keinen Grund, es wieder auszuspucken.

„Gib mir zwei Minuten. Gleich fängt eine Sendung an, die ich aufnehmen will.“ Ich hockte mich wieder vor den Fernseher und tippte auf der Bedienkonsole von Raumschiff Enterprise herum, die behauptete, eine Fernbedienung zu sein.

Ludger nahm mir die Macht aus der Hand. „Was willst denn aufnehmen?“

„Jetzt! Diese Sendung!“, rief ich, als meine wunderschöne, lächelnde Juli im Plastikstudio des Verkaufskanals auftauchte. Sie hielt einen Gegenstand in die Kamera, der aussah wie ein kleiner Schwingschleifer. Julis Lidstrich stand dem von Cleopatra in nichts nach. Sie trug ihre Haare zu einer kunstvollen Hochsteckfrisur arrangiert, die an den Schläfen mit hüpfenden Korkenzieher-Locken eingerahmt war. Ich fand sie so hübsch. Und dramatisch. Und auffallend.

„Was ist denn das für eine Wuchtbrumme? Die willst du aufnehmen? Hoffentlich passt die in den Recorder rein!" Ludger drückte auf irgendwelche Tasten und schüttelte missbilligend den Kopf.

Ich schaute ihn mit offenem Mund an. Wie redete der über meine Freundin?

„Kennst du die?" Er hatte wohl meinen entgeisterten Gesichtsausdruck gesehen.

Ich zählte in Gedanken bis zehn und atmete durch. „Ja, das ist meine Freundin Juli."

„Ach."

„Juli ist eine der nettesten und tollsten Menschen, die ich kenne."

„Schon recht."

Ich drehte mich zur Garderobe und griff nach meiner Jacke. „Kommst du?"

„Was ist mit dem Mops?"

„Der bleibt lieber hier. Da geht's ihm besser als im Auto."

Ich holte tief Luft. Was Ludger über Juli gesagt hatte, war nur eine typische, unüberlegte Männerbemerkung gewesen. Kein Grund auszuflippen. So redeten die Kerle andauernd. Davon würde ich mich jetzt nicht irritieren lassen. Früher hatte ich sprachlos Männer angeschaut, die ungepflegt und unsportlich den tollsten Frauen hinterherpfiffen. Ich wäre doch auch nie auf die Idee gekommen, David Beckham in den Po zu kneifen. Hatten die

Kerle kein Gefühl für ihre natürlichen Grenzen? Oder keinen Spiegel zu Hause? Irgendwann hatte mir mal ein netter Typ erklärt, dass Männer einen natürlichen Weichzeichner eingebaut hatten. Gepaart mit angeborenem Selbstbewusstsein und wenig Reflexionswillen hatten die Jungs einfach keine Ahnung, was ging.

Während der Fahrt plauderte Ludger aus der Praxis und schien nicht im Mindesten irritiert, dass er kurz vorher meine Freundin beleidigt hatte. Vermutlich hatte er einen Sprachweichzeichner in sich, der auch Beleidigungen in neutrale Sätze transformierte. Wir erreichten das Ausstellungsgelände und parkten laut Anweisung einer Armee von Parkwächtern auf einem riesigen Areal in der hintersten Ecke. Es gab kaum noch Lücken zwischen den Wagen.

„Wir sind spät", sagte Ludger und zog mich mit.

„Wusstest du", fragte ich, „dass hier parallel noch eine Großveranstaltung stattfindet?" Anders waren diese Menschenmengen kaum zu erklären. Das war aber auch von den Machern nicht gut geplant.

„Was für eine andere Veranstaltung? Hier ist heute nur die Schau der Besten."

„Werden die Kühe verschenkt?"

„Natürlich nicht. Die Tiere erzielen Preise bis zu zwanzigtausend Euro."

„Für eine Kuh?"

Ludger sah mich an, als überlege er, mich während der Auktion mit einer Schale Wasser und einem Kauknochen ins Auto zu sperren. Das hier war sein Reich, und er schien Angst zu bekommen, dass ich ihn blamieren könnte. Ich würde mich vorbildlich benehmen, schwor ich mir. Interesse zeigen, Fachwissen sammeln und in die Veranstaltung eintauchen. Genauso würde ich es machen.

Wir kauften einen Auktionskatalog und eilten durch einen mit Verkaufsständen vollgestellten Vorraum. Ein Plastik-Euter hing wie ein tiefer Kristalllüster über einem der Stände. Daneben baumelte ein Schild, das jedem ein Familienpaket Waschmittel für die Eutertücher versprach, der zehn Liter Dippmittel kaufte.

Ein paar Meter weiter wurden Klauenschneider angeboten. Endlich sah ich die Firma zum „Muh-Cutter", den ich schon bei Ludger im Auto entdeckt hatte. Allerlei Pulver in Fünfzig-Liter-Gebinden stand ebenfalls zum Verkauf. Mir war schleierhaft, was man damit tat. In meiner Gedankenwelt standen Kühe im Winter im Stall, im Sommer auf der Weide. Einmal bekamen sie Heu, einmal fraßen sie frisches Gras. Sie kriegten Kälber, wurden gemolken und später geschlachtet. Offenbar hatte sich was verändert, seitdem ich mich zum letzten Mal mit Kühen beschäftigt hatte. Da war eine Industrie herangewachsen.

Ludger zog mich weiter, bis wir in einer Art Box-Arena ankamen, die brechend voll war mit Männern in forstgrüner Kleidung und mit roten Wangen. Die meisten hielten ein Exemplar des Auktionskatalogs in ihren schwieligen Händen und machten sich Notizen. Andere diskutierten über die angebotene Ware. In der letzten Reihe fanden wir noch zwei Plätze und setzten uns. Unten in der Manege war ein Boxring mit rotem Teppich samt roter Streu aufgebaut. Davor saßen dicht an dicht Menschen auf Klappstühlen. Das war dann wohl die Rinder-Prominenz. Beim Boxen wären das die Plätze von Boris Becker und Sir Henry Maske. Vorn stand der Auktionator, ein Anzugträger, und schräg hinter ihm sprach ein junger Mann an einem Pult irgendwas auf Deutsch und Englisch ins Mikro. Englisch? Wir waren doch in der deutschen Provinz. Wurden hier die Kühe wie Duchesse, die schwindsüchtige Windhündin, in zwei Sprachen ausgebildet?

„Und jetzt kommt der Engel des roten Catwalk. Eine Belohnung für jedes Züchterauge! Begrüßen Sie mit einem Zweitausender Startgebot. Hier bei uns: Angel!“, brüllte der Auktionator in sein Mikro.

Das Saallicht ging aus. Zwei gleißend helle Spots kreisten über dem Ring. Begleitet von der Bandaufnahme einer Fanfare wurde eine ... Kuh hereingeführt. Natürlich, was auch sonst. Vier Beine, schwarz-weiße Flecken, Euter, Kopf, Puschelschwanz – fertig!

Ich stieß die Luft aus, die ich vor Aufregung angehalten hatte. Ludger beugte sich nach vorne, um Zahlen- und Buchstabenkolonnen auf den Leinwänden links und rechts neben der Kuh-Arena besser erkennen zu können.

„Was steht da?“, flüsterte ich. Auf keinen Fall wollte ich für alle erkennbar der einzige Mensch im Saal sein, der die Kuh-Zahlen nicht kannte.

„Das sind die Ergebnisse der Milchleistungsprüfung nach der Kalbung“, murmelte Ludger. „Interessant ... Wie gut sie die Menge hält – und dieser Eiweißwert ...!“ Er sprach mehr mit sich selbst und vertiefte sich wieder in die Zahlen.

Währenddessen ratterte der Auktionator die Gebote herunter. Der Mann hinter ihm las irgendwas Englisches vor. „Zum Ersten, zum Zweiten uuuuuuund zum ... Sehe ich noch ein Gebot? Nein? Dann zum Dritten! Angel geht nach Italien. Der Herr da vorne links“, rief der Auktionsmann. Er zeigte mit seinem Hämmerchen auf einen Klappstuhlsitzer.

Aus den Lautsprechern erschallte in Diskolautstärke

„Angel" von Robbie Williams. Hoffentlich hieß hier keine Kuh „Hells Bells". Dann würde ich mir besser was in die Ohren pfriemeln.

„Gebt mal Gas!", hörte ich den Auktionator sagen. „Bei der dicken Weizenernte, die ihr eingefahren habt, könnt ihr die Gebote knallen lassen. Und jetzt kommt die Nummer vierhundertzweiundzwanzig: Landmädel!"

Licht aus, Spot an, Kuh rein. Den Namen „Landmädel" fand ich typgerecht gewählt. Im Katalog hatte ich auch „Partygirl" entdeckt und freute mich schon auf rosa lackierte Klauen und eine Mähne, die zur Diskopalme hochtoupiert war.

„Super Euter", freute sich ein rotgesichtiger Mittvierziger neben mir.

Ich schnappte nach Luft. Das mit dem Weichzeichner und dem überbordenden Selbstbewusstsein hatte ich ja akzeptiert, aber diffamierende Äußerungen wie „Quarktaschen", „Glocken" oder „Euter" für weibliche Brüste hätte sich auch David Beckham in meiner Gegenwart nicht erlauben dürfen. Da schielte mir so ein Bauer in den mühsam aufgepolsterten Ausschnitt und benahm sich sofort daneben. Ich stemmte die Hände in die Hüften und drehte mich zu meinem Sitznachbarn. Doch der schaute nicht mal in meine Richtung. Er hob ständig den Arm und nickte.

Wie peinlich! Der bot für das Landmädel mit. Er erhielt den Zuschlag und strahlte, so dass seine Falten die Augen wie Sonnenstrahlen im wettergegerbten Gesicht umrahmten. Ich ließ die Arme sinken.

Eine weitere Kuh war im Angebot. Ihr Name war Chantal. Und wieder wurden Gebote gebrüllt, bis der Auktionator rief: „Herzlichen Glückwünsch an den Telefonbieter. Chantal geht nach Kuwait!"

Kuwait? Ich kreischte vor Vergnügen. Das schien Ludger daran zu erinnern, dass er mit mir hier war.

„Was ist?", fragte er sichtlich irritiert.

„Die Kuh geht nach Kuwait!"

„Ja, und?"

„Das Pferd nach Verden, der Hund nach Stralsund, die Katze zu Matze und die Kuh nach Kuwait." Ich schlug mir auf die Schenkel vor Lachen. Ludger sah mich an, als würde er mir gleich etwas injizieren wollen. Zur Beruhigung.

„Gleich kommt Partygirl", sagte er in einem Ton, als müsste ich mir irgendeiner Tragweite bewusst sein. Bloß welcher?

„Klar, wer sonst?", antwortete ich. Der Name hatte mir vorhin ja schon gut gefallen.

Das nächste Tier wurde hereingeführt. Es stand, blökte und kackte pladdernd in den Ring. Unbeeindruckt wischte sich der Auktionator die Kacke-Spritzer vom Jackett und ratterte die Daten der Kuh ins Mikro. Mit dem Fuß wischte er die Hinterlassenschaften in die rote Streu neben dem Teppich. Ich gniggelte los. Kuh-Auktionen würden mein neues Hobby werden. Das war herrlich. Aber alle anderen blickten konzentriert aufs Geschehen. Niemand grinste.

Ludger blätterte im Auktionskatalog, sprach gestikulierend mit den Männern neben ihm. Alle zuckten mit den Schultern. „Partygirl fehlt", ließ er mich wissen.

„Und das heißt?"

„Das ist großer Mist."

„Aha. Weil?"

„Weil ich für einen Kunden mitbieten soll. Er verfolgt den Werdegang von Partygirl seit Monaten. Sie hat Verträge über einundzwanzigtausend Euro!"

„Werbeverträge?“

„Quatsch. Für ihre Nachkommen.“

Ludger blätterte in seinen Unterlagen, telefonierte, wurde wütend. Ich verhielt mich still und beobachtete das Geschehen. Er legte auf und sah mich an. „In fünfzehn Minuten habe ich eine Verabredung mit den Organisatoren. Es scheint ein größeres Problem mit Partygirl zu geben. Bleibst du hier?“

Aha. Da wollte er mich nicht dabeihaben. Mit Partygirls gab es immer Probleme. Da musste man doch nicht gleich zum Chef rennen und die Kuh verpetzen, nur weil die mal ordentlich eins draufgemacht hatte.

Stillsitzen und warten wollte ich auch nicht. „Nö, ich lauf hier ein bisschen rum.“

„Ich weiß aber nicht, wie lange das dauert. Wenn ich dich anrufe, hörst du das in dem Krach auch nicht.“

„Wir finden uns schon.“

„Hmm ... ich weiß nicht.“ Er strich sich über das Kinn und schien zu überlegen. „Ich habe eine Idee. Gib mir mal dein Telefon.“

„Okay.“

Er nahm mein Smartphone, ging in den App-Store und lud mir in Sekundenschnelle ein Programm runter. Dann griff er zu seinem Telefon, tippte darauf herum und lächelte. Endlich mal! Das musste eine gute App sein.

„Find Friends“, sagte er. „Damit finde ich dich hier auf dem Areal ganz sicher wieder. Und du findest mich!“

„Aha.“

„Ist ein Ortungsdienst und funktioniert super.“ Er klickte auf das Symbol, das sich nun bei mir auf dem Bildschirm befand, und zeigte auf einen roten und einen blauen Punkt. „Der rote Punkt bin ich. Beobachte ihn mal, wenn ich weggehe. Du kannst hier jetzt entspannt rumlaufen, und ich weiß immer, wo du bist." Ludger drückte mir einen Kuss auf und ging.

Ebenso wie er bewegte sich auch der rote Punkt auf meinem Smartphone weg von mir. Faszinierend.

Ich wanderte über die Messe und gelangte irgendwann zu den Ställen, wo hinter den Kühen junge Männer – Junior-Bauern? – mit Eimern und Bergen von Küchentüchern herumliefen. Durch die Gänge schoben sich dröhnende Landwirte. Eine Kuh neben mir verspürte offenbar den Drang nach einem großen Geschäft und hob den puscheligen Schwanz. Sofort rannten die Küchentuchmenschen herbei, hielten einen Eimer hinter die Kuh und wischten das Tier nach Beendigung ihres Geschäfts wieder makellos sauber.

Am Ende des Stalls standen zwei Kühe in einer Box, denen von einer Art Kuh-Stylist wie mit der Wasserwaage ein Irokesenschnitt auf den Rücken gesprayt wurde. Ein zweiter Coiffeur klebte Puschel-Verlängerungen an den Schwanz und cremte eine dicke Ader, die bis zum Euter lief, glänzend ein. Aha! Auch hier wurde mit allen Tricks der Kosmetik gearbeitet. Von wegen natürliches Landleben. Die Mädels wurden hübsch gemacht wie auf dem Heiratsmarkt. Konnten Kühe Zuneigung empfinden? Wurden sie traurig, wenn man sie aus ihrem gewohnten Leben riss, um sie anschließend, begleitet von lauter Popmusik, zu verschachern? Fragen über Fragen. Das musste ich alles mal googlen. Ich schlenderte weiter und vergaß die Zeit. Es gab so viel zu sehen, so viele interessante Gespräche zu belauschen.

Eine Traube von Menschen versammelte sich im Stall vor einer Kuh, neben der ein rotgesichtiger Bauer, der aussah wie ein erwachsener Michel aus Lönneberga, breit grinsend Fragen beantwortete. Ich stellte mich in die Menge. Was war so toll an der Kuh?

„Die Marion hat wirklich Tiefe. Wahnsinn!", flüsterte ein Mann mit einer zerknautschten grünen Mütze seinem Nachbarn zu.

„Bedeutet das einen Hängebauch?", fragte ich mitten in das Gespräch hinein. Beide schauten mich an, als wäre ich ein Zimmermädchen, das im Hotel versehentlich in eine Sex-Szene gestolpert war.

„Quatsch. Die steht tief." Der Mann schüttelte den Kopf und drehte sich weg.

Ich hatte es aber immer noch nicht kapiert. „Wozu ist das gut?"

Beide drehten sich wieder zu mir um. Sie machten ein Gesicht, als würde das Zimmermädchen nicht weggehen wollen.

„Wenn sie tief stehen, können sie besser und mehr fressen."

Beide drängelten sich näher an Marion und Michel heran. Die wollten keine Fragen mehr beantworten. Ich war ihnen wohl peinlich. Na bravo! Bei „Bauer sucht Frau" würde ich mich nicht bewerben können.

Vor Jahren hatte ich mal einen vielversprechenden Freunde-Anwärter zu einem Autorennen begleitet – für mich das erste Autorennen überhaupt. Ich sah es noch genau vor mir, wie aufgeregt ich gewesen war und wie entfesselt ich mit meinem Fähnchen gewedelt hatte. Auf diese Weise wollte ich toll, cool und interessiert sein. Vielleicht würde hier seine Liebe zu mir entflammen. In Zukunft würde ich seine Hobbys teilen, wir würden an Rennstrecken stehen und gemeinsam Bratwurst essen.

Dann starteten die Wagen. Enttäuscht ließ ich meine

Fahne sinken. „Die geben sich ja gar keine Mühe beim Losfahren", maulte ich. „Das kann ich auch!"

Die Köpfe der umstehenden Männer drehten sich in meine Richtung. Ihre Blicke waren fassungslos, amüsiert oder mitleidig auf uns gerichtet. Mein zukünftiger Freund kriegte einen roten Kopf und schaute auf den Boden.

„Was ist?", fragte ich.

„Das war die Aufwärmrunde. Der Start kommt jetzt erst."

Er war danach nie mehr an sein Telefon gegangen.

Erst als ich mal meine Rufnummer unterdrückte, hatte er abgenommen. Ich hatte wortlos aufgelegt – was sollte ich auch sagen? –, und wir waren uns danach nie wieder begegnet.

Sollte sich diese Erfahrung wiederholen? Ich versuchte doch nur, Interesse zu zeigen. Das konnte nicht falsch sein. Wenn ein Mann merkte, dass man ihn ernst nahm, und seine Hobbys mit ihm teilte, musste der das doch toll finden. Für Johannes hatte ich sogar mit dem Laufen angefangen. Ihm war ich dabei aber immer peinlich gewesen. Er hatte das, was ich tat, immer nur „schnelles Stehen" genannt.

„Du scheinst ja wenigstens Spaß zu haben."

Ich machte einen Sprung nach vorne und stieß gegen die beiden Bauer-sucht-Frau-Kandidaten. Die schüttelten synchron die Köpfe und drehten sich wieder weg.

„Mann, hast du mich erschreckt!", stöhnte ich und buffte Ludger gegen die Brust. „Wie hast du mich gefunden?"

Ludger zog die Augenbrauen hoch und hielt mir sein Telefon vors Gesicht. Da blinkten ein blauer und ein roter Punkt direkt nebeneinander. Ach ja. Find Friends!

„Lass uns gehen", sagte er. „Das hier war ein echter Reinfall."

„Och. Ich fand's ganz nett und lehrreich."

„Nett? Mann, Kay, ich bin doch nicht zum Vergnügen hier."

„Ich weiß, aber es schadet nichts, wenn man beim Arbeiten Spaß hat."

Das sagte ausgerechnet ich. Statt interessante Vorstellungsgespräche zu führen, schrieb ich Absagen.

„Ja, aber wenn man von den Organisatoren verklappst wird, ist das nicht witzig."

„Was ist denn passiert? Tanzt Partygirl auf einer anderen Fete?"

„Du nimmst das hier null ernst. Wenn du dich nicht für meine Arbeit interessierst, warum bist du dann überhaupt mitgekommen?"

Was? Ich interessierte mich nicht? Mit offenem Mund schaute ich Ludger an. Wenn ich das alles doof finden würde, wäre ich zu Hause geblieben. Ich konnte doch nichts dafür, dass ich kein Diplom in Kühen hatte. Konnte schließlich keiner ahnen, dass das für mich mal wichtig werden könnte. Ich versuchte ja, alles zu lernen und zu verstehen.

„Was ist denn nun mit Partygirl?", fragte ich. Ich wollte auf die von ihm begonnene Diskussion nicht eingehen.

„Euterentzündung und Fieber."

„Muss sie das Bett – äh, den Stall – hüten?"

Ludger kriegte wieder einen schmalen Mund. Ich musste anders fragen, denn er fand mich null komisch. Hatte er überhaupt Humor? Hatten wir schon mal zusammen gelacht? Hatte ich Humor, wenn ich arbeitete und bei mir was schieflief? Nein. Also gab ich mir einen Ruck und meiner Stimme einen professionellen Unterton. „Ist das gefährlich für das Tier, oder kriegt man das mit Antibiotika in den Griff?"

„Wenn es stimmt, dass sie krank ist, kriegt man das wieder hin. Aber ich vermute, dass sie unter der Hand verkauft wurde. Sie ist wirklich vielversprechend."

„Was heißt vielversprechend? Was kann sie?"

Ludger rollte mit den Augen. „Kay, lass gut sein. Wir fahren."

Er wollte es mir wohl nicht erklären.

Schweigend gingen wir zum Wagen und tauschten auf der Rückfahrt nichts als ein paar Belanglosigkeiten aus. Ich fühlte mich wie jemand, der bei der Mitfahrzentrale angerufen hatte und von einem Fremden von A nach B gefahren wurde. Man plauderte nett, aber eben belanglos. Ein flüchtiger Kuss – und schon stand ich wieder vor Klaras Haustür.

Der Kröver Nacktarsch lag oben im Kühlschrank. Den würde heute wohl keiner von uns mehr trinken wollen.

Resigniert setzte ich mich mit einem Kaffee vor den PC. Tanzende Buchstaben, enttäuschte Hoffnungen – und kein Ende absehbar. Jeder Mensch, der ein E-Mail von mir bekam, würde mich verabscheuen. Mit belanglosen Zeilen zerstörte ich die Träume eines jeden Bewerbers auf eine Anstellung. Das machte mir keinen Spaß. Ein ganzes Jahr lag noch vor mir. Wie sollte ich das schaffen?

Morgens hatte ich eine E-Mail an die Schreiber geschickt und gefragt, ob sie noch verantwortungsvollere Tätigkeiten für mich hätte. Für das Tippen von Briefen wäre ich sowohl deutlich überqualifiziert als auch überbezahlt.

Ein Pling zeige mir den Eingang ihrer Antwort an. Nahm das Projekt vielleicht doch noch eine spannende

Wendung? Ich konnte mir gut vorstellen, das gesamte Management der Bewerbungen neu zu strukturieren. So würden wir effektiver arbeiten und schnell die Perlen unter den Bewerbern herausfinden. Dazu hatte ich mir ein paar spannende Ansätze überlegt. Wenn die Schreiber meinen Wunsch nach qualifizierterer Arbeit abnicken würde, dann hätte sie heute Abend eine Projektskizze von mir auf dem Tisch. Ich öffnete ihre E-Mail.

„Guten Tag, Frau Bielefeld, ich bedaure, Ihnen keine weiteren Arbeiten übertragen zu können. Das derzeit hohe Arbeitsvolumen erlaubt jetzt und in den nächsten Monaten keine neuen Projekte. Mit freundlichen Grüßen. Kordula Schreiber. PS. Falls Ihnen Ihre Bezahlung unangemessen erscheint, sollten wir ggf. darüber reden."

Bravo. Nun wusste ich, wie sich die Empfänger meiner Absageschreiben fühlten: enttäuscht bis fassungslos. Danke, Chefin, für diese Erfahrung! Man las einen Absender, auf dessen E-Mail man gewartet hatte, und fühlt sich nach dem Lesen von ein paar nichtssagenden Zeilen seltsam leer. Ein Versprechen auf eine Zukunft wurde ersetzt durch ... ja, durch was eigentlich? Leere, Resignation. Ich kam in eine Grübel-Spirale, an deren Ende ich vermutlich jedem Bewerber zusagen würde, nur damit keiner von ihnen enttäuschende E-Mails öffnen musste.

Das würde ein Spaß werden. Ich würde alle an einem Tag zur Vertragsunterzeichnung zur Schreiber ins Büro schicken. Okay, dann musste ich vermutlich mitsamt Mops zu Klara nach Simbabwe fliehen. Vielleicht hatte sie vor Ort ja einen interessanten Job für uns?

Wieder hörte ich das Pling einer eingehenden Nachricht und sah, dass Klara im Posteingang lag. Die hatte telepathische Fähigkeiten! Hoffentlich keine schlimmen

News. Ich brauchte keinen Vulkanausbruch, um meine Sorgen kleiner werden zu lassen. Ich drückte mit der Maus auf das Briefumschlag-Symbol und überflog die Zeilen. Ihr war nichts passiert. Ganz im Gegenteil. Mein heutiges Tageshighlight waren eindeutig Klaras Zeilen. In Simbabwe war es heiß, und es gab unendlich viel zu tun. Klara und ihre Kollegen führten Aufklärungskampagnen gegen AIDS-Infektionen durch, impften gegen Kinderlähmung und arbeiteten bis zum Umfallen. Sie hatten kein Telefon, und eine Internetleitung ergab sich nur alle paar Tage für wenige Minuten – wenn der Generator nicht streikte. Kein fließendes Wasser, keine feste Unterkunft. In jeder Zeile klang aber an, wie glücklich Klara trotz all ihrer Erschöpfung war. Sie tat etwas Sinnvolles. Sie rettete Leben.

Ich schloss die Nachricht und ließ mich aufs Sofa fallen. Bernd verließ gähnend sein Körbchen und schob sich rückwärts zwischen meine Füße. So parkte er in seiner Mopsgarage ein. Okay, es war eher ein Carport. Er liebte es, zwischen Füßen zu sitzen und sich kraulen zu lassen. Mit einer Hand pflügte ich durch sein Fell, mit der anderen wählte ich Julis Nummer. Ich brauchte Ablenkung vom Telearbeitsplatz-Dasein und hatte ihr noch gar nicht gesagt, wie toll sie auf dem Bildschirm rüberkam. Was war ich nur für eine Freundin, die sich in ihrem Elend suhlte und darüber die beste Freundin vergaß?

„Julia August."

„Oh! Wenn du dich so förmlich meldest, ist was passiert."

„Passiert? Kann man sagen. Ich war grad bei der Schreiber."

„Und?" Ich hörte auf mit der Mopsbespaßung. Juli klang angespannt. Sie wurde nicht oft zur Chefin gerufen. Bei einem dieser seltenen Ereignisse hatten wir uns vor Jahren kennengelernt und angefreundet. Die Schreiber hatte sie damals aus reiner Bosheit fast eine Stunde warten lassen. Dabei hatte sie in ihrem Büro gesessen.

Hatte die Schreiber heute den falschen Zyklustag, und wir wurden mit ihren Wut-Hormonen überschüttet? Wollte sie mich eigentlich befördern, aber Zyklustag 28 machte alles zunichte? Würde ich später mal sagen können: „Beinahe wären wir groß rausgekommen, aber meine Chefin hatte ihre Tage.“?

„Es gibt Ärger.“

„Den gibt's immer. Was ist daran besonders?“

„Hast du meinen Auftritt gesehen?“

„Deswegen rufe ich ja an. Du warst toll. Dramatisch, wunderschön! Und es ist völlig egal, was du da verkaufst, die Leute werden es dir schon aus den Händen reißen.“

„Ein Kunde hat mich gesehen und beim Chef Terror gemacht.“

„Ein Kunde? Von uns? Wir handeln meines Wissens mit Klamotten. Seit wann verkaufen wir Gartenschläuche oder Hornhauthobel?“

„Gar nicht. Aber der Verkaufskanal bietet auch Klamotten an. Nur hat unser Kunde seine Waren leider nicht im Verkaufskanal platziert, dafür aber sein schärfster Konkurrent. Und das wohl ziemlich erfolgreich. Vermutlich hockt unser Kunde übellaunig vorm Fernseher und sieht zu, wie die Verkaufszahlen seines Mitbewerbers nach oben schnellen.“

„Aber du hast doch gar keine Klamotten verkauft? Kapier ich nicht.“

„Aber ich könnte. Also flippt der aus, weil er denkt, dass ich heute seine Sachen trage, die über unseren Online-Shop verkauft werden, und morgen die seines Konkurrenten, die ich für den Shoppingkanal trage. Und das erzeugt den Ärger. Die Schreiber hatte einen Anruf vom Chef und behauptete spontan, dass ich freie Mitarbeiterin sei. Damit hätte sie keinen Einfluss auf mich."

„Die hat den Alten voll angelogen! Gibt's ja gar nicht."

„Ja, das hat sie. Und das ist jetzt mein Problem."

„Gibt es eine Gegenüberstellung? Lügendetektor? Anklage? Ich bin auf deiner Seite. Ich sage für dich aus!"

„Sie will meinen Anstellungsvertrag in einen für freie Mitarbeiter umwandeln."

„Aber dann verlierst du ja alle Rechte! Arbeitslosenversicherung wird nicht mehr bezahlt, du musst dich selber krankenversichern und weiß der Geier, was noch alles. Und ich verliere meine Lieblingskollegin!"

„Ja, das hat sie mir alles genau erklärt."

„Hach! Da hast ihr aber was erzählt, gell?"

„Nein, ich habe gekündigt."

Ich schnappte nach Luft und stockte. „Du hast was getan?"

„Gekündigt."

„Aber was soll denn jetzt werden? Bist du wahnsinnig? Die Risiken, deine Altersvorsorge, der kostenlose Parkplatz ..."

„Ich darf auf dem Gästeplatz stehen."

„Juli, sei nicht albern!"

„Doch, das hat die Schreiber mir zugesagt."

„Das meine ich nicht!"

Juli lachte auf. „Ich weiß. Aber im Ernst. Je mehr ich darüber nachdenke, desto besser finde ich das alles. Ich bin mein eigener Herr, kann kommen und gehen, wann ich will. Jetzt lerne ich noch, wie man Rechnungen schreibt, schließe eine Versicherung ab, und los geht's."

„Bist du sicher, dass du weißt, was du da tust?"

„Was würdest du an meiner Stelle machen, wenn du die Chance hättest, erotische Unterwäsche und Hornhauthobel im Fernsehen und über Kataloge zu verkaufen?“

„Schreien.“

Als ich nach einem langen Spaziergang mit Bernd zurückkam, musste ich mir erst mal Mittagessen kochen. Ich hatte all das, was ich vorhin gehört hatte, noch nicht verarbeitet. Juli traute sich was. Ich war mehr und mehr beeindruckt statt geschockt. Alle um mich herum kamen voran. Ich nicht. Ich saß nun vollgefressen auf meinem geliehenen Sofa und streichelte den geliehenen Hund in der geliehenen Wohnung. Währenddessen verliebte sich mein Ex neu, und für seinen potenziellen Nachfolger kapierte ich die Bedienungsanleitung nicht.

Die Frauen in meinem Umfeld brachen erfolgreich aus ihren bisherigen Bahnen aus. Ich brach ein. In beiden Disziplinen.

Ich brauchte dringend einen Rat und wählte Julis Nummer. Besetzt! Die machte bestimmt schon Termine in Buchhaltungskursen und suchte sich einen Manager. Ich schickte ihr eine SMS:

„Ruf! Mich! An!“

Was konnte ich überhaupt noch vorantreiben? Bernds Schnarchen sägte durch meine Gedanken. Seine Erziehung! Wenn Klara wiederkäme, hätte sie den wohlerzogensten Hund der Stadt. Jawoll! Ich griff zu dem Stapel Mopsbücher. Die Tipps hatten bisher alle gut funktioniert. Ach nee ... Wenn ich an Bernds Überfälle auf ahnungslose

Radler dachte, schien der bisherige nicht der richtige Weg zu sein. Wann war die nächste Stunde mit dem Trainer? Ich hatte tausend Fragen. Vielleicht konnte ich mal ohne Mops mit ihm einen Kaffee trinken gehen und ihm alle meine Fragen stellen.

Mit neuem Elan griff ich zum Telefon. Die Nummer hatte ich schon vor ein paar Tagen einprogrammiert. Sicher war sicher.

Es klingelte, bis ein Anrufbeantworter sich meiner erbarmte und bereit war, mein Anliegen anzuhören und aufzuzeichnen.

„Guten Tag, Herr Fährmann, mein Name ist Kay Bielefeld. Der Mops Bernd und ich sind Ihre neuen Schüler. Nach der Sache da neulich wollte ich Sie fragen, ob Sie mit mir mal ..." Ich stockte. Was tat ich hier eigentlich? Der musste doch denken, dass ich verzweifelt auf der Suche nach einem Mann war! Ich wollte auflegen, aber meine Sätze klebten jetzt auf dem Gerät. Ich holte Luft und sprach weiter. „Also, weil Bernd ja nicht so gut erzogen ist – also eigentlich gar nicht, wie Sie ja wissen –, wollte ich Sie bitten, ob Sie gegebenenfalls mit mir mal einen Kaffee trinken, um ein paar Sachen zu besprechen. Auf Wiederhören!"

Ich knallte den Hörer auf. Stammel-Else! Mit heißem Gesicht stellte ich mir vor, wie der Trainer kopfschüttelnd neben seinem Telefon gestanden und sich das angehört hatte. Ach du Schreck! Und was wäre, wenn die attraktive Braunhaarige vom Parkplatz daneben gestanden hätte? Dann würde er ihr vielleicht gerade die Stirn wundküssen, während ihre gemeinsame Kinderschar die Wohnung mit Pizzagesichtern dekorierte. Halt! Stopp! Ich musste damit aufhören.

„Blumenwiese, Blumenwiese, bunte Bälle, bunte Bälle ...",

murmelte ich ein Mantra vor mich hin und überlegte mir, wie Juli eine solche Situation bewältigen würde.

Mozart dudelte los. Juli! Unsere Gedankenübertragung funktionierte tadellos. Ich hatte ein Problem – sie empfing die Schwingung. Okay, die SMS unterstützte diesen Prozess sicherlich.

„Juli! Du glaubst gar nicht, was ich grad Peinliches gemacht habe. Ich habe dem Trainer was auf die Mailbox gestammelt, und der muss jetzt denken, dass ich ihn direkt flachlegen will."

Juli schwieg.

„So meinte ich das aber gar nicht. Sicher ist der attraktiv und so, aber ich brauche Hilfe bei ... Juli? Alles okay?"

„Guten Tag, Frau Bielefeld", sagte Juli mit einer Stimme, die klang wie die vom Hundemann.

Aber wieso siezte mich Juli? Mein Bauch tauchte ab und versuchte vor Peinlichkeit in den Zwölffingerdarm zu robben – nicht ohne vorher eine Nachricht ans Gehirn zu funken: Das ist nicht Juli! Das ist jetzt ganz, ganz peinlich!

„Kaffeetrinken klappt leider zeitlich nicht."

Ich schwieg. Völlige Leere im Gehirn.

„Sind Sie noch dran?", erkundigte sich Sascha Fährmann.

„Am liebsten nicht", flüsterte ich mit geschlossenen Augen. So mussten sich Frauen fühlen, die einen Brief an den Angebeteten schickten, der den am nächsten Tag bei Facebook postete. Wahrscheinlich stand die Stirngeküsste vom Parkplatz daneben, und beide hielten sich an den Händen. Ich wollte doch nur, dass mein Hund und mein Magen mit dem Robben aufhörten und anständige Kommandos lernten!

„Die Trainings gehen bis achtzehn Uhr, ich habe nur

eine kurze Pause. Wie wäre es denn heute Abend? Beim Italiener am Rand des Stadtwaldes?"

„Äh ... Sie und ich?"

„Bei einem Grundsatzgespräch würde der Mops sich vermutlich langweilen. Aber es steht Ihnen natürlich frei, noch jemanden mitzubringen. Vielleicht den Herrn, den wir beim Joggen gestört haben?"

Eine erneute Heißwelle schoss durch meinen Körper. Mein Magen beantragte Asyl im Körper einer Nonne. Nicht nur der Liebesbrief stand bei Facebook, auch die Tagebücher, Bilder von benutzten Schlüpfern und Obenohne-Fotos. Zumindest musste sich das genauso anfühlen.

„Äh ... äh ... also nein. Das wäre vermutlich nicht gut. Also dann nur wir zwei?"

„Fein. Ich bin kurz nach achtzehn Uhr da. Schönen Tag noch bis dahin." Er legte auf.

Ich jaulte auf.

Es klingelte wieder. Haha, war nur Spaß. Ich gehe doch nicht mit jemandem wie Ihnen essen! Haha.

„Kay Bielefeld", meldete ich mich.

„Hasiputzi, was gibt es denn?"

„Juli! Endlich!"

„Endlich? Du hast vor fünf Minuten eine SMS geschickt!"

„Eben hatte es schon einmal geklingelt, und da dachte ich, dass du es bist."

„Ja, und? Hat dir unter meinem Namen jemand eine Pilates-DVD-Sammlung verkauft?"

„Nee, ich hatte dem Hundetrainer eine peinliche Nachricht auf die Mailbox gestammelt. Dann klingelte das Telefon, und ich erzählte Juli, dass ich dem Trainer eine peinliche Nachricht auf die Mailbox gestammelt habe. Das warst aber nicht du, das war der Trainer!"

„Na und? Das wusste er dann ja schon. Von daher hast ihm jetzt auch nichts bahnbrechend Neues erzählt. Oder?"

Ich seufzte. „Stimmt auch wieder."

„Und was ist passiert?"

„Wir haben uns für heute zum Essen verabredet."

„Oh! Hast du vom germanischen Gott, gefangen im Körper eines Rinderpraktikers, schon genug?"

„Juli! Er heißt Ludger!"

„Musste ich mir das merken?"

„Ludger ist okay. Und sexy ist er auch."

„Woher willst du das wissen? Du warst jedes Mal betrunken."

„Nüchtern leben wir noch auf verschiedenen Planeten, aber das tun Frauen und Männer doch immer. Ich bin fest entschlossen, auf seinen zu reisen."

„Kay, wenn der Löwen-Wolf perfekt wäre, könntest du dich beamen und müsstest keine umfangreichen Reisevorbereitungen treffen."

„Das wird besser werden. Ich muss versuchen, seinen Humor zu entschlüsseln, und herausfinden, wie er tickt."

„Und dann? Stellst du deinen Humor drauf ein und verbringst deine Zeit im Kuhstall? Um ihm zu gefallen?"

Je mehr Juli mir Ludger madig machte, desto mehr verteidigte ich ihn. Das war so ein doofer Kindheitsreflex, den ich nicht ablegen konnte. Wenn es früher geheißen hatte, dass ich mit einem Jungen nicht spielen durfte, wurde der so interessant wie ein Außerirdischer.

„Wie dem auch sei, heute Abend gehe ich mit dem Trainer aus und lasse mich in die Geheimnisse der Möpse einweihen."

Juli prustete los. „Ja, genau! Das mach mal. Falls da noch

Fragen auftauchen, ich habe umfangreiches Fachwissen aus eigener und Fremdbetastung."

Für die Abendrunde wählten Bernd und ich die Hauptverkehrsstraße. Hier war ich sicher, dass wir dem Trainer nicht über dem Weg liefen. Ich nahm mein Smartphone und tippte eine Nachricht an Ludger. Da ich seine Kuh-Leidenschaft bei der Ausstellung nicht ernst genommen hatte, musste ich den ersten Schritt tun.

„Hallo Ludger, sehen wir uns die Tage? Da steht noch eine Flasche Kröver Nacktarsch in meinem Schrank."

Als ich das Smartphone wieder einstecken wollte, piepte es bereits.

„Hallo Schöne, heute Abend? Direkt bei dir?"

Warum brachte ich mich immer in solche Situationen? Ich hätte mich auch morgen bei Ludger melden können. Dann müsste ich ihm nicht sagen, dass ich heute schon was vorhatte. Aber was war das Problem? Ludger und ich waren uns doch – noch – keine Rechenschaft schuldig. Wir trafen uns, hatten Sex, und vielleicht würde es mehr werden. Noch befanden wir uns aber in einem Zwischenstadium. Wir tasteten uns ab. Konnte das gehen? Passten wir zusammen? Nach der langen Zeit mit Johannes war ich ungeübt. In meiner Welt war eine Beziehung ein stabiles Haus. Aktuell tanzten wir aber in einem Zelt. Also konnte ich auch ehrlich sagen, warum ich keine Zeit hatte.

„Hey, heute Abend geht leider nicht. Ich treffe Bernds Trainer, weil ich noch so viele Fragen habe."

Trotz des Zeltes hatte ich das Gefühl, etwas Verbotenes zu tun. Wie albern.

„Den Trainer? Auch noch abends? Ich habe mehrere Semester Verhaltenspsychologie bei Tieren studiert. Wieso fragst du mich nicht?"

Weil mein Hund Ludger hasste? Weil ich das genau nachfühlen konnte? Ich hätte als Kind den Zahnarzt samt Bohrer auch nie gefragt, ob er meine Puppe heilen würde? Das konnte ich aber nicht schreiben.

„Stimmt. Du hast recht. Ich bin gar nicht drauf gekommen. Aber jetzt habe ich Trainings gebucht und krieg das auch hin."

Im Grunde passte das ja auch. Irgendwie.

„Du musst wissen, was du tust. Bis irgendwann mal."

Das lief ja prima. War Ludger eifersüchtig? Er kannte Sascha doch gar nicht. Mann, war das alles kompliziert.

Ich schloss den Chat. Direkt neben dem Nachrichten-Symbol war das von Ludger installierte Programm „Find Friends". Ich drückte auf den Button, und das Programm arbeitete. Nach wenigen Sekunden zeigte mir ein blinkender Punkt, wo sich Ludger aufhielt. Oder besser: wo sich sein Telefon befand. Ich staunte. Beide weilten über dreihundert Kilometer entfernt. Wie wollte mich Ludger denn heute Abend treffen? Konnte er fliegen? Oder war das ein Test, ob ich Zeit für ihn hatte? Ich kapierte den Mann einfach nicht. Aber für den Kichererbsen-Vegan-Läufer mit Schwiegerdrachen hatte ich auch Jahre gebraucht. Ich würde einfach mal abwarten.

Vor uns ging eine Labradorhündin samt Halterin spazieren. Mittlerweile konnte ich das Geschlecht gut erkennen. Hündinnen hockten sich beim Pinkeln hin. Das waren halt Mädchen. Bernd zog an der Leine wie ein Ochse am Fuhrwerk. Ich ließ mich hinterherziehen. Wie das in Zukunft anders aussehen konnte, lernte ich ja erst heute Abend. Gott, was sollte ich bloß anziehen?

Bernd stoppte abrupt.

Ich stolperte über ihn und schlug lang hin. „Aua", stöhnte ich. „Was machst du denn?" Ich stützte mich mit der Hand auf dem Boden ab und griff in etwas Warmes, Nasses.

„Igitt!“

Ich lag mitten in dem See, den die Hündin auf den Bürgersteig gemacht hatte. Bäh, war das eklig. Ich rappelte mich hoch.

Bernd leckte wie entfesselt den See trocken.

Ich zog ihn weg. „Boah, Bernd. Aus! Das ist widerlich!“

Das fand der Mops wohl nicht. Er warf den Anker und stemmte sich gegen die Leine. Der wollte weiterlecken. Mein Leih-Hund war pervers. Mochte er auch gebrauchte Schlüpfer aus Automaten? So wie die Japaner.

Ich wischte die Hand an der Hose ab und kramte nach Leckerlis. Den Hund ablenken und etwas Besseres anbieten – so stand es im Erziehungsratgeber. Was Besseres als Hundepipi hatte ich allemal. Ich hielt ihm einen Miniknochen mit Pfefferminzgeschmack hin. Bernd schnupperte und kam zu mir. Während ich ihm zwischen Daumen und Zeigefinger das Leckerli hinhielt, leckte er den Rest der Hand ab. Nix Pfefferminz! Ich schmiss den Knochen auf die Erde und zog den Mops mit. Duschen, sofort! Klamotten waschen? Nee, besser wegschmeißen!

Als ich gut duftend aus dem Bad kam, sah ich, dass ich vergessen hatte, die Klamotten in die Waschmaschine zu stecken. Brauchte ich auch nicht mehr. Bernd hatte jeden Zentimeter sauber geleckt und lag schlafend davor. Ich riss die Kleider vom Boden und stopfte sie in die Waschmaschine. Bernd erwachte. Missbilligend beobachtete er, wie ich sein Werk und auch das letzte Kleidungsstück in die Maschine stopfte. Kochwaschgang mit Einweichen, Vorwäsche und extra Spülen.

Langsam wurde die Zeit knapp. Also ging ich ins Ankleidezimmer. Ich hasste es, vor einem Kleiderschrank zu stehen und mir überlegen zu müssen, was ich anziehen sollte. Und wieso stand ich überhaupt hier? Das war ein Arbeitsessen. Nichts weiter. Trotzdem hatte ich neben der Hundeurin-Entfernungsorgie ein umfangreiches Enthaarungsprogramm gestartet. Aber nur, weil das sowieso dran gewesen war. Das hatte nichts mit dem Termin zu tun. Rein! Gar! Nichts!

Klara trug manchmal sündhaft teure Seidenstrumpfhosen, in denen ihre Beine schimmerten. Das taten meine auch, wenn ich sie mit Nivea für extratrockene Haut eingecremt hatte. Und das war so praktisch. Wenn ich mir die Hände gewaschen hatte, griff ich einmal an die Waden, und schon waren meine Finger wieder ausreichend gefettet. Vielleicht wäre aber für heute eine Seidenstrumpfhose das Richtige. Klara hatte edle Shorts im Schrank, die genau dazu passten. Und wie ich mich erinnerte, hatte sie mit Glimmerbeinen und diesen Shorts jedes Mal unfassbar schlank ausgesehen. Klara nannte sie ihre „Zaubershorts", die ich immer schon mal hatte testen wollen. Nun bekam ich die Gelegenheit dazu. Bisher hatte ich mich in kurzen Hosen immer gefühlt, als würde ich eine Windel tragen. Eine Hose brauchte Beine, sonst war es keine Hose. Genauso war das mit Schlüpfern. Die brauchten Stoff hinten rum. Ich verstand nicht, warum frau sich eine Kordel zwischen die Pobacken pfriemelte und behauptete, damit sexy angezogen zu sein. Das war unbequem und sah doof aus.

Ich war mal aus einem Wäscheladen rausgeflogen, weil ich mit der Verkäuferin diskutiert hatte, dass es eine Unverschämtheit sei, für eine Briefmarke mit Bändchen dran den gleichen Preis zu verlangen wie für einen ordentlichen Schlüpfer. Sie hatte schon gezuckt, als ich das Wort sagte, denn sie nannte die verschiedenen Formen von Stoffsparwunder für unten „Slip", „Pants", „Hipster" oder „String-Tanga". Als ich ihr anbot, dass ich drei String-Tangas zum Preis von einem kaufen würde, hatte sie mich gebeten zu gehen.

Ich wählte ausnahmsweise den einen von zwei irgendwann einmal geschenkten String-Tangas, die sich in meinem Besitz befanden. Nur mal so zum Ausprobieren. Vielleicht war das der gleiche Effekt wie beim Brilletragen. Erst dachte man, dass man die Welt durch ein zu kleines Fenster sah, und später merkte man das kaum noch. Nun noch die Seidenstrumpfhose drüber und die Shorts oben drauf. Kritisch betrachtete ich mich im Spiegel. Ein halbes Schwein sollte ich heute Abend nicht essen. Vielleicht gab es wieder das peruanische Hochzeitsessen: Meerschweinchen! Davon konnte ich ein halbes vertragen. Einen Gürtel würde ich nicht benötigen, denn die Shorts saßen recht knapp. Sie hielten durch Spannung. Etwa so, als würde man bewusst etwas zu Enges kaufen, weil man den festen Willen hatte, genau die zwei Kilogramm abzunehmen, die zu viel auf den Hüften saßen. Das klappte zwar nie, aber egal. Aufrecht sitzen und Salat mit Meerschweinchen essen – damit müsste ich durch den Abend kommen. Okay, jetzt noch eine weiße Bluse mit tiefem Ausschnitt samt Hängerchen und Wonderbra, dann passte das schon. Etwas edel, sexy und untenrum Glimmer-Beine. Also genau richtig für ein Arbeitsessen.

Ich schaufelte Bernds „Futter für anspruchsvolle Hunde" in seinen Napf, goss handwarmes Wasser drauf und gab einen Schuss Lachsöl hinzu. Das Öl war das Ekligste an seinem Essen. So musste ein toter Wal von innen riechen.

Für den Hund war es pures Chanel No. 5. Ich stellte ihm den Napf auf die Erde.

Plötzlich ploppte es, und ich konnte frei atmen. Ich fasste mir an die Shorts. Das beengte Gefühl am Bauch war verschwunden. Der Knopf leider auch. Bernd fraß, unbeeindruckt von den Ereignissen, weiter, während ich über den Boden kroch. Kein Knopf! Wo immer der hingekullert war, ich fand ihn nicht. Oder hatte ich ihn abgesprengt und musste nach atomisierten Einzelteilen suchen?

Der Knopf blieb verschwunden. Auf der Suche nach einer Alternative durchwühlte ich Klaras Schubladen. Wo das Notfall-Nähset lebte – oder vielleicht sogar ein Ersatzknopf –, hatte sie vergessen, mir zu sagen.

In meiner Kulturtasche fand ich ein Näh-Kit mit Hotel-Aufdruck, aber keinen Knopf. Ein Blick auf die Uhr sagte mir, dass für die Auswahl eines neuen Outfits keine Zeit blieb. Ich schnitt von einer ungeliebten Hose den Knopf ab und nähte ihn an die Shorts. Direkt an der Frau. Ausziehen hätte wertvolle Minuten gekostet. Nur wenige Male piekte ich mir mit der Nadel in den Bauch.

Jetzt noch schnell die fiseligen Haare bändigen, dann konnte es losgehen. Ich strich mir ein paar Mal mit der Bürste über den Kopf und stutzte beim Blick in den Spiegel. Was waren das auf einmal für weißblaue Spuren? Und woher kam der minzig-frische Geruch? Oh, nicht das auch noch! Mir war Zahnpasta auf die Bürste gelaufen. Schnell klatschte ich Wasser auf den Kopf und versuchte das zähe Zeug mit einem Waschlappen rauszuwischen. Zwischendurch Uhrencheck und die nüchterne Erkenntnis: Ich würde zu spät kommen!

Rechtsseitig tropften meine Haare kaum noch, als ich direkt vor dem Restaurant aus dem Wagen stieg. Das Glück hatte den Weg zu mir zurück gefunden, denn die perfekte, riesige Parklücke war wie für mich gemacht. Und ich hatte profimäßig eingeparkt. Johannes wäre der Mund offen stehen geblieben, hätte er das sehen können. Aber der sprang ja mit seiner Gazelle durch den Wald und flüsterte ihr ein, wie er mich abserviert hatte. Erbärmlich! Wenn nur der Hundetrainer das nicht alles live mitbekommen hätte. Obwohl das egal war, der hatte schließlich sein Schneewittchen samt Nachwuchs. Und ich? Hatte nur ein geliehenes Leben.

Sascha Fährmann saß vor einem halb ausgetrunkenen Bier. Ich war wohl noch später dran, als ich bis eben gedacht hatte.

„Hallo Herr Fährmann. Tut mir leid, ich bin ein paar Minuten zu spät."

„Das stimmt."

Immerhin lächelte er. Wenn auch nur ganz leicht. Eigentlich zuckten nur seine Mundwinkel.

„Es tut mir leid. Ein paar ... äh ... unvorhersehbare Dinge haben mich aufgehalten", stotterte ich und streckte ihm meine Hand entgegen.

„Jetzt sind Sie ja da." Er drückte meine Hand und schüttelte sie. Seine kräftigen Finger umschlossen mein eiskaltes Händchen vollständig.

Ich ließ mich stumm auf die lange Bank gleiten, die die ganze Wand unterhalb der Fenster einnahm. Sascha schaute mir mit unergründlichem Gesicht dabei zu. Amüsierte er sich über mich? Wollte er mal schauen, wie ich mich nach dem peinlichen Anruf verhielt? Meinen Ausrutscher würde ich komplett ignorieren. Ich hatte große Lust auf eine Übersprunghandlung. Der Mops leckte sich immer die Pfoten, wenn er verlegen war. Leider kannte der Trainer sich mit diesen Gesten aus. Würde ich mir jetzt die Hand abschlecken, würde er daraus schließen, dass ich verlegen war. Aber dazu gab es ja keinen Grund. Es war ein Arbeitsessen. Ich stellte mir vor, dass er ein Bewerber wäre, der von mir einen Job wollte. Gleich würde ich die Daten aus seinem Lebenslauf abfragen.

Neue Souveränität flutete durch meine Adern. Ich setzte mich gerade hin. Und lächelte. Er nicht. Ich sackte zusammen. Nicht die Hände lecken!

„Was kann ich denn für Sie tun?", fragte Sascha Fährmann.

„Mich duzen!"

Hatte ich das grad gesagt? Musste ich wohl.

Sascha Fährmann lachte schallend los.

Ich wand mich vor Verlegenheit, aber das Eis schien gebrochen. Mir wurde zumindest ganz warm.

„Wenn das alles ist. Ich heiße Sascha." Er prostete mir mit seinem Bier zu.

Ich starrte den Mann mit offenem Mund an. Mein Magen schlug einen Salto. Das Hundetrainer-Gesicht sah lachend komplett anders aus. Ich hatte es vorher so nur noch nie gesehen. Der lachte nie. Und das Gezucke am Mund bei der Begrüßung zählte nicht. Das energische Kinn wirkte auf einmal viel weicher. Sein scharf geschnittenes Gesicht hatte Grübchen, wenn er lachte. An meinem Kühlschrank klebte ein Wackelbild. Je nachdem, wo man stand, sah man an der gleichen Stelle einen fauchenden schwarzen Kater oder einen grinsenden Collie. Genauso unterschiedlich waren Saschas zwei Gesichter: der grimmige, männliche Naturbursche oder das Grübchenlächeln. Hoffentlich blieb der grinsende Hund am Tisch. Der war umwerfend.

„Kay ist mein Name", antwortete ich gänzlich unoriginell.

„Fein. Dann haben wir das Wichtigste ja geklärt."

Sascha schlug die Speisekarte auf. Ich tat es ihm gleich, und als der Kellner kam, bestellte ich irgendwas.

„Was möchtest du denn trinken?", fragte der Kellner.

Duzte ich jetzt alle Menschen im Umkreis von zehn Kilometern?

„Eine große Apfelschorle."

Er notierte sich unsere Wünsche und verschwand.

„Entschuldigen Sie ... äh ... du mich einen Moment?" Ich musste dringend aufs Klo. Make-up überprüfen, Zahnpasta-Haar-Check. Und ich brauchte eine Verschnaufpause, um mir Worte und Fragen zurechtzulegen, ohne den Fährmann-Blick zu spüren.

Ich zog die Tür der Restauranttoilette hinter mir zu. In dem kleinen Vorraum ließ ich kaltes Wasser über meine Unterarme laufen und hoffte, dass die Kühle auch im Gesicht ankam. Wenn ich da Wasser draufklatschte, dann würde ich mit der zerlaufenen Mascara aussehen wie Alice Cooper.

Ich musterte mich im Spiegel. Meine rechte Haarseite war zwar wieder getrocknet, dafür trug ich da nun Zahnpasta-Dreadlocks. Das Wasser hatte die Paste nur besser verteilt. Das war mein Tag! Egal. Noch schnell die Bluse wieder richtig in die Shorts stecken, dann zurück zum Arbeitsessen. Ich ging in die Kabine, drehte mich um, drückte die Tür zu und griff zum Hosenknopf. Strumpfhose und Hängerchen bewegten sich. Wie ging das denn? Ich griff in den Bund der Hose und spähte hinein. Unfassbar! Ich hatte in der Eile den Knopf an die Hose genäht ... und an die Strumpfhose ... und an das Hängerchen. Nur Bluse und Schuhe waren nicht in den neu entstandenen

Einteiler eingearbeitet. Fassungslos starrte ich auf meine Körpermitte.

Noch bevor ich mir eine Lösung für das Problem überlegen konnte, bekam ich einen Schlag an die Stirn und taumelte einen Schritt zurück. Aua! Als ich mit der Kniekehle an die Klobrille stieß, sackte ich zusammen. Die Toilettenschüssel fing mich auf. Mit rudernden Armen griff ich hinter mich und knallte an die Wand. Tränen schossen mir in die Augen. Es rauschte. Ich hatte beim Fallen die Spültaste erwischt. Ein kalter Wasserschwall flutete mich von unten.

Ein Geräusch, das nicht von der Wasserspülung kommen konnte, ließ mich aufblicken. Vor mir stand mit aufgerissenen Augen eine Frau, die mich an irgendjemanden erinnerte. Blinzelnd versuchte ich wieder klar zu sehen. Ich rappelte mich hoch.

„Kay Eske!? Hab ich doch richtig geschaut!"

Sie war es. Ich hatte sie beim Betreten des Restaurants nicht gesehen. Sie musste irgendwo gelauert haben oder weiter hinten sitzen. Das Beinahe-Schwiegermutter-Monster hatte mich im Klo niedergeschlagen. In der einen Hand hielt sie allerdings keinen Baseball-Schläger, sondern immer noch den Türgriff. Ich Rind hatte nicht abgeschlossen und die Tür an den Kopf bekommen. Ausgerechnet von Johannes' Mutter.

„Was machst du denn hier? Spionierst du mir nach?"

Konstanze Zwickel lachte schrill auf. „Ich? Dir? Du überschätzt dich. Das hier ist ein öffentliches Restaurant, in dem ich einmal die Woche mit meinen Doppelkopf-Damen essen gehe."

Gott, wie peinlich. Kay an Erdspalte: Saug mich ein! Mein Windelgefühl war nun auch perfekt: nasse, vollgesogene Shorts. Hoffentlich hatte die Vorbenutzerin der

Toilette ordentlich gespült, und es war nur Wasser, das meine Beine runterlief. Ich musste hier raus. Es war absurd, ausgerechnet mit dem Mutterdrachen in diesem engen Klo zu diskutieren. „Schönen Tag noch! Lässt du mich bitte durch?“

Konstanze musterte mich stumm und trat zur Seite. Ich flüchtete aus der engen Kabine zurück an meinen Platz.

„Alles okay?“ Sascha runzelte die Brauen wie mein Hausarzt, wenn er mir dicke Pusteln im Gesicht schon von Weitem ansah und die Frage nur eine Einleitung sein sollte.

Vor Sascha stand ein etwas abgestandenes neues Bier, an meinem Platz ein halber Liter Apfelschorle. Ich setzte mich mit einem schmatzenden Geräusch.

„Ja, klar. Alles supi.“

Ich prostete Sascha zu und wollte einen großen Schluck nehmen. Trinken? Toilette? Hose runter? Ich nippte und stellte das Glas wieder ab. Das Klo würde ich auf keinen Fall mehr aufsuchen. Die Hose ging nicht runter. Konstanze ging nicht weg. Mir wurde schlecht.

„Es hat so gepoltert. Ich dachte schon, du wärst vom Klo gefallen.“

„Das war wohl nebenan. In der Herrentoilette. Gehört habe ich das auch. Also so ein bisschen.“

Schon wieder hatte Stammel-Else die Herrschaft über meine Worte übernommen.

„Was hast du da eigentlich am Kopf?“

„Zahnpasta-Dreadlocks. Groß im Kommen. Ich bin nur nicht fertig geworden. Linke Seite kommt morgen dran. Dreadlocks sind ja so unhygienisch, außer man macht sie mit Zahnpasta. Die verfilzen nämlich nicht und duften zudem nach Pfefferminz. Das ist besser. Viel besser.“

Wer auch immer jetzt die Wort-Hoheit in mir hatte,

konnte direkt wieder gehen. Das wurde ja immer schlimmer. Warum konnte ich nicht einfach nach Trainings-Tipps fragen?

„Ich meinte das immer größer werdende Horn an deiner Stirn." Irgendwie sah er besorgt aus. War mir was entgangen?

„Horn?" Ich tastete nach meiner Schläfe. Auweia. Das pochte auch noch! Eigentlich war mir auch schon ganz komisch. Vielleicht hatte ich mir den Magen verdorben? Der Raum drehte sich. Ich stützte mich an der Bank ab.

Mit zwei Schritten war Sascha neben mir. „Hoppla. Jetzt kipp mir hier nicht um." Er drückte meinen Oberkörper sanft auf die Bank und hob meine Beine hoch. „Oh. Ich glaube, du hast eine Gehirnerschütterung. Du hast eingenässt."

Ich kicherte. Der war ja lustig. Mein Kopf fuhr ein wenig Karussell, aber lange nicht so schlimm, dass ich liegen wollte. Hinter Sascha schaute mich der Kellner mit angewiderter Miene an. Ich zog mich an Saschas Arm hoch.

„Ist mit der Dame alles okay?"

„Sie hat sich gestoßen, und ihr ist schwindelig geworden. Wir würden gerne das Essen abbestellen, wenn das noch geht."

„Da muss ich erst in der Küche fragen."

„Sie hat die Kontrolle über ihre Blase verloren", sagte Sascha und zeigte auf das nasse Polster auf der Bank.

Ich wollte widersprechen, aber als ich wieder saß, hatte ich eine neue Karussellrunde gebucht. Mir wurde erneut schlecht. Zu versichern, dass ich auf keinen Fall eingenässt hatte, und mich dabei zu erbrechen, konnte auch nicht die Lösung sein.

Der Kellner zog die Mundwinkel nach unten. „Dann muss ich Sie bitten zu gehen."

„Das wollten wir ja gerade“, erwiderte Sascha völlig ruhig und legte einen Geldschein auf den Tisch. Er hob mich hoch.

„Ich kann alleine gehen“, nuschelte ich.

„Klar.“

So hatte ich mir das immer erträumt. Ein großer, starker Kerl hob mich hoch und trug mich davon wie einen Beutel Federn. Wahlweise aus einem Feuer, aus Geiselhaft oder aus einer anderen problematischen Situation – das hätte ich genauer definieren müssen. Keinesfalls sollte ich in diesem Traum eingelullt und am Ende noch kotzend vorkommen.

Sascha trug mich nach draußen. Das Schaukeln strapazierte meinen Kopf.

„Musst du brechen?“

„Nee ...“

„Keine Sorge. Ich habe schon wesentlich Schlimmeres gesehen als ein wenig Urin und Erbrochenes.“

Zum Glück war ich zu benebelt, um seine Worte in meinem Kopf in interessante Bilder umzusetzen. Direkt neben uns surrte eine Kofferraumklappe hoch.

Sascha setzte mich ab und kniete sich vor mich. „Halt dich hier fest. Ich lege nur schnell eine Tüte auf den Beifahrersitz. Wenn die alte Hündin meiner Schwester Urin riecht, pinkelt sie oben drauf. Dann krieg ich den Gestank für Wochen nicht raus.“

„Das kenn ich. Ist bei Bernd auch so.“

Was redete ich da? Wieso eigentlich Urin? Ich hatte nur ein wenig Wasser an meiner Shorts-Windel. Oder meinte er gar nicht mich? Es fiel mir schwer, mich zu konzentrieren. Der bisherige Abend fühlte sich an, als hätte ich in drei verschiedenen Vorschauen im Kino mitgespielt:

Begegnung mit Schwiegermonster? Melodram.

Saschas Lachen? Vorspann Liebeskomödie.

Sitzen in vermeintlicher Urinlache? Tragödie.

Sascha hob mich auf den Beifahrersitz. Unter mir knisterte eine Einkaufstüte.

„Ich bringe dich zu Angela. Sie hat heute Dienst."

Angela? Die engelhafte Stirngeküsste? Da wollte er seine vermeintlich eingenässte Zahnpasta-Dreadlock-Queen mit Stirnauswuchs vorstellen? Arztserie! Die Vorschauen gingen weiter, und ich durfte jedes Mal die Hauptrolle spielen.

Unterwegs telefonierte Sascha mit der Engelhaften. Wir fuhren vor die Einfahrt eines Krankenhauses. Er half mir, von meiner Plastiktüte aufzustehen. Die Shorts trockneten leider nur sehr langsam. Ich musste dringend aufklären, was wirklich geschehen war.

Da stand auch schon die Frau neulich vom Parkplatz direkt vor mir. Aus der Nähe sah sie, das musste ich zugeben, noch schöner aus. Ich nahm mir vor, sie zu hassen. Zumindest wenn sich die Welt in mir nicht mehr drehte.

„Hallo, ich bin Dr. Angela Fährmann. Wir schauen uns jetzt mal Ihre Beule mal an."

Ich nickte. Aua! Das tat weh. Gestützt von Familie Fährmann ging ich direkt hinter der Anmeldung in ein kleines Sprechzimmer.

„Können Sie mir Ihren Namen sagen?"

„Ja."

„Würden Sie das auch tun?"

„Kay Eske Bielefeld."

Die Ärztin leuchtete mir in die Augen, testete meine Reflexe und beobachtete alles genau. „Waren Sie bewusstlos?"

Ich öffnete den Mund und blinzelte. Wo waren meine Worte? Ich konnte das doch erklären.

„Sie stand kurz vorm Umkippen. Ich habe sie hingelegt und ihre Beine hoch gelagert. Aber bewusstlos war sie nicht“, antwortete Sascha.

Ich hatte nun also einen Sprecher. Prima.

„Wie ist das passiert?“

„Das muss auf der Toilette passiert sein. Ich war nicht dabei.“

Die Ärztin lachte. „Zum Glück!“

Na, die hatte Humor mit ihrem Mann. Ich würde da aber mal ganz genau nachfragen wollen. Mein Karussell-Abo schien abgearbeitet zu sein. Nichts drehte sich mehr. Mir war nur weiterhin etwas übel.

Ich räusperte mich. Sollte ich ihr das mit Dreadlocks, Johannes' Mutter und dem angenähten Knopf erzählen, oder wollte sie die Kurzversion?

„Mir hat in der Restaurant-Toilette jemand die Tür an den Schädel gehauen. Da bin ich rückwärts auf die Klobrille gefallen. Glaube, da habe ich mich noch mal gestoßen, als ich gegen die Spültaste kam.“

Die Ärztin stand auf. Vorsichtig tastete sie meinen gesamten Kopf ab. „Ja, da wächst ein zweites Horn.“

Sascha schüttelte kichernd den Kopf. „Die Spültaste? Ach, daher die nasse Hose.“

„Aber was ist das hier in Ihren Haaren?“ Die Ärztin hob eine hart gewordene, dicke Strähne hoch.

„Zahnpasta. Die war ausgelaufen – direkt in meine Haarbürste. Ich hatte keine Zeit mehr, das Malheur noch auszuwaschen.“

„Aha. Sascha, du gehst mal raus. Und Sie, Frau Bielefeld, machen sich obenrum frei. Ich würde Sie gerne abhorchen und mir den Oberkörper anschauen.“

„Warum?"

„Reine Vorsicht. Sie haben eine winzige Gehirnerschütterung und sind in ein bis zwei Tagen wieder fit. Ich will nur gucken, ob nicht auch noch eine Rippe zu Bruch gegangen ist."

„Ähm ... das geht leider nicht."

„Wie?"

„Ich kriege die Sachen nicht aus."

Die Ärztin und Sascha schauten mich von Kopf bis Fuß an.

„Was ist daran so schwer?"

„Ich habe mir versehentlich den Hosenknopf an die Strumpfhose und ans Shirt genäht. Ich war in Eile. Wie gesagt."

Jetzt sahen beide aus, als würden sie sich gleich einmachen – vor Lachen! Die würden sich heute Abend im Ehebett richtig was zu erzählen haben.

„Hat er Sie so durcheinandergebracht?"

Jetzt boxte Sascha der Engelhaften in die Seite. „Angela, lass gut sein! Sie ist nach der Sache schon genug durch den Wind."

„Na gut." Die Ärztin sah mich mit ernstem Blick an. „Falls Sie aber Probleme beim Atmen kriegen oder Ihnen irgendwas komisch vorkommt, kommen Sie sofort zurück. Ich habe die ganze Nacht Dienst."

„Danke. Das ist sehr freundlich. Was kriegen Sie für die Behandlung?"

„Nichts", lachte die Ärztin und streckte mir ihre Hand entgegen. „Die Freunde meines Bruders sind auch meine Freunde. Ich heiße Angela."

Direkt vor meiner Leih-Haustür stellte Sascha den Wagen ab und half mir aussteigen. „Bist du sicher, dass du keine Hilfe mehr brauchst?“

Ich nickte. Allein sein wollte ich. Das war für einen Abend zu viel Dramatik gewesen. Ich musste nachdenken, Eis auf alle Beulen legen und mir überlegen, ob ich mitsamt dem Mops auswandern sollte. Ich war mir selber peinlich – das war neu. Außerdem musste ich dringend aufs Klo und wollte mir ohne Zeugen die Kleider vom Leib schneiden.

„Danke fürs Bringen.“

„Soll ich mit Bernd noch einmal um den Block? Oder ist jemand in deiner Wohnung, der auf ihn aufpasst?“

Fragte er sich gerade, ob oben ein eifersüchtiger Freund lauerte? Vermutlich war das nur Fürsorge, und ich konnte das alles nicht mehr richtig sortieren.

„Das ist lieb, danke. Aber ich glaube, für meinen Brummschädel ist eine Mops-Runde genau das Richtige.“

„Also dann ...“

„Ja, also dann ...“

Sascha nahm meine Hand und schüttelte sie. Ich war verlegen. Er lächelte, bis sich die Grübchen zeigten. Sofort schaute ich auf den Boden.

„Danke für den ungewöhnlichen Abend.“

Ich verzog das Gesicht. „Gern geschehen. Nächstes Mal könnten wir dann auch mal was essen.“

„Und trinken? Aber nur, wenn du dich nicht wieder in deine Klamotten einnähst.“

„Ja, genau ... äh ... Tschüss dann.“

Ich musste sofort hier weg. Meine Ohren glühten. Himmel, war das alles peinlich! Ich stürzte ins Haus. Als ich oben aufschloss, erschrak Bernd, der offenbar durchgehend in seinem Körbchen gepennt hatte, und bellte. Er erkannte mich, sprang hoch und startete seine umfangreiche Bein-Massage. Auf den kleinen Kerl war Verlass. Eine Zuneigungswelle flutete mich. Keine Ahnung, auf welche Zentren im Gehirn die Schläge Auswirkung hatten. Oder war ich am falschen Zyklustag angekommen und verspürte heftige Zuneigung zu allen Lebewesen? Sollte ich mich an den PC setzen? Vielleicht klappte es da mit der überbordenden Emotion ja auch, und ich würde ab morgen glücklich Absageschreiben in die Welt hinaus senden.

Mit gewaschenen Haaren saß ich wenig später bei Bernd auf dem Teppich und versuchte, nicht an den völlig aus dem Ruder gelaufenen Abend zu denken. Ich drückte ein Coolpad abwechselnd auf eine andere Stelle der Beulen-Sammlung rund um meinen Kopf. Bernd hatte sich angebuckt und schnarchte sichtlich zufrieden. Ich kramte behutsam nach meinem Smartphone und öffnete Julis und meinen Chat.

„Juli, lass die Brücke herab und mich herein. Morgen? Es gibt viel zu erzählen. Peinliches. Du wirst es lieben. Deine Prinzessin"

Ich drückte auf „Senden". Juli musste mir auch noch ausführlicher von ihrer Kündigung erzählen. Das konnte ich alles noch gar nicht begreifen. Es passierte zu viel in zu kurzer Zeit.

In solchen Situationen rief ich mir immer die Geschichte eines Indianerhäuptlings ins Gedächtnis. Der sollte aus seinem Reservat zu Verhandlungen mit den Weißen abgeholt werden. Er stieg in den mitgebrachten Bus, und sie fuhren los. Nach einiger Zeit bat der alte Häuptling, dass der Bus anhalten möge. Er stieg aus und setzte sich still auf einen Stein, während sich im Bus die Weißen die

Haare rauften und auf Weiterfahrt drängten. Irgendwann stand der Häuptling auf, nickte kurz und stieg wieder ein. Diese Szene wiederholte sich einige Male und war durch nichts zu beschleunigen. Am Ende der Fahrt fragte ihn einer der Weißen, warum er das täte. Der Häuptling antwortete, dass seine Seele mit diesem Tempo nicht Schritt halten könne. Also müsse er sich hinsetzen und warten.

Meine Seele sprang zwischen einem Fertighaus, einer Tierarztpraxis und einer Leihwohnung hin und her. Die wusste gar nicht mehr, was los war. Ich brauchte einen Stein. Sofort. Oder Juli.

Das Telefon fiepte.

„Prinzessin, sei morgen gegen 20 Uhr zum Essen bei mir. Vorher schaffe ich es nicht. Aufträge stapeln sich, die Finger sind schon wund. Dein Sommerkind"

Aufträge stapelten sich, bei denen die Finger wund wurden? Bilder in Julis erotischer Krankenschwester-Uniform poppten hoch und vermischten sich mit Fragezeichen. Hatten die Schläge auf mein Gehirn ein paar Daten gelöscht? Ich verstand nur Bahnhof, bestätigte aber unseren Termin. Ich brauchte meinen Stein.

Den Tag verbrachte ich zumindest körperlich an meinem Telearbeitsplatz. Meine Gedanken ließen sich nicht auf den Stuhl bannen. Die versuchten dem leicht pochenden Schmerz in ihrem Gehäuse zu entgehen. Sie sprangen wie Affen von Baum zu Baum. Würde ich jemals wieder das italienische Lokal betreten können? Konnte ich zur nächsten regulären Trainingsstunde bei Sascha gehen? Sollte so etwas nicht sogar im häuslichen Umfeld stattfinden? Würde ich den Job ein Jahr lang aushalten? Und das jetzt, wo die Schreiber auch noch Juli rausgeschmissen hatte? Sie war meine liebste Kollegin und noch viel mehr meine Freundin – mit den anderen Kollegen tauschte ich nur Belanglosigkeiten aus. Jetzt, wo wir uns nicht mehr sahen, konnte ich mit ihr auch nicht mehr über den Arbeitsalltag sprechen.

Ich fühlte mich isoliert.

Juli hatte, zumindest heute, tagsüber keine Zeit, um mir die Ödnis zu vertreiben. Ludger spielte den beleidigten Tierarzt. Den würde ich auf keinen Fall anrufen wollen. Aber mit wem konnte ich plaudern? Ich merkte immer mehr, dass ich Menschen, Austausch und Trubel brauchte. Alleine vor dem PC sitzen, war wirklich nicht meins. Meine Gedanken waren wie Freiheitskämpfer, die sich nicht drillen lassen wollten. Sie blieben nicht bei den Absageschreiben. Ich machte Fehler, konnte mich nicht konzentrieren. Wie hieß das, wenn man unterfordert war? Boreout statt Burnout?

Kurz vor Feierabend klingelte das Telefon. Menschliche Außenkontakte zeichneten sich ab – dem Himmel oder der Telefongesellschaft sei Dank. Fragt mich etwas zu Schimmelkäse oder meinem Wahlverhalten bei der Europawahl. Ich beantworte alles und noch viel mehr. Hauptsache, jemand wollte mit mir sprechen.

„Kay Bielefeld“, meldete ich mich.

„Polizeidirektion Mitte. Wer ist da bitte? Ist das nicht der Anschluss von Klara Briese?“

„Doch. Ich bin nur rangegangen.“

„Dürfte ich bitte mit Frau Briese sprechen?“

Die Polizeifrau klang so neutral, dass ich nicht wusste, ob sie Klara einen Mord mitteilen musste oder einen Strafzettel austeilen wollte. Ich musste meine Wünsche ans Universum deutlicher formulieren. Es war nicht egal, wer warum aus welchem Grund anrief. Polizeifrauen sollten nicht dabei sein.

„Das tut mir leid. Frau Briese ist verreist, und ich hüte ihre Wohnung. Ist etwas passiert?"

„Wir haben einen Pkw abschleppen müssen, dessen Halter eine gewissen Klara Briese ist."

„Das kann ja gar nicht sein, der Wagen ..." Langsam dämmerte mir da was.

„Ich habe die Unterlagen hier vor mir liegen. Der Pkw befand sich vom gestrigen Tage bis zum heutigen Morgen auf einer Stellfläche, die eindeutig als Schwerbehindertenparkplatz gekennzeichnet war."

„Ein Audi Q5? Auf einem Behindertenparkplatz? In der Nähe vom Stadtwald?"

„Exakt", bestätigte die Polizistin.

Den Wagen hatte ich ja total vergessen. Ich Rind! Und dann auch noch ein Behindertenparkplatz. Kein Wunder, dass ich so toll hatte einparken können. Ich bat um die Adresse, bei der ich den Wagen abholen konnte, und erfuhr, dass ich vor Ort die fällige Gebühr in bar zu entrichten hatte.

Zusammen mit Bernd ging ich zur Straßenbahn. Die genannte Adresse lag auf dem Weg zu Julis Wohnung. Immerhin etwas.

Ich stellte den zurückeroberten Wagen in eine echte Parklücke und ging dreimal drum herum. Kein Schild, das irgendwas verbot oder meinen Besuch zeitlich einschränkte. Sehr gut.

Ich klingelte an Julis Tür. Der Besuch würde der Abschluss eines – bis auf Polizeikontakte – öden Arbeitstages werden. Selbst wenn ich Juli beim Schlafen betrachten müsste, würde mir das mehr Freude machen als mein Job. Der Mops stand neben mir und sein Kringel wedelte erwartungsvoll. Jemanden zu besuchen war immer toll. Hoffentlich schaffte er mit den kurzen Beinchen den Aufstieg in ihre Wohnung. Der Summer ertönte, und ich schmiss mich wie eine GSG9-Beamtin gegen die klemmende Tür.

Wir erreichten den Berggipfel unterm Dach und blickten auf eine strahlende Juli.

„Bernd, du Hase", quietschte sie und ignorierte mich.

Bernd sprang an ihr hoch und massierte ihr in einer Kurzversion die Unterschenkel. Dann trabte er neugierig in die Wohnung. Ich umarmte Juli und folgte ihr und Bernd. Was war denn das? An Julis blauer Wand prangten noch mehr silberne Hirschgeweihe als beim letzten Besuch. Aber alle waren belegt. Kunterbunte, winzige Jacken hingen auf kleinen Bügeln an den Geweihen. Ich entdeckte sogar ein Modell mit meinem Kuschelhosen-Mopsstoff. Davor war ein Stativ mit Kamera aufgebaut.

„Was ist denn das?"

„Das sind Jacken."

„Ach was. Und warum hängen die da?"

„Sie sind mein Tagewerk."

„Aha. Aber warum sind sie so winzig?"

„Für Kids. Aus dem Stoff, aus dem deine Kuschelhose ist, habe ich Pullis für meine Neffen genäht. Das war eine Auftragsarbeit meiner Schwester. Die Kleinen tragen sie seitdem Tag und Nacht. Bald darauf fragten andere Mütter aus dem Kindergarten, wo denn die tollen Sachen her seien, und so habe ich noch ein wenig nachgearbeitet."

„Aber wo bekommt man diese schrillen Stoffe? Ich habe solche Klamotten noch nie gesehen."

„Skandinavien."

„Wann warst du da denn?"

„Gar nicht. Ich bestell die Stoffe im Internet. In Facebook habe ich einen tollen Blog von einer skandinavischen Designerin entdeckt. Ihre Stoffe kann man online bestellen."

„Und warum fotografierst du jetzt alles?"

„Damit sie sehen kann, was aus ihren Entwürfen geworden ist. Sie bittet viele ihrer Kundinnen um Fotos und stellt dann die schönsten Sachen in ihren Blog. Ich war schon zweimal mit Shirts dabei!"

Juli grinste breit. Sie hatte den Jobverlust direkt in kreative Energie verwandelt. Als gelernte Schaufensterdekorateurin hatte sie ein gutes Gefühl für Stoffe und Formen. Vor allem aber besaß sie die nötige Leidenschaft für das Thema. Mir ging das leider irgendwie ab. Ich sah meist nach ein paar Wochen die Gegenstände in meiner Wohnung nicht mehr. Und in Klaras Wohnung stand sowieso alles genau richtig.

„Ich wusste gar nicht, dass du so gut Englisch sprichst, oder können die in Schweden Deutsch?"

„Kein Stück. Ich schreibe ihr in deutscher Sprache."

„Und dann?"

„Gebe ich das bei Google Translator ein, und der übersetzt es direkt ins Schwedische."

„Ihr unterhaltet euch mit Hilfe eines Übersetzungsprogrammes?"

„Ja, neulich hat sie sich so über etwas gefreut, weil es fast wie eine Liebeserklärung klang. Aber das lag wohl am Translator." Juli kicherte wie ein Schulmädchen.

„Wie lange kennst du die schon?"

„Ein paar Monate vielleicht? Ich habe den Blog beim Surfen entdeckt und war ganz angetan. – Lass uns was essen. Für Brot, Olivenöl und Antipasti hat die Einkaufszeit noch gereicht. Und dann darfst du wieder mein Vulkan sein. War es schlimm?"

Wir gingen in die Küche. Bernd bekam einen geruchsfreien Kauknochen und parkte mit der Beute zufrieden zwischen meinen Füßen ein.

„Schlimm? Nein. Ich habe mich versehentlich in meine Klamotten eingenäht, konnte deswegen beim Essen mit dem Trainer nicht aufs Klo, wurde bei dem Versuch von Johannes' Mutter niedergeschlagen und musste ins Krankenhaus. Weil ich ins Klo gefallen war und die Spülung gedrückt hatte, dachten alle, dass ich mich eingepinkelt hätte. Im Krankenhaus wurde ich dann von der Schwester des Trainers – sie war nicht seine Ehefrau! – untersucht und nach Hause geschickt. Findest du das schlimm?"

„Ja."

„Was würdest du an meiner Stelle tun?"

„Auswandern."

„Juli!"

„Tschuldigung. Aber das ist wirklich unglaublich. Wie schaffst du es, immer in solche Situationen zu geraten?"

„Geht ganz leicht. Wollen wir mal essen gehen?"

„Och, weißte. Puuh ..."

Juli stupste mich in die Seite, und ich erzählte ihr in epischer Breite von dem Trainer-Date. Beim Zuhören wischte sich Juli immer wieder die Lachtränen weg. Ich musste auch grinsen. Wenn man es mit einem Tag Abstand betrachtete, war es ziemlich witzig.

„So, mehr ist nicht passiert. Ach so, doch. Klaras Wagen wurde vor dem Restaurant abgeschleppt. Den hatte ich leider total vergessen. Mehr war es aber echt nicht. Noch Fragen?"

„Welches Sternzeichen hat der Trainer?"

Ich stöhnte. „Geht das schon wieder los? Keine Ahnung!"

„Kay, das ist wirklich wichtig."

„Ich will, dass er Bernd Manieren beibringt, mehr nicht, und der Mops hat das richtige Sternzeichen! Hast du zumindest gesagt."

„Kannst du das nicht rausfinden? Hat er nichts zu einer Feier gesagt, zu der er mal eingeladen hat? War das im Sommer? Wie alt ist er überhaupt?"

„Anfang bis Mitte dreißig – keine Ahnung." Mir wurde Julis Bohren unangenehm, und ich wollte diese Dinge bei Sascha nicht weiter hinterfragen. Stattdessen fragte ich: „Sag mal, was ist denn jetzt mit dieser seltsamen Kündigung? War das dein Ernst, dass du sie akzeptierst?"

„Yep. Mittlerweile finde ich es sogar ganz prima. Ich übe schon, Rechnungen zu schreiben, weil die KiGa-Mütter die Shirts unbedingt bezahlen wollen."

„Welcher Art ist denn deine Freiberuflichkeit – wie nennt man das? Du machst doch gleich mehrere Dinge auf einmal: Model, Näherin, Moderatorin ..."

„Mal gucken. Solange ich in allen Bereichen Geld verdiene, ist mir das egal. Das Beste ist für mich aktuell, dass ich in Zukunft aufstehen kann, wann ich will. Großartig! Keine Termine mehr in der Firma mit gelangweilten Fotografen und einfallslosen Klamotten, die für die Durchschnittsfrau passen, aber mir nicht gefallen."

Grübelnd hörte ich Juli zu. Sie tauschte Sicherheit gegen Freiheit ein, geregeltes Einkommen gegen Lebensfreude. War das auch was für mich? Aber was konnte ich vorweisen, mit dem sich auf dem freien Markt ein Preis erzielen ließ? Eigentlich nichts. Ich brauchte eine Firma drum herum. Ich war nicht kreativ, konnte nicht handarbeiten und sah zu gewöhnlich aus fürs Modeln.

„Hast du denn schon neue Anfragen?", wollte ich wissen.

„Klar. Ich habe sofort rumtelefoniert."

„Und? Was für Anfragen sind das?"

„Apropos: Was ist jetzt mit Ludger?"

Ich stutzte. Bei dem plötzlichen Themenwechsel brauchte ich eigentlich erst mal einen Stein. Meine Seele war nicht so schnell.

„Habt ihr denn noch Kontakt?", bohrte Juli weiter.

Ich berichtete von meinem gescheiterten Kontaktversuch und dass Ludger vorgegeben hatte, mich am selben Abend treffen zu wollen, obwohl er Hunderte Kilometer entfernt war.

„Was erzählt der denn da?"

„Erzählt hat er das nicht. Ich hab's gesehen."

„Habt Ihr geskypt, und du hast im Hintergrund den Eiffelturm erkannt?"

„Nein, ganz anders." Vorsichtig schob ich Bernd zur Seite und kramte nach meinem Smartphone. Es knurrte. Erschrocken zog ich die Hand zurück.

Julis Augenbrauen schossen in die Höhe. „Was war das? Hat dein Pflegehund geknurrt?"

„Ich weiß nicht. Das hat er noch nie gemacht." Versuchsweise beugte ich mich runter und kam mit der Hand in die Nähe des Kauknochens. Bernd knurrte! Lauter jetzt – und drohend. Entgeistert zog ich die Hand weg. Was war denn jetzt los?

Juli lachte. „Damit ist dann auch klar, wer hier das Sagen hat. Vielleicht braucht der Kollege doch noch ein wenig mehr Erziehung?"

„Das glaube ich auch."

„Aber du hast ja noch einen Termin mit dem Trainer. Den musst du jetzt auch einhalten. Kann ja nicht sein, dass das kleine Marzipanschwein seine Wolfsgene voll auslebt. Nun aber zurück zu Ludger am Eiffelturm."

Mit den Füßen schob ich meine Tasche von Bernds Zähnen weg und zog das Smartphone heraus. „Ludger hat mir ein Programm namens ‚Find Friends' installiert. Das zeigt einem, wo der andere gerade ist."

„Wie bitte? Du hast ein Spähprogramm auf deinem Telefon? Und das findest du okay?"

„An dem Tag war das ganz hilfreich. So hat er mich auf der Kuh-Messe schnell wiedergefunden. Und außerdem hat es mir gezeigt, dass er gestern gar nicht in der Nähe war."

„Zeig mal her."

Ich aktivierte die App, tippte auf „Ludger", den einzigen Namen, den ich dafür gespeichert hatte, und wir schauten zu, wie das Smartphone sich auf die Suche machte.

„Er ist in seiner Praxis."

„Jetzt noch?"

„Vielleicht ein Notfall? Ich kenne seine Öffnungszeiten aber nicht."

„Na ja, auf jeden Fall wird er irgendwann Feierabend machen und vielleicht Zeit haben. Überrasch ihn doch!"

„Einfach hinfahren?"

„Klar. Euer letzter Kontakt war voller Missverständnisse. Sag, dass du das gerne aus der Welt räumen willst, und schau, wie sich das anfühlt."

Eigentlich keine schlechte Idee. Wenn er sich freute, mich zu sehen, würden wir vielleicht die Flasche Wein trinken, die noch bei mir stand. Ich musste mehr Zeit mit ihm verbringen, um seinen Planeten zu verstehen. Er war ein totaler Fan von Kühen. So ein Mensch konnte doch keinen schlechten Charakter haben.

„Erde an Kay?"

„Hier bin ich! Ich reise sofort auf seinen Planeten und schaue, ob dort die Lebensbedingungen für mich ausreichen."

Juli seufzte. „Na, immerhin kommst du in Bewegung."

„Aber eine Sache habe ich noch ..."

„Welche?"

„Was für neue Aufträge hast du bekommen?"

„Fotoshooting, ganz normal für einen Katalog."

„Und was für ein Katalog ist das? Wieder Erotik? Bernd und ich haben keine Zeit – egal wann."

„Nee, Sanitätshaus."

„Stützstrümpfe? Nierenwärmer?"

„Erwachsenenwindeln."

24.

Unschlüssig saß ich vor der Praxis im Auto. Bernd hockte in seiner Box und war immer noch mit seinem Kauknochen beschäftigt. Ich überlegte: Ludger war vielleicht gerade in einer komplizierten OP an einem Nacktnasenwombat, und es ging um Leben oder Tod. Da durfte ich nicht stören. Möglicherweise wurden aber auch Netzer, dem Papagei, in diesem Moment die Stimmbänder durchtrennt, weil seinem Frauchen sonst eine Zwangsräumung ins Haus stand. Wenn ich so weitermachte, würde ich noch mehr Gründe finden, nicht reinzugehen. Was war denn schon dabei?

Ich stieg aus und ging auf die Praxis zu. Dunkle Wolken zogen sich zusammen. Gleich würde der Himmel explodieren und mich einweichen. Ludgers Wagen stand neben einem eleganten Porsche, dessen Kennzeichen in der Städtekennung die Buchstaben DD aufwies. Wollte der Fahrer zeigen, auf was für Frauen er stand? Was für ein Idiot! Die Autos standen so dicht, als würden sie miteinander tuscheln.

An der Eingangstür studierte ich das Messingschild mit den Öffnungszeiten. Die Sprechstunde war lange vorbei. Aber dass Ludger jetzt noch Patienten behandelte, rührte mich. Ein richtiger Arzt schaute nicht auf die Uhr, wenn seine Patienten nach ihm verlangten, redete ich mir ein. Ameisen krabbelten durch meine Adern. Vermutlich war es keine gute Idee, einfach bei ihm reinzuplatzen. Mochte ich etwa Überraschungsbesuche? Nein. Zu spät. Ich war hier und würde jetzt auch reingehen – trotz der Ameisen. Ich drückte die Klinke der Haustür runter. Unverschlossen. Er war also noch da.

Das Wartezimmer war leer. Ich ging aufs Sprechzimmer zu.

Ein spitzer Schrei ertönte. Ich zuckte zusammen. War Ludgers Helferin von einem Hund oder Schlimmerem gebissen worden? Da! Schon wieder. Ich riss die Tür auf und schaute auf ... einen nackten Männerhintern, der sich vor dem Behandlungstisch rhythmisch vor und wieder zurück bewegte. Und nackte Beine. Nur die Füße waren angezogen. An einem hingen ein Schlüpferchen und eine Hose. Letztere fehlte dafür an den Beinen. Was sollte das? Die Ameisen waren alle in Richtung Magen gerannt.

Wieder dieser Schrei! Dieses Mal viel schriller: „Ja, Baby. Zeig's mir!"

Diesen Satz in exakt der gleichen Betonung hatte ich schon mal gehört. Aber da war ich irgendwie betrunken gewesen. Mein Gehirn nahm sich eine Auszeit und setzte das Bild, das sich mir bot, nicht in eine Szene um, die es akzeptieren wollte. Die Ameisen waren schlauer und fuhren Motocross in meinem Bauch.

Der Schrei! Dieses Mal länger. Ein dürrer Arm zeigte auf mich. Goldene Armreifen klirrten. Eine Sonnenbrille fiel klappernd auf den Boden. Dazu jaulte ein Hund. Auch den Tonfall kannte ich. Duchesse! Der Skelett-Hund saß zitternd in der Ecke. Das konnte doch nicht wahr sein! Was hatten die beiden hier zu suchen? Und wieso lag Size-Zero auf dem Tisch unter Ludger?

„Kay!"

Ich fuhr zusammen und drehte mich wieder zum Behandlungstisch.

„Ja?"

„Was machst du denn hier?", stotterte Ludger und versuchte, seine Blöße zu bedecken und sich dabei gleichzeitig die Hosen hochzuziehen. Das sah artistisch aus, weil die zappelnden Beinchen von Duchesses Frauchen noch über seiner Schulter lagen. Ihre Hose war wie ein reifer Apfel vom Baum gefallen. Wie ein Lasso hing nur noch der Schlüpfer über ihrem Fuß. Hach! Schlüpfer? Nein! Ein String-Tanga. Was auch sonst! Vermutlich war das für den Mini-Hintern aber ein ganz normaler Schlüpfer und nur für meine Größe ein String.

„Klemm dir nichts ein", antwortete ich fürsorglich. Mein Gehirn hatte in Windeseile eine Umleitung um das Emotionszentrum gelegt und die Situation direkt in die Abteilung für dämliche Sprüche geschoben.

„Was zur Hölle tust du hier?"

„Ich beobachte dich beim Sex. Das war nicht geplant, dennoch ist es aufschlussreich."

Duchesses Frauchen angelte derweil nach der Unterwäsche. Dabei beobachtete ich sie fasziniert. Sie drehte sich zur Seite, ihr Busen bewegte sich kein Stück. Waren die Dinger aus Beton? Als sie ihren String-Tanga anhatte, kletterte sie vom Behandlungstisch. Die großen Betonbrüste folgten keiner Bewegung und schauten wie zwei Scheinwerfer stur nach vorne.

Es knackte. Duchesses Frauchen – wie hieß die bloß? – war auf ihre eigene Sonnenbrille getreten. Bei dem Wolkenbruch, der mittlerweile draußen niederging, hätte sie das riesige Ding sonst auch als Schirm nehmen können. Nun war es hinüber.

„Ich kann das erklären", sagte Ludger in die Stille nach dem Knacken hinein.

Sagte er das wirklich? Gab es für solche Situationen ein festgelegtes Drehbuch, so wie beispielsweise der Ablauf einer katholischen Messe vorgegeben war? „Ich kann das erklären", und danach folgte dann: „Es ist nicht so, wie es aussieht."

„Es ist nicht so, wie es aussieht", legte er nach.

Oh Gott! Es gab wirklich einen vorgeschriebenen Ablauf. Welcher Text war mir zugedacht? Mein Gehirn war leergefegt. Ein Wort müsste aber gehen.

„Gut", antwortete ich und schaute Ludger an.

„Gut?"

„Ja. Gut, dass du das erklären kannst."

„Ludger, was will die hier?", schaltete sich die ehemals unten Liegende ein. Sie konnte vermutlich nur mit Kleidung sprechen. Schreien ging auch ohne Schlüpfer, das hatte ich ja gehört.

Ludger wandte sich ihr zu und sagte: „Ich kann das erklären."

Mussten wir eine Wartenummer ziehen? Wie lange dauerten solche Erklärungen für gewöhnlich? Ich schaute zwischen den beiden hin und her: Ludger, der mehrmals Luft holte und dann doch nichts sagte; die Windhundmama, die nun die Arme in die Seite stemmte und gar nicht mehr freundlich blickte. Aus dem Augenwinkel sah ich Duchesse, die zitternd in der Ecke saß, als warte sie auf den Abdecker.

Meine Kehle wurde eng. Das Gehirn leitete die Informationen jetzt direkt an die richtige Stelle. Tränen stiegen in meine Augen. Ich wollte keine Erklärungen und stürmte raus in den Regen. Selbst der Himmel weinte. Bestimmt konnte der das auch erklären. Ich musste nur eine Wartenummer ziehen und mich einreihen. Aber ich wollte hier weg. Klitschnass sprang ich ins Auto. Bernd schreckte in seiner Box hoch. Er hatte die Tragödie glatt verschlafen.

Kaum waren wir ein paar Hundert Meter gefahren, wurden wir von einem Porsche überholt. „DD"! Ach! Der gehörte der unten Liegenden? Auf dem Beifahrersitz saß ein Windhund. Der Porsche röhrte, als die Fahrerin Gas gab und im Regen verschwand. Mein Smartphone klingelte und informierte mich im Display: „Ludger ruft an."

Ich ließ es klingeln. Die Mailbox ging ran, und kurz danach piepte es. Meine Neugier kannte keine Scham und wollte sofort wissen, was da los war. Ich hörte die Mailbox ab.

„Hallo Kay, ich weiß, dass das jetzt total blöd aussah, aber ich kann das erklären. Es war wirklich nicht so, wie du denkst! Die Hündin hatte einen scharfkantigen Knochen verschluckt. Ich wollte ihr Apomorphin spritzen. Du weißt schon, das Brechmittel, das Bernd auch bekommen hat. Die Spritze fiel runter. Wir wischten das gemeinsam auf, und ich zog eine neue Spritze auf. Irgendwie muss von dem Mittel was an meine Schleimhäute gekommen sein. Dann die Erleichterung, als der Knochen sich als harmlos herausstellte. Sie fiel mir um den Hals, und da war es passiert. Das Apomorphin wirkte. Es ist ... es wirkt ... in geringen Dosen ... wie ... wie Viagra. Da konnte ich nichts gegen tun. Kay, es tut mir leid. Wirklich! Ruf mich an, okay?“

Das war doch ein Scherz! Ich wurde so wütend, dass meine Tränen abrupt stoppten. Er kriegte eine Erektion von einem Brechmittel für Hunde und legte deswegen die Besitzerin des Tieres flach? Konnte man sich so eine Räuberpistole ausdenken?

In der Nacht wurde ich Zeuge, wie Ludger seine Sprechstundenhilfe und den Windhund einschläferte, damit er in Ruhe Sex mit der Besitzerin haben konnte. Dem Frauchen hatte er vorher Apomorphin injiziert, worauf sich das Size-Zero-Gestell so übergab, dass ihre Deko-Brille aus den Haaren in die Kotze fiel und zerbrach. Sie bestand darauf, dass Ludger in der Lache die Einzelteile zusammensuchte. Während Ludger die zweite Spritze aufzog, um das nörgelnde Knochenbündel vor dem Akt zu narkotisieren, wachte ich auf.

Mein Smartphone klingelte. Ludger rief an.

Ich ließ es klingeln. Mein Herz sprang kurz an. Die Mailbox auch, aber er hinterließ keine Nachricht. Wozu auch? Es war ja von seiner Seite alles gesagt.

Auf die Liste der No-Gos gehörte ab sofort: in den Schlaf heulen und von Ludger träumen. Vor allem mit dem Zusatz: wenn am nächsten Tag Trainer-Stunde auf dem Programm stand. Ich war so gerädert wie nach meinem ersten Besäufnis mit Baileys. Damals hatte ich mir Mut angetrunken, weil ich mit einem Jungen Zungenküsse üben wollte. Er hatte mir anschließend beim Kotzen den Kopf gehalten. Was mich dabei in meinem Alkoholnebel zutiefst kränkte, war die Tatsache, dass er danach nicht mehr üben wollte. Nachdem ich ihn schwer lallend angekeift hatte, heulte ich mich auch da in den Schlaf.

Heute früh sah ich wie eine stark gealterte Version von mir selbst als Fünfzehnjährige aus. Dekoriert mit Lidern, dick wie Autoreifen, und Tränensäcken. Wie konnte da noch was drin sein? Ich hatte doch jede Flüssigkeit ins Kissen weitergegeben.

Mein Gesicht sah aus wie ein gigantischer Mückenstich. Alles war angeschwollen. Bis nachmittags musste das wieder auf die richtige Größe schrumpfen. Ich schubste den schnarchenden Mops zur Seite, holte mir einen nassen Waschlappen und legte zwei Esslöffel in die Gefriertruhe. Das war irgendein Model-Trick, den ich immer schon mal hatte versuchen wollen. Löffel ins Kühlfach, dann ab damit auf die Augen, und schon war man um Jahre verjüngt. Oder so ähnlich. Ich hatte mir diesen Trick leider nur bis zu der Stelle gemerkt, wo man die Löffel einfror. In der Truhe fand ich auch noch Eis mit Schokostücken. Lecker! Damit würde ich meine Nerven beruhigen.

Mehrfach griff ich zum Hörer, legte aber immer wieder auf. Für den Statusbericht an Juli musste ich mich noch sammeln, und um Ludger zu vergeben, ebenfalls. Also rief ich niemanden an. Umgekehrt war es genauso. Bereute Ludger seine Telefonbeichte inzwischen und war froh, unsere aufkeimende Zweisamkeit beendet zu haben? Ertrank Juli in Arbeit, seitdem sie quasi arbeitslos war? Kein Anruf hieß aber auch, dass der Termin mit Sascha noch bestand. Sicherlich trug die Tatsache, dass ich neulich bei unserem gemeinsamen Abendessen nicht eingenässt hatte, zur Sympathiebildung bei. Was er wohl gemeint hatte, als er sagte, dass er schon Schlimmeres gesehen habe als Urin und Erbrochenes?

Als es nachmittags endlich klingelte, drückte ich ohne Rückfrage auf den Summer. Bernd kam, bereit für einen Massage-Einsatz, joe-cocker-bellend zur Tür gerannt. Sascha würde den Weg nach oben hoffentlich auch ohne Gegensprechanlage finden. Schließlich stand sowohl auf der Klingel als auch im Fahrstuhl „KB“. Ich freute mich schon auf sein Gesicht, wenn er sah, wie sehr sich Bernd bei Besuch ins Zeug legte. Ich lauschte auf das summende Geräusch des Fahrstuhls, aber nichts passierte. Hatte ich den Summer nicht lange genug gedrückt? Dachte Sascha jetzt, dass ich ihn vergessen hatte? Ich drückte wieder auf den Summer und riss die Tür auf. Vielleicht konnte ich beim Blick über das Geländer was erkennen. Ich prallte gegen einen Baum und schrie auf. Der Baum schwankte nicht mal. Es war ja auch ein Baum, und Bäume waren standfest! Aber wieso wuchs der vor meiner Tür?

„Jetzt weiß ich, wie du dir immer deine Beulen holst.“

Ich war direkt in den als Baum getarnten Hundetrainer gerannt. Diese grünen Outdoorklamotten brachten einen ja auch schnell mal durcheinander.

„Herr Fährmann! Ich meine ... Sascha! Also ... das ist ... Da bist du ja.“ Stammel-Else hatte als unterdrücktes Es meiner multiplen Persönlichkeitsstörung mal wieder die Kontrolle über mein Bewusstsein erlangt. Hoffentlich blieb der Teil mit dem Widerstands-Tourette im Verborgenen.

Bernd wieselte an mir vorbei, roch an den Beinen des Trainers, sprang hoch und startete seine Massage ohne weitere Verzögerung.

„Was genau macht er da?“, fragte Sascha.

„Er freut sich so sehr, dich zu sehen, dass er dir eine Spezialität des Hauses anbietet. So begrüßt er jeden. Süß, gell?"

Sascha zog ein Knie hoch, worauf Mops strauchelte und auf allen vier Pfoten landete. Das stufte der Hund als Versehen seitens des Menschen ein und startete neu. Sascha ebenfalls. Knie hoch, Mops verwirrt.

„Können wir reingehen?"

Ich schaute vom Mann zum Mops und nickte. War Sascha sauer? Warum konnte er sich nicht genauso freuen wie Bernd? Als wir die Wohnung betreten hatten, waren Bernd und ich ratlos. Immer, wenn er seine Pfoten in Massagestellung brachte, drehte sich Sascha weg. Das war doch keine Art, Mopszuneigung zu erwidern. Ich verstand die Welt nicht mehr.

„Weißt du, was er da tut?", fragte Sascha mit einem amüsierten Unterton.

„Klar, ich bin ja nicht blind. Aber du bist voll fies. Der freut sich so und kriegt immer dein Knie unters Kinn."

„Soso, er freut sich?"

„Ja, oder hast du das Gefühl, dass er dir den Unterschenkel abbeißen will?"

„Er spielt hier den Chef."

„Quatsch. Er sagt Hallo."

„Nein, er pöbelt mich an. Er rennt an dir vorbei, begrüßt die Besucher, gewinnt deren Aufmerksamkeit und unterstreicht seinen Alphastatus dadurch, dass er sie auch noch anspringt."

„Oh."

„Ja, oh. Du musst aufhören, sein Verhalten zu vermenschlichen. Auch wenn er nicht direkt danach aussieht, ist er zu siebenundneunzig Prozent identisch mit einem Wolf. Da geht es um Machtstellung, nicht um freundliche

Begrüßung. Alles, was die Tiere tun, hat einen Sinn – vorausgesetzt, sie befinden sich im Rudel."

„Und jetzt?"

„Gewöhnen wir ihm das ab."

„Mit Elektroschocks? – Waterboarding? Chinesische Wasserfolter?"

„Nein, durch Erziehung. Wenn zukünftig ein Besucher kommt, ignoriert der den Hund und begrüßt zuerst dich. Und wenn Bernd ihn anspringt: Knie hochziehen, wegdrehen."

„Bist du sicher? Der arme Kerl erlebt die Zurückweisung seines Lebens!"

„Er wird die Zurückweisung von Alpha auf Gamma erleben, und das ist wichtig. Das gibt Bernd Orientierung und Sicherheit."

„Sicherheit, weil er erniedrigt, ignoriert und gedemütigt wird? Ist das so ein Männer-Ding?"

„Eher so ein Hunde-Ding. Was macht er noch, was du süß findest?"

„Er kann singen und macht lustige Sachen im Bad."

„Im Bad? Was denn?"

„Warte, ich zeig's dir."

Ich lief durch die Wohnung voraus, Bernd trabte verwirrt hinterher. Dann schob ich ihn ins Badezimmer, schloss die Tür und sah Ludger an. „So, willst du erst mal einen Kaffee? Es dauert ein paar Minuten."

„Gerne. Mit Milch."

Ein Mann, der die Muttermilch einer anderen Spezies trank. Einfach so. Lächelnd setzte ich Klaras Automaten in Gang und stellte die Tassen auf den Tisch.

„Jetzt dürfte er so weit sein."

Ich öffnete die Badezimmertür, worauf Bernd an mir vorbei schoss. Sascha ließ den Blick schweifen. Dann sah er, womit sich Bernd im Bad beschäftigt hatte, und schüttelte den Kopf.

„Das macht er, wenn ich nicht aufpasse."

Wir standen vor einem unordentlichen Haufen Klopapier. Immer, wenn ich Bernd alleine ließ und die Türen nicht geschlossen hatte, trabte er ins Bad, sprang an der Klorolle hoch und nutzte sie als Vorderpfoten-Laufband. Bis alles abgerollt war. Dann nahm er sich das Gästeklo vor.

„Er ist ärgerlich, weil er nicht mitdarf."

„Oh. Das ist alles? Keine Angst vor Toiletten oder Neid, weil er an einen Strauch pinkeln muss?"

„Angst hat der bestimmt nicht. Er ist sauer, und das zeigt er dir sehr deutlich. Dagegen solltest du etwas tun, obwohl dich ein paar vergeudete Klorollen bestimmt nicht ärmer machen."

Den Blick, mit dem Sascha die Wohnung musterte, konnte ich nicht deuten. Für mich sah es leicht verächtlich aus. Oder war das eher Anerkennung? Ich kam mir vor wie ein Asperger-Patient. Die erkannten ebenfalls keine Emotionen in Gesichtern. So etwas konnte das Leben aber auch vereinfachen. Ein waschechter Asperger würde jetzt nicht über seinen nächsten Satz grübeln. Wollte Sascha einen Kontoauszug sehen? War das, was er eben über die Klorollen gesagt hatte, nur eine doofe Bemerkung gewesen und hatte keine Bedeutung? Vielleicht wollte er sein Honorar erhöhen.

Während ich wie ein Hochleistungscomputer adäquate Antworten durchspielte, fragte Sascha: „Gibt es etwas, das Bernd gut kann und wofür du ihn loben würdest? Ein erwünschtes Verhalten, das du verstärken kannst?"

„Ja, na klar. Ich zeig dir unseren Lieblingsbefehl!"

Das würde Saschas Herz anrühren. Nichts konnte

Bernd so schön wie dieses Kommando. Er liebte es. Ich liebte es.

„Bernd, komm!"

Der Mops hob den Kopf, scannte meine Finger. Kein Leckerli, also kam er auch nicht.

„Moment noch. Ich hab was vergessen."

Ich öffnete den Kühlschrank und nahm die Leberwurst raus. Sascha registrierte die knallrote Tomatenmarktube, und sein Blick war ein einziges Fragezeichen. Der Mops brauchte keinen Befehl. Der sah die Tube ebenfalls und galoppierte los. Erwartungsfroh setzte er sich vor mich hin.

Ich ging ein paar Schritte rückwärts. „Robben!"

Bernd schmiss sich auf die Erde und robbte wie ein Elitesoldat unter imaginären Stacheldraht durch die feindlichen Linien. Als er bei mir ankam, drückte ich ihm Leberwurst mit Tomatenmark-Restaroma ins Maul und schaute grinsend zu Sascha. Der grinste nicht. Kein Stück. Sein ganzes Gesicht drückte Missbilligung aus. Seine Grübchen waren getürmt. Okay, ich war also kein Asperger. Ich konnte Gesichter lesen, wenn sich die Emotion nur deutlich genug auf ihnen abzeichnete. Das hier war mehr als deutlich. Was hatte ich denn jetzt wieder falsch gemacht? War mein Abo für Fettnäpfe nicht bald mal aufgebraucht? Oder war das eine Rabattkarte, und ich bekam immer zwei Näpfe zum Preis von einem?

„Das ist nicht lustig."

„Das sehe ich. Du lachst nicht."

Meine Widerstands-Tourette-Persönlichkeit kämpfte sich nach oben. Ich drückte sie wieder runter, wie ein Mörder im See sein strampelndes Opfer.

„Wer kommt auf die Idee, einem Hund so einen Mist beizubringen? Hast du schon mal jemanden in Todesangst gesehen, der versucht zu entkommen? Dann würdest du das nicht witzig finden!" Sascha war lauter geworden. Sein Gesicht versteinerte sich.

Ich kapierte gar nichts. War ihm die teure Wohnung ein Dorn im Auge, und er ließ so seinen Ärger raus? Er wusste doch, dass ich auf den Hund aufpasste und dass das alles hier nur geliehen war. Oder nicht? Niemals würde ich mir eine Penthouse-Wohnung leisten können, in der man nur deshalb die Vögel zwitschern hörte, weil man über allem anderen thronte. Niemand trampelte in der Wohnung darüber herum, es gab keine Streitereien hinter dünnen Wänden. Sofort setzte meine Fantasie diese Szenarien in Töne um: In unmittelbarer Nähe hörte ich eine keifende Frau und einen wütenden Mann. Oder war das unser Echo? Nee, konnte nicht sein. Ich hatte nicht gekeift, nicht mal genörgelt. Mein Missbilligungsrepertoire war noch gar nicht angebrochen.

Sascha schob mich weg und ging in einer seitlichen, leicht geduckten Haltung zur Terrassentür. Er legte den Zeigefinger an die Lippen und machte das Zeichen, das bei Hunden „Platz" bedeutete. Wo war meine schusssichere Weste? Meine Pistole? Die Sondereinheit? So was sah ich sonst nur in Krimis, wenn Polizisten sich an ein Haus anschlichen, in denen sich Verbrecher verbarrikadiert hatten. Sascha riss die Tür auf. Die hysterischen Stimmen wurden umgehend lauter. Es fauchte. Was war das für ein Geräusch? Sascha duckte sich an die Wand. Bernd bellte. Ich ließ die Leberwurst fallen. Seilte sich ein Überfallkommando auf Klaras Terrasse ab? Wurde Sascha verfolgt, und wir waren bereits umzingelt? Es fauchte. In immer kürzer werdenden Abständen. Klangen so Flammenwerfer? Mein Herz trommelte. Wieder stand ich als falsch eingeteilte Statistin in einem Film, dessen Handlung mir fremd war. Konnte mich nicht mal jemand bei Rosamunde Pilcher hinstellen?

Der Himmel verdunkelte sich. Ein Ufo kam näher! Alle in Deckung! Invasion!

„Bleib hier! Warte, bis ich zurück bin!"

Bevor ich auch nur den Mund zu einer Erwiderung öffnen konnte, war Sascha an mir vorbeigelaufen und durch die Wohnungstür in Richtung Hausflur verschwunden. Ich löste mich aus meiner Befehlsstarre und folgte ihm. Mehrere Stufen auf einmal nehmend sprang Sascha die Treppen runter. Als unten die Tür aufging, zog ein Windhauch durch das Treppenhaus. Noch während ich mich umdrehte, sah ich, wie die Wohnungstür auf mich zukam. Ich hechtete los und schmiss mich gegen die Tür, kurz bevor sie ins Schloss fiel und mich aussperrte. Dank dem jahrelangen Training an Julis klemmender Haustür war ich fit im Gegen-Türen-Werfen. Vielleicht war das Türen-Werfen ein Trick der Aliens, um den Mops zu entführen. Bestimmt würden die grünen Kollegen seinen Körperbau studieren und als geklonte Mops-Invasion die Erde überfallen und bevölkern.

Wenig später saß Bernd im Wohnzimmer und starrte auf die Terrassentür. Es war nicht mehr dunkel. Niemand fauchte. Niemand keifte. Schrien Aliens sich genauso an wie Ehepaare nach zwanzig Jahren gemeinsamer Zeit, von denen sie neunzehn für vergeudet hielten? Ich war ratlos. Die Wohnung hatte überall Dachflächenfenster, die nur einen Ausblick in den Himmel boten. Ich öffnete jedes einzelne von ihnen, streckte den Kopf raus und spähte wie ein U-Boot-Periskop durch die Gegend. Hören konnte ich nur den Straßenlärm rund um den Kreisel, der hinter dem Wohnkomplex den Verkehr regelte. Ufo weg, Sascha weg. Und ich sollte hierbleiben und warten. Steckte in

Klaras Wohnung ein Weglauf-Karma für Männer? Ludger hatte nach unseren beiden Nächten morgens früh zur Arbeit gemusst und immerhin einen Zettel dagelassen. Aber Sascha war weggerannt, als hätte es eine Bombendrohung gegeben. Was sollte das?

Ich ging auf den Flur. Ich ging wieder rein. Ich wartete. Irgendwann verließ das Adrenalin meinen Körper, und ich machte es mir auf der Couch bequem.

Ein Brummen weckte mich. Die Aliens waren zurück! Sie waren fertig mit Fauchen und brummten jetzt ihre Botschaften durch die Wohnung. Verwirrt setzte ich mich auf. Mein Smartphone leuchtete und zeigte eine Nachricht an.

„Hallo Kay, sorry, dass wir die Stunde abbrechen mussten. Ich stelle dir nichts in Rechnung. Telefonieren morgen. LG Sascha"

Die Aliens hatten ihn gezwungen, diese Botschaft zu schreiben. Anders war dieser formale Wortlaut nicht zu erklären. Aber woher wusste die, dass wir eine Trainingseinheit in häuslicher Umgebung absolviert hatten?

26.

Es musste eine Eingebung gewesen sein. Oder Schicksal. Oder Schlimmeres. Alles hatte seinen Anfang mit dem Mops genommen, der fiepend auf meiner Bettdecke stand. Der musste mal. Ich hatte wegen des gestrigen Alienangriffs und meiner Schlafattacke Bernds Abendrunde vergessen. Wer dachte bei einem Vulkanausbruch noch daran, die Zahnpastareste im Waschbecken wegzuwischen? Wer zog den Lidstrich nach, wenn Außerirdische das Haus beschossen? Eben.

Also dackelten – besser wohl mopsten – wir los. Ich stolperte. Mir fehlte der Treibstoff, daher lief auch mein Motor um diese Uhrzeit unrund. Normalerweise machten wir unsere Runde nicht, bevor die erste Koffeindosis des Tages meine roten Blutkörperchen durch die Adern jagte. Bernd hockte sich ohne Links-rum-rechts-rum-links-rum-Theater über den ersten Grashalm und presste einen Zigarillo heraus. Erste Großtat des Tages vollbracht. Jetzt war ich dran – nicht mit einem Zigarillo, sondern mit einem dampfenden Cappuccino to go von der Tankstelle.

Um die bevorstehende Tristesse voller Absagen zu überstehen, hatte ich mir spontan eine Tageszeitung zum Heißgetränk gekauft. Die hielt ich nun in den Händen. Und ich hielt Sascha in den Händen. Zumindest sein Gesicht, das auf der Titelseite unwillig in die Kamera blinzelte, während er mit nacktem Oberkörper eine Frau hochhob. Die Schlagzeile lautete:

Ex-Soldat als Lebensretter

Am gestrigen Abend verlor ein Fesselballon bei einem Rundflug über Hannover gefährlich an Höhe. Starke Thermik drückte die heiße Luft aus dem Ballon, der bei seinem unkontrollierten Sinkflug das Dach eines Mehrfamilienhauses streifte. Dem Ballonfahrer gelang es noch, den Korb über eine stark befahrene Straße zu manövrieren. Anschließend musste er auf der Verkehrsinsel eines Kreisverkehrs notlanden. Bei dem Absturz zogen sich zwei der vier Passagiere erhebliche Verletzungen zu. Das schnelle Eingreifen des ehemaligen Soldaten Sascha F., der sich zum Zeitpunkt des Unfalls zufällig in der Nähe aufhielt, verhinderte Schlimmeres. Noch vor dem Eintreffen der Rettungskräfte band er die Schnittverletzung an der Arterie einer Mitfahrerin fachmännisch mit einem Kleidungsstück ab und brachte einen weiteren Verletzten in die stabile Seitenlage. Der diensthabende Notarzt Dr. Scheu war von dem professionellen Einsatz des Sascha F. beeindruckt: „Wenn die Beinarterie verletzt wird, kann das sehr schnell zum Tod führen. Aber dank des Druckverbandes von Herrn F. ist die Patientin außer Lebensgefahr und wird wieder vollständig gesund werden."

Herr F. hingegen äußerte sich zurückhaltend. Er halte seinen beherzten Einsatz für selbstverständlich und wolle darüber keine weiteren Worte verlieren. Er stand für ein Interview nicht zur Verfügung.

Ich ließ die Zeitung sinken. Und den Mund offen. Lebensretter? Ex-Soldat? Aliens? So mussten sich Menschen fühlen, die den Überblick über ihr Leben und den Bezug zur Realität verloren. Nichts ergab einen Sinn. Zu früh, zu viel passiert, zu wenig Koffein. Besser alles der Reihe nach. Ich klemmte die Zeitung unter den Arm, nippte am heißen Cappuccino und machte mich auf den Rückweg. Erst mal musste ich mich sortieren, dann die Aliens und schließlich den Rest.

Beim zweiten Lesen des Artikels und einer weiteren Koffeindosis ergab der Artikel endlich einen Sinn. Gestern hatte ein Ballon meine Dachterrasse gestreift! Das erklärte die aufgebrachten Stimmen, von denen ich angenommen hatte, dass sie aus dem Himmel gekommen waren. Sascha hatte die Situation erfasst und war losgerannt. Aber warum hatte er mich nicht an seiner Seite haben wollen? Ich hätte die Hand auf das sprudelnde Blut besagter Arterie drücken, offene Brüche mit abgebrochenen Ästen schienen oder andere sinnvolle Dinge tun können, für die ich später einen Orden bekommen hätte. Hätte ich? Meine Kenntnisse in Erster Hilfe beschränkten sich auf ... tja, auf was eigentlich? Zur Führerscheinprüfung hatte ich einmalig mit erster und gleichzeitig auch mit letzter Hilfe zu tun gehabt. Als ich dran gewesen war, eine Gummipuppe zu beatmen, war die Zeit um. Vermutlich hätte ich die Puppe auch zu Tode beatmet. Bestimmt war ich als Kriegssanitäterin doch nicht die erste Wahl. So ein Soldat, wie Sascha es war, war schließlich trainiert, gefährliche Entscheidungen unter Druck in Sekundenschnelle zu treffen. Ich hätte mich an seiner Stelle auch nicht mitgenommen.

Seufzend fuhr ich den Rechner hoch. Kommt her, ihr hoffnungsvollen Bewerber. Lasst mich euer Leben zerstören! Ich öffnete Outlook. Zweihundertfünfundvierzig E-Mails im Absagen-Posteingang! Ungelesen. Meine Laune sank wie ein Backstein auf den Grund des Bodensees. Ich schloss Outlook und holte mir einen Kaffee. Das war zwar keine Lösung, aber immerhin ein Aufschub.

Als ich wieder am Rechner saß, fiel mir Juli ein. Die war völlig abgetaucht. Was trieb sie den ganzen Tag? War sie nicht ständig in Sachen Mode im Internet und bei Facebook unterwegs. Da musste ich dringend mal nachschauen. Das duldete keinen Aufschub.

In ihrem Account postete Juli knallbunte, ausgefallene Kinderklamotten. Ich sah, dass sie förmlich überrannt wurde mit Anfragen, wo der Stoff oder der Schnitt her sei oder ob sie auch im Auftrag nähen würde. Andere nähbegeisterte Frauen wiederum posteten ihre Entwürfe auf Julis Seite. Kein Wunder, dass sie zu nichts mehr kam. Ich las mir alles bis ins Kleinste durch und klickte auf verschiedene Blogs. Alles war besser, als Absagen zu schreiben. Juli musste mir mehr über ihr Hobby erzählen, das sich so langsam zu einem Job entwickelte. Ich wählte ihre Nummer und wurde direkt auf die Mailbox geleitet. Ihr Telefon war ausgeschaltet. Das hatte ich auch noch nicht erlebt.

„Juli, Herzchen. Ich bin gerade auf deiner Facebook-Seite. Das ist ja alles spannend. Ruf mich doch mal an. Bei mir gibt es auch Neuigkeiten. Küsschen! Hier war Kay."

Jetzt konnte ich endlich arbeiten. Es gab nichts anderes mehr zu tun. Oder? Ich überlegte. Doch! Was war wohl aus dem Erotik-Shooting im Landmaschinenhandel geworden? Wie hieß dieser Versender doch gleich? Es war irgendwas Zweideutiges gewesen. Ich probierte ein paar Suchbegriffe aus und landete tatsächlich auf der Homepage des besagten Online-Kataloges für erotische Kostüme und andere Dinge des ... ähm ... täglichen Bedarfs. Jeder, wie er mochte.

Ich klickte auf den Katalog. Juli im Krankenschwester-Look, lüstern in die Kamera grinsend, würde mir den Tag versüßen. Vielleicht lutschte sie ja auch an einem Stethoskop oder tat andere ungehörige Dinge.

Der Katalog ermunterte mich, ihn gleich in der Flash-Version zu öffnen, um direkt am Bildschirm zu blättern. Unbedingt wollte ich das! Mein Tagesziel für heute war definiert: Juli bewundern und den Schaumstoffpenis in den Bildern wiederfinden, dem Bernd die Eichel abgebissen hatte. So wie früher, wenn man eine versteckte Maus in einer kunterbunten Zeichnung finden sollte. Das war ein solides, überschaubares Ziel.

Ich klickte auf den Katalog. Und erstarrte. Ich blinzelte, riss die Augen auf und stieß die Luft aus. Ach du Sch...

Das da auf dem Titel war nicht Juli. Da standen zwei Schulmädchen in Pornodirndls und leckten an einer Mistgabel. Zwischen den beiden saß Bernd und gähnte herzhaft. Das konnte ich noch verargumentieren. Aber gestochen scharf thronte über und hinter den Landlustmädchen ... ich! Feixend im grünen Kittel mit Wonderbra-Brüsten auf dem Bock des Mähdreschers. Im Nude-Look geschminkt und abgepudert sah ich aus wie die lüsterne Hausmeisterin, die den Mähdrescher aus der Deko fahren sollte, um anschließend Öl zu wechseln, Zündkerzen zu reinigen oder was immer man auch mit so einem Gerät veranstaltete, wenn es nicht im Background für Pornowäsche stand.

Heilige Scheiße. Ich war für dreihundert Euro in einem Pornokatalog gelandet. Aber hatte ich nicht nur ein verschwommener Fleck im Hintergrund sein sollen? Etwas, das man für Godzilla, Kermit oder die Schreiber hätte halten können. Hätte ich da nicht irgendeinen Vertrag zu unterschreiben gehabt? Ich sprang auf und wühlte in meiner Ablage. Tatsächlich. Die Auszahlungsquittung bestätigte, dass ich alle Rechte an den Bildern an die Firma abgetreten hatte. Ich brauchte einen Schnaps. Besser noch: eine Infusion. Wenn das jemand sah! Gab es da etwa noch mehr Bilder von? Ich setzte mich wieder an den Rechner.

Inzwischen hatten sich zwei Chatfenster geöffnet. In beiden hielten mir Frauen ihre Brüste entgegen und fragten, ob ich sie mal anfassen wolle. Was? Ich? Die dicken Silikondinger? Warum? War das ein Materialtest? Ich zog die Tastatur näher zu mir ran und tippte los.

„Hallo, nein! Ich will die Dinger nicht anfassen. Verschwinde aus meinem Rechner!"

Der Cursor blinkte. Die Frau stöhnte und versuchte, mit

ihrer Zunge an ihre Brustwarzen zu kommen. Mädchen, lass die Dinger mal für einen Moment los. Die sehen aus, als würden sie auch von alleine halten. Wie willst du denn so antworten?

„Komm doch ein bisschen näher. Dann zeig ich sie dir ganz dicht."

„Ganz dicht? Hallo?! Merkst du es noch?"

„Du willst es doch auch!"

Die merkte gar nicht, dass ich nichts von ihr wollte. Schrieb die mit den Füßen? Die waren nämlich nicht im Bild. Dafür wurde der Bildausschnitt größer. Ihre Zunge auch. Die Frau versuchte wieder, ihre Brustwarzen zu erreichen, und zeigte dabei ihre Zunge, aus der ein silbernes Dreieck wie eine Pyramide herausstach. Igitt!

Ich schloss das Fenster. Die wollte nicht hören, also wurde sie weggeklickt.

Nun erwachte das andere Fenster zum Leben und offerierte mir körperliche Vorzüge, bei denen ich vor lauter Peinlichkeit schon beim Lesen eine heiße Birne bekam. Okay, ich würde es ihr in Ruhe erklären.

„Hallo, Sie Frau mit großen Brüsten, bitte gehen Sie aus meinem Rechner und suchen Sie sich andere Tester für die Festigkeit Ihrer vorne angeschraubten Ersatzteile."

Nun ja, das war nicht ganz so ruhig und freundlich gewesen wie geplant. Die Antwort kam prompt:

„Komm näher, du kleines, geiles Luder!"

Ah! Weg hier. Ich schloss auch dieses Fenster. Sofort poppten neue hoch. Eines offerierten mir die Variante „große Brüste – hohes Alter". Ein anderes, das den Titel „Hühnersuppe" trug, bot mir junge Mädchen, die sich quietschend im Whirlpool vergnügten. Ich kam mit dem Schließen der Fenster nicht mehr nach. Hatte ich mir einen Brust-Virus eingefangen?

Ich beendete die Recherche auf der Katalogseite, und schlagartig verschwanden auch die Frauen. Erleichtert stieß ich die Luft aus. Meine Hände zitterten. Ich würde in Zukunft den Katalog einfach ignorieren.

Eins blieb mir aber noch zu tun: Ich ging ins Bad, wühlte im Apothekenschrank, ging wieder an den Rechner und klebte ein Hühneraugenpflaster auf die Webcam.

Kein Anruf von Sascha. Kein Anruf von Juli, lediglich eine mit Herzen garnierte SMS, die besagte, dass sie im Stress sei. Nur Ludger hatte in meinem Telefon geblinkt. Irgendwann würde ich mit ihm reden müssen. Doch was sollte ich ihm sagen? Ihn mit Worten auf seinen eigenen Mond schießen? Ihm alles verzeihen? Aber was dann?

Ich musste mit Juli sprechen. Wir würden eine Strategie entwerfen, und dann wäre die Richtung klar.

Im Moment torkelte ich wie ein Raumschiff ohne Steuerung durch das Ludger-Universum. Beamen war schon vorher nicht möglich gewesen, und meine Kapsel war irgendwie nicht mehr in der Lage, in seiner Sternzeit anzudocken. War ich in Ludger verliebt? Ich traute mich immer noch nicht, mir diese an sich simple Frage zu stellen. Vor allem nicht nach dem Brechmittel-Drama. Denn jetzt fand ich ihn entgegen jeder Vernunft besonders anziehend. Mir dämmerte aber, dass das eher gekränkte Eitelkeit als Zuneigung war. Das war, wie mit verbundenen Augen Weiß- und Rotwein zu probieren – auch Profis konnten die Farbe nicht erschmecken. Wie sollte ich Beziehungsinvalide dann so eine Situation alleine meistern?

Eine Nachricht im Telefon brummte das Emotionskartell in die hinteren Winkel meines Gehirnjahrmarktes zurück. Neues Spiel, neues Glück. Neue Fahrt, wer will noch mal? Sascha!

„Wir könnten die Stunde morgen gegen 15 Uhr nachholen. Mir ist was ausgefallen. Gruß S."

Ich starrte auf die Nachricht. Die Grußformel war nicht mehr lieb, der Name nicht mehr „Sascha", und eine Anrede kostete nur Lebenszeit. Was sagte mir diese reduzierte Kontaktaufnahme? Der fand mich bescheuert, wollte aber Geld mit mir verdienen.

Ich war die wegen einer Gazelle verlassene Ex-Tussi, die nun drei Möpse besaß und es mit Zahnpasta-Dreadlocks bis in die Notaufnahme seiner Schwester geschafft hatte. Das würde ich mir nicht gefallen lassen! Ich steckte all meine Energie in die Formulierung einer gepfefferten oder meinetwegen auch gesalzenen Antwort. Hauptsache scharf, nicht süß. Kein Honig sollte aus seinen Bartstoppeln tropfen. Kein Sirup mich kleinmachen. Und bitter sollte es auch nicht sein. Nein, bitter klang viel zu verzweifelt. Ich würde ihm zeigen, dass er so nicht mit mir umspringen konnte. Der sollte sich noch wundern. An die Antwort würde er sich noch lange erinnern. Wie konnte man einer Frau auch so eine stoffelige, nichtssagende Nachricht schicken? Selbst wenn sie nur eine Kundin war, hatte sie doch Gefühle! Nach einer Stunde schrieb ich:

„Gut. Gruß K."

Als es am nächsten Tag klingelte, kettete ich den Mops vorsichtshalber an die Heizung. Keine Massage, kein Anpöbeln. Ich drückte auf den Summer und blieb in der geöffneten Tür stehen, um auf jede Form der Ankunft vorbereitet zu sein und nicht wieder in einen Baumstamm zu laufen.

Immer zwei Stufen auf einmal nehmend, sprang Sascha die Treppe hoch.

Ich hielt ihm freundlich und unverbindlich lächelnd die Hand hin. Das Lächeln hatte ich geübt – morgen würden meine Wangen wehtun. Die richtige Dosis war wichtig. Wenn ich ihn anstrahlen würde, wäre das dem Anlass nicht angemessen. Hier besuchte ein Dienstleister seine Kundin. Hier eilte nicht der Held zu seiner Geliebten, um sie aus einem Feuer oder einem abgeschmierten Ballon zu retten. Kein Lächeln würde ihn denken lassen, dass ich irgendwie verstimmt sei, obwohl er doch nur die Welt vor abstürzenden Aliens gerettet hatte. Wer sagte denn, dass die Ballonfahrer nicht vom anderen Stern gewesen waren?

„Hallo Kay." Sascha schüttelte meine Hand und sah mir so flüchtig ins Gesicht, dass er nicht mal gemerkt hätte, wenn ein kompletter Brokkoli-Strunk in meinen exakt zu einem Drittel sichtbaren Zähnen gesteckt hätte. „Darf ich mal kurz dein Handy benutzen? Mein Akku ist leer."

Auf so etwas war ich nicht vorbereitet. In der Liste der möglichen Dialoge, die ich mir überlegt hatte, war dies keine Eröffnungsoption gewesen. Wie konnte ich denn jetzt souverän und cool reagieren, ohne es ihm zu leicht zu machen?

„Fern- oder Ortsgespräch?"

„Was?"

„Äh ... ich meinte ... na klar. Es liegt da auf dem Tisch." Ich trat zur Seite und schlug mir in Gedanken die Hand vor die Stirn. Sascha wählte, schaute auf seine Uhr und trat ein paar Schritte zur Seite, während sich meine Ohren zu Richtmikrofonen umbauten.

„Hallo Frau Lichtlein, es tut mir sehr leid ..."

Hier wurde er bereits unterbrochen. Eine erboste Frauenstimme schrillte aus dem Telefon.

Sascha war nun seinerseits bemüht, sich Gehör zu verschaffen: „Ich hatte ja versucht, Sie zu erreichen ... Ja, natürlich ... Ihr Anrufbeantworter ... Nein ... Gestern Morgen schon ... Nicht zu Hause ... Bedauerlich, aber jetzt habe ich einen ..."

Die Stimme am anderen Ende brauste immer mehr auf. Gleich würde sie den Trainer mit sich reißen.

Der jedoch sagte: „Es reicht." Seine Stimme wurde bei diesen schlichten Worten nicht lauter. Dennoch klang das Gesagte wie ein Befehl und wirkte wie eine Staumauer – der reißende Strom am anderen Ende war abrupt gestoppt.

„Frau Lichtlein, ich sagte bereits, dass es mir leidtut. Ich hatte Ihnen auf den AB gesprochen und erklärt, dass mir heute Nachmittag etwas dazwischengekommen ist. Wenn Sie es wünschen, kümmere ich mich morgen um einen neuen Termin. Auf Wiederhören." Er beendete das Gespräch und schüttelte den Kopf.

Ihm war was dazwischengekommen? Bernd und ich etwa? Eigentlich hatte er doch unerwartet einen freien Termin, oder etwa nicht? Was lief denn hier? Aber ich wollte ja den Orden in „Souveränität" bekommen, also würde ich rein gar nichts fragen.

„So, jetzt zu euch."

Bernd, der immer noch an die Heizung gekettet war, hatte die Szene verfolgt und sich nicht gerührt. Er schien beeindruckt, doch sein Kringel wedelte nur ganz sachte – so, als würde er sich nicht trauen, große Freude auszudrücken. Vielleicht stand darüber etwas im Erziehungsratgeber. Große Freude konnte ja in Mopssprache heißen, dass er die Weltherrschaft übernehmen wollte. Und ich hätte ihn darin die ganze Zeit bestärkt. Ich törichte, ahnungslose Mopsleihbesitzerin.

„Wo waren wir beim letzten Mal stehen geblieben?"

„Hier. Genau hier."

Ich zeigte auf das Parkett unter mir. Himmel, war ich witzig!

„Mach Bernd mal bitte los und ignoriere ihn anschließend. Egal was ich tue."

„Ist das eine Foltermethode? Hast du das bei einem Einsatz gelernt?"

Sascha schaute von mir zum Mops und zurück. Das war eindeutig. Ich war mit den Augen dirigierbar. Es war zwar beängstigend, aber ich band Bernd los. Der galoppierte zu Sascha und sprang – nichts anderes hatte ich erwartet – an ihm hoch. Der Angesprungene zog das Knie hoch. Mops stürzte ab und guckte doof. Er kam zu mir gelaufen, sprang an mir hoch und rutschte ab. Schweren Herzens hatte auch ich mein Knie hochgezogen und mich weggedreht. Fassungslos stand der kleine Kerl da und verstand die Welt nicht mehr. In Zukunft sollte ich ihn loben, wenn er nicht sprang und sich demütig vor mich hin setzte.

Wir übten.

„Weißt du, ob einer deiner Nachbarn zu Hause ist?", fragte Sascha.

Wollten wir ihn jetzt doch foltern, und niemand sollte seine Schreie hören? „Nein, ich ... äh ... ich wohne hier noch nicht so lange."

„Okay, dann versuchen wir es einfach."

Sascha verließ die Wohnung, klingelte ein Stockwerk tiefer bei einem Rentner, den ich flüchtig vom Grüßen kannte, und sprintete die Treppe wieder hoch.

„Herr Ritter ist so nett und klingelt jetzt alle paar Minuten bei dir."

„Aha. Super Sache. Wozu soll das gut sein? Belastungstest der Gegensprechanlage?"

„Jedes Mal, wenn es klingelt, schickst du Bernd in seinen Korb. Wenn er folgsam ist, lobst du ihn ausführlich."

„Herrn Ritter oder den Mops?"

Sascha schaute mich an. Und wieder klappte es. Ich verstand ihn. In seinem Gesicht konnte ich lesen wie in einem Handbuch für treue Soldaten.

Es klingelte.

Bernd schoss los und bellte wie entfesselt.

„Bernd, komm! Geh in den Korb!"

Ich zeigte auf das Behältnis und konnte die Gedanken des Mopses lesen: Bist du bescheuert? Hier kommt Besuch. Der will begrüßt, besprungen und massiert werden. Spring doch selber in deinen doofen Korb!

Ich musste lachen. Sascha auch. Der Mops nicht.

Unbarmherzig zeigte ich auf den Korb. Als Bernd irgendwann reinschlich, lobte ich ihn, als hätte er gerade die Gravitation bewiesen – das letzte Einstein'sche Gesetz! Endlich.

Bernds Blick ließ erkennen, dass er uns für durchgedreht hielt.

Es klingelte.

Bernd torpedierte los.

„Korb!"

Dieses Spiel spielten wir so lange, bis Sascha den Klingel-Rentner von seiner Projektaufgabe freistellte. Bernd war nämlich im Rahmen des Lernprozesses irgendwann einfach eingepennt. Nach dem hundertsten Klingelstreich war es ihm vollkommen egal gewesen, wer da zu Besuch kam.

Es klopfte.

Ich ging zur Tür und öffnete sie.

Da stand der nette Rentner. „Liebe junge Frau, danke, dass ich bei der Erziehung dieses Tieres behilflich sein darf. Wann kommt denn die Frau Briese zurück?"

„Hallo Herr Ritter, ein bisschen dauert es noch. Sie hat sich für ein Jahr in Simbabwe verpflichtet."

„Na, dann wird sie sich aber freuen, wenn sie bei ihrer Rückkehr erfährt, dass Sie mit dem kleinen, verzogenen Kerl so viel geübt haben. Klingeln Sie einfach, wenn ich wieder helfen kann."

„Das mach ich."

Wir verabschiedeten uns.

Die Stunde mit Sascha war schon lange um, wie ich mit einem Blick auf die Uhr feststellte.

„Möchtest du noch einen Kaffee?"

„Gerne. Der letzte ist ja kalt geworden."

War das eine Anspielung auf die Landung der Aliens? Ich hatte mir geschworen, auch hier keine einzige Frage zu stellen.

„Ja, den habe ich wegschütten müssen", sagte ich in einem Ton, als hätte ich alle Hunde im Wohnblock wegen einer Seuche einschläfern lassen.

„Das ist gar nicht deine Wohnung?"

„Nein. Alles geliehen – wie der Mops."

„Wo wohnst du normalerweise?"

„Ähm ... da, wo ich vorher gewohnt habe, nicht mehr. Wo ich danach wohnen werde, weiß ich noch nicht."

„Ach ja. Der Läufer ..."

Ich drehte mich schnell zur Kaffeemaschine und schäumte Milch auf. Zumindest so lange, bis mein Gesicht wieder seine Raufaser-Tapeten-Farbe hatte. Dieses Rot stand mir nicht. Ich würde auch noch die Frage stellen müssen. Doch wie sollte ich das anstellen?

Wir setzten uns in die Küche, und Sascha erzählte

Hundeanekdoten aus seinem täglichen Leben. Ich prustete vor Lachen, während er die Grübchen auspackte. Dieses gemeißelte, harte Männergesicht – und dann diese kleinen Kerben. Süß! Oh, nee. „Süß" durfte man über Männer nicht mal denken. Wie kam ich nur aus dieser freundlichen Stimmung zu meiner Frage? In Gedanken bastelte ich an diversen eleganten Überleitungen.

„Was bist du eigentlich für ein Sternzeichen?", platzte ich raus. Elegant, wirklich sehr elegant.

„Ist das wichtig?"

„Äh ... nee."

„Na also."

Mein Smartphone brummte. Das konnte nur Juli sein. Die wusste, dass ich die Frage gerade gestellt hatte und keine Antwort bekam. Was für ein tolles Timing. Ich lächelte und schaute aufs Display. „Ludger ruft an", stand da.

Sascha schaute ebenfalls auf sein Display. „Oh, schon so spät? Ich muss dann auch los. Danke für den Kaffee." Sprach es, sprang auf und ließ mich mit dem brummenden Smartphone und dem schnarchenden Mops alleine.

Na bravo. Dann konnte ich auch rangehen. Juli war abgetaucht, Trainer vergrault.

„Kay Bielefeld."

„Kay, na endlich. Ich versuche dauernd, dich zu erreichen."

„Ich weiß. Und?"

„Das war alles nicht so, wie es aussah. Hör mir bitte zu. Es tut mir sehr leid. Das war eine chemische Reaktion. Völlig unangemessen."

Chemische Reaktion? Das würde ich mir merken wollen. Was für eine interessante Sichtweise. Konnte man sich damit immer rausreden? Im Kaufhaus geklaut? Sorry, chemische Reaktion. Nehmen Sie mir Sie sofort die Handschellen ab. Jemanden abgemurkst? War nicht so gemeint. Die Chemie – ich war machtlos. Für wie blöd hielt er mich? Ich schwieg.

„Bist du noch dran?“

„Ja, es hat keine Verpuffung gegeben.“

„Ich hatte dir alles auf die Mailbox gesprochen. Apomorphin kann so wirken, wenn man es auf die Schleimhäute bekommt. Dazu die Situation. Das hatte nichts zu bedeuten.“

„Von allen Begründungen, die man in solchen Situationen vorbringen kann, ist das sicher die fantasievollste. Bravo!“

„Bitte glaub mir doch! Schlag es im Internet nach. Das schreibt sich A-p-o-m-o-r-p-h-i-n. Schau nach, okay? Und anschließend telefonieren wir noch mal? Bei einem Glas Kröver Nacktarsch klären wir später dann alles auf.“

Bat er grad um Verzeihung, weil er chemisch motivierten Geschlechtsverkehr gehabt hatte, und wollte anschließend schon wieder zu einer ihm angenehmen Tagesordnung übergehen? Verärgerung baute sich in mir auf.

Ludger schien zu merken, dass das, was er hier tat, mich nicht überzeugte. „Das war nur Spaß! Bitte gib mir eine Chance! Wir gehen essen und reden. Es tut mir wirklich unendlich leid.“

„Du solltest dir eine bessere Ausrede überlegen.“

„Das ist die Wahrheit! So glaub mir doch.“

Ich legte auf. Den Teil der Entschuldigungs-Arie mit „und es kommt auch nie wieder vor“ hatte er bestimmt nur vergessen. Ich nahm den Nacktarsch aus dem Kühlschrank und stellte ihn direkt neben den Plastikkerl der englischen Palastwache, dessen schwarzer Uniformhut die Oberseite der Toilettenbürste war, ins Gästeklo. Dieser

Wein war eindeutig für den Arsch. Da konnte er auch dichter bei ihm stehen. Was hatte Juli gesagt? Mittelpunktmenschen, eifersüchtig und Fremdgänger? Vielleicht hatte er den letzten Teil seiner Entschuldigung gar nicht vergessen, und er würde in Zukunft nur besser aufpassen, wann er sich sein Kotz-Viagra auf die Zunge rieb.

Es klingelte wieder. Na warte!

„Deinen Nacktarsch kannst du meinetwegen gleich abholen. Ich stelle ihn vor die Tür! Dann kannst du damit vögeln, wen du willst. Mit und ohne Hunde-Viagra."

„Frau Bielefeld, sind Sie das?" Die Stimme klirrte wie Eiswürfel in einem Glas – und ich kannte sie genau! Leider. Wenn die sich so anhörte, dann war sie über Anschreien hinaus. Das war schlimm. Die Schreiber war auf Kriegsfuß.

Ich schluckte. Wieso sah ich nie zur Sicherheit auf das Display, selbst wenn ich zu wissen glaubte, wer gerade anrief?

„Entschuldigung. Ich habe Sie verwechselt."

„Davon gehe ich aus."

„Hallo Frau Schreiber, was kann ich für Sie tun?", fragte ich unterwürfig.

„Ich bin enttäuscht von Ihnen, Frau Bielefeld. Nicht nur, dass Sie weit hinter dem Tagespensum einer vergleichbaren Mitarbeiterin liegen, augenscheinlich interessieren Sie sich auch noch für Internetseiten mit fragwürdigem Inhalt."

Der Brust-Virus! Ich hatte überhaupt nicht daran gedacht, dass ich zum Surfen im Internet auf dem Firmenserver gewesen war.

„Ich kann das erklären. Das ist nicht so, wie Sie denken."

Bravo, ich klang wie Ludger. Und dem glaubte ich

auch kein Wort. Wie konnte ich jetzt nur die chemische Reaktion sinnstiftend einflechten?

„Ich höre."

„Also, das war so ..." Ich hielt inne. Chemie als Grund schied aus. Da hätte ich zu weit ausholen müssen. In der Zeit hätte die Schreiber mich schon durchs Smartphone zerhackt. Wenn ich ihr das mit Julis Nebenjob erklären wollte, dann würde sie endgültig ausflippen. Juli durfte zwar nebenbei arbeiten – vor allem jetzt, wo sie ja freiberuflich unterwegs war und das auch musste –, aber ob die vertrocknete Schreiber Verständnis für einen Pornoversand mit Brust-Chat hatte, konnte ich nicht glauben.

„Ja?", fragte sie in die Stille hinein.

„Also, ich wollte ... das war nur, weil ..."

Herzlich willkommen, Stammel-Else. Ich setzte mich gerade hin und war fest entschlossen, die Herrschaft über meine abgespaltenen Persönlichkeitsanteile zu behalten und adäquat zu antworten. „Ich bin ja noch jung, nicht so wie Sie ... also, ich meine ... also ich wollte mich nur mal orientieren, was es am Markt so gibt."

Hatte ich das gerade gesagt? Es gab wohl eine unentdeckte Persönlichkeit in mir, deren Aufgabe es war, einen Versprecher in eine Katastrophe zu steigern.

„Das scheint mir in Ihrem Fall für einige Lebensbereiche generell eine gute Idee zu sein. Vielleicht sollten Sie das beruflich auch mal in Erwägung ziehen? Sie erhalten morgen auf dem Postweg eine Abmahnung für privates Surfen auf Seiten mit pornographischem Inhalt. Auf Wiederhören."

Ich schloss die Augen. Erdspalte, sofort zu mir! Das konnte doch alles nicht wahr sein.

Das Smartphone brummte in meinen Händen. Was

konnte noch Schlimmes passieren? Ludger schickte mir ein Filmchen von sich und dem Skelett? Die Aliens holten Bernd ab? Frau Schreiber war die Geliebte von Saschas Schwester?

Ich öffnete die eingegangene Nachricht. Nur ein Wort. Ich lächelte.

„Steinbock."

28.

Ein neues Hintergrundbild zierte meinen Desktop am Firmenrechner: ein Steinbock. Was für schöne, kraftvolle Tiere. Wieso war mir das vorher nicht aufgefallen? Ich war albern, aber das war mir wurscht. Als Teenager hatte ich einen Bravo-Starschnitt akribisch ausgeschnitten und aufgehängt. Ich schien in meiner DNA einen Strang für Götzenanbetung reserviert zu haben. Zumal der Starschnitt lange ausgesehen hatte wie das Opfer eines Hackebeil-Serienkillers. Bis ich endlich den letzten Fuß und die Augen des von mir angebeteten Schauspielers oder Sängers eingesetzt hatte, musste ich viel Hohn und Spott ertragen.

Widerwillig brachte ich den Arbeitstag hinter mich. Einziger Lichtblick war, dass ich von der Schreiber nichts hörte oder las. Jede ihrer bisherigen Kontaktaufnahmen seit Beginn meiner Home-Office-Arbeit war ein Schritt die Leiter runter gewesen. Diesmal hatte sie mich sogar noch geschubst.

Ich las in den Erziehungsbüchern und schritt sogleich zur Tat. Heute war die Bleib-Übung mit Schleppleine dran. Es war trocken, und Bernd hatte Bewegungsbedarf. Also mopsten wir in den Stadtwald. Bernd trottete an der langen Leine neben mir her. Über die Schulter trug ich ein aufgerolltes Seil.

„Ist bei Ihnen alles okay? Geht es Ihnen gut?"

Ich schrak hoch. Die Fußgängerampel stand wohl schon länger auf Grün. Zumindest wartete außer einem Pensionär niemand mehr links und rechts von mir.

„Äh ... ja, na klar. Wieso fragen Sie?"

Verwirrt musterte ich den in Rentner-Beige gekleideten älteren Herrn und setzte einen Fuß nach vorn. Autos hupten! Schnell sprang ich zurück zu Bernd auf den Bürgersteig. Ein Blick zeigte mir, dass die Ampel für Fußgänger wieder Rot zeigte.

„Sie tragen ein Seil über der Schulter und wirken abwesend."

„Und deshalb denken Sie, dass ich ...?" Mir fehlten die restlichen Worte. Das war ein Mehrzweck-Seil, kein Selbstmordinstrument.

Ich musste den Mann so fassungslos angesehen haben, dass er erriet, dass das Seil einem anderen Zweck diente, als er befürchtet hatte.

„Nichts für ungut", sagte er und marschierte über den nun wieder freigegebenen Fußgängerüberweg. Bernd und ich mopsten hinterher.

Im Wald tauschte ich die Leine gegen den vermeintlichen Galgenstrick und arbeitete am Versuchsaufbau der Übung „Bleib". Der Mops sollte sich hinsetzen und warten. Und zwar so lange, bis ich ihn mit „Komm" wieder zu mir rief. Das Bleiben fiel ihm leicht, wenn ich ihn in ein Iglu aus Leckerlis einmauerte. Ansonsten kapierte Bernd den Sinn der Übung nicht. Warum sollte er irgendwo bleiben, wo ich nicht sein wollte? Da war noch einiges an Training nötig. Durch das Blätterdach lugte die Sonne, Vögel zwitscherten, und das gleichmäßige Rauschen des Verkehrs verriet, dass wir in einem Stadtwald und nicht in der Wildnis von Kanada waren.

Ich führte Bernd zu einem Baum und ließ ihn sich hinsetzen. Das freie Ende des Seils hielt ich zwischen den Fingern. Damit konnte ich ihn im Notfall stoppen, wenn er sich plötzlich davonmachte. „Bleib!“, rief ich. Mit der Hand machte ich eine Bewegung, als wäre ich ein Heiratsschwindler, der vor seinem Prozess die Fotografen abwehren wollte. Dann drehte ich mich weg und entfernte mich etwa fünf Meter von dem Baum. Dabei gab ich immer mehr von dem Seil frei. Ich wirbelte herum und forderte ihn auf: „Komm!“ Geradezu enthusiastisch juchzte ich dieses eine Wort. Doch ich sah weder den Hund noch das Seil.

Mein Magen zog sich zusammen. Entführt? In fünf Sekunden? Die Ballonfahrer-Aliens! Ein wirrer Blick nach unten. Der Mops saß zwei Zentimeter von mir entfernt und schaute begeistert zu mir hoch. Schon da! Da staunste, was? Sein Kringel rotierte wie ein Knethaken auf höchster Stufe.

Von einer Parkbank erklang schallendes Gelächter. Voll peinlich. Im Schatten eines Was-auch-immer-für-ein-Baum-mit-großen-Blättern saß eine dunkelhaarige Frau mit einem Jack Russell und grinste breit. Das Gesicht kam mir bekannt vor. Ich kniff die Augen zusammen, um meinen Blick scharf zu stellen. Die Stirngeküsste! Die Nicht-Ehefrau und Mutter, die Schwester!

„Frau Dr. Fährmann!? Hallo“, stotterte ich.

Wie unangenehm. Die Schwester des Hundetrainers sah mir beim Versagen zu. Vielleicht sollte ich sagen, dass es eine Bei-Fuß-Übung gewesen war? Dass der Mops intuitiv erkannt hatte, dass ich den falschen Befehl trällerte und er vorausschauend den richtigen ausgeführt hatte. Womöglich war so ein Mops klüger, als man dachte.

„Hallo liebe Kay Bielefeld, ich bin nicht im Dienst und freue mich über ein Du. Wenn das okay ist?"

„Klar. Angela, nicht wahr?"

„Ganz genau. Entschuldige, dass ich lachen musste. Aber das sah aus wie ein Sketch." Angela kam auf mich zu. Der Jack Russell war ebenfalls aufgestanden und ging so dicht neben ihr, dass sein Fell an Angelas Jeans scheuerte. „Und das ist dann Bernd", stellte sie fest und beugte sich zum Mops runter. „Schau mal, Bibi. Ein neuer Freund."

Bibi ging so dicht an den Mops heran wie ein Sachverständiger, der die Echtheit eines Rembrandts mit bloßem Auge prüfen wollte. Wenn ich, wie ich befürchtete, mittelfristig eine Brille brauchen sollte, könnte ich Bibi gleich mitnehmen. Bernd schnüffelte interessiert und kreiselte mit dem Mopsschwanz.

„Bibi ist ziemlich alt. Sie sieht und hört nicht mehr gut. Körperkontakt scheint ihr am sichersten, damit sich ihr Rudel nicht unerlaubt entfernt. Meine Jeans haben an der linken Seite überall Hundehaare. Da dockt sie immer an."

Ich beobachtete die Begrüßung der beiden kleinen Marzipanschweine. Das sah zum Schießen aus. Bibi hatte an Bernds Nase angedockt, während ihr Schwanz wie ein Metronom auf Speed wedelte. Bernd hielt vorne still, und hinten sah sein Kringel aus wie ein rotierender Knethaken, der einen Kuchenteig bearbeitete.

„Was machen die Beulen an Stirn und Hinterkopf?" Angelas Blick war ehrlich interessiert.

„Alles okay. Dank des Eisbeutels gab es kaum blaue Flecken. Viel schlimmer war die Peinlichkeit, dass Ihr – pardon dein – Bruder dachte, dass ich mich eingemacht hatte."

„Ach was. Der hat schon viel Schlimmeres gesehen. So etwas macht ihm nichts aus."

„Hat er auch Medizin studiert?"

Angela schüttelte den Kopf.

„Was muss man denn studieren, um Hundeausbilder zu werden? Verhaltenspsychologie bei Tieren?" Ich redete mir ein, dass ich das nur fragte, um zu hören, ob Bernd bei Sascha in den richtigen Händen war.

„Bis vor Kurzem war er Berufssoldat."

„War? Ist man das nicht auf Lebenszeit?"

„Stimmt. Einfach kündigen ist nicht. Aber in schwerwiegenden Fällen kann man den Dienstherrn um seine Entlassung bitten."

„Schwerwiegend? Muss man dafür einen Panzer geklaut oder ein Munitionslager in die Luft gejagt haben?"

„Dann wird man unehrenhaft entlassen. Nein, sie wollten Sascha nicht gehen lassen. Aber er konnte nach der Sache nicht mehr weitermachen."

„Welche Sache?"

Ich war jetzt schon bereit, Geld für die Details zu zahlen. Der Zeitungsartikel über Saschas professionelles Verhalten beim Alien-Absturz und der Hinweis, dass er Soldat war, hatten meine Neugier bis in den Himmel wuchern lassen. Ich war stolz auf mich, dass ich Sascha nichts gefragt hatte, aber diese Gelegenheit, mit einer eingeweihten Quelle zu sprechen, würde ich nutzen! Ich war eine Frau. Neugier war keine Charaktereigenschaft, sondern Teil unseres Wesens, so wie ein linker Arm Teil des menschlichen Körpers war.

„Er hat als Ausbilder und Hundeführer gearbeitet. Turnusmäßig ist er auch mit zu Einsätzen geflogen. In Afghanistan ist es dann passiert. Einer der Hunde – Kanter, ein belgischer Schäferhund – drehte durch. Kanter war

Saschas Lieblingshund. Der biss plötzlich um sich. Dann jaulte er durchgehend und war nicht mehr zu beruhigen. Sie mussten ihn isolieren. In einem unbeobachteten Moment fraß er sich mit Steinen voll."

„Steine? Wozu das?" Sowas hatte ich noch nie gehört. Außer im Märchen mit dem Wolf und den sieben Geißlein. Mit dem Unterschied, dass der Märchenwolf die Steine nicht freiwillig im Bauch gehabt hatte. Die Geschichte hatte ich als Kind nie gemocht.

„Anfangs wusste das niemand. Stress? Die Hitze? Kanter schien jedoch einen sechsten Sinn für bevorstehende Gefahr gehabt zu haben. Er konnte sich ja nicht anders mitteilen. Also schien er diesen Weg gewählt zu haben. Der Minensuch-Konvoi rückte ohne ihn aus."

Ich war nicht sicher, ob ich die Geschichte zu Ende hören wollte. Auf einmal war ich wieder Kind, und ich war mitten im Märchen. Ich wusste, dass ich das nun Kommende schwer wieder vergessen würde.

„Und dann?" Ich schluckte.

„Die Männer wurden angegriffen. Ihre Hunde versuchten, sie zu verteidigen, doch es gab Verluste unter den Soldaten. Eine Aufklärungsdrohne zeigte am Ende des Kampfes, wie ein Soldat aus der Gefahrenzone wegzurobben versuchte und dann getroffen wurde. Keiner von Saschas Hunden kehrte zurück."

„Was ist mit Kanter passiert?"

„Not-OP vor Ort, aber die Wunde entzündete sich. Er starb noch auf dem Stützpunkt."

„Das ist ja furchtbar!"

„Ja, das war es. Sascha flog zurück und beantragte umgehend seine Entlassung."

„Und seitdem arbeitet er als ziviler Hundetrainer?"

„Ursprünglich war das nicht nur seine Geschäftsidee.

Aber das gehört nicht hierher. Bitte sag ihm nicht, dass ich dir die Geschichte erzählt habe. Er verhält sich in privaten Belangen gerne wie eine Auster."

„Ja, das habe ich auch schon bemerkt."

„Sascha ist einer von den Guten. Leider kann er das nicht zeigen."

Angela und ich versanken in Schweigen. Mir war die Lust auf Übungen vergangen. Bernd und Bibi glotzten sich weiterhin dicht an dicht in die Augen – wie Boxkontrahenten vorm Kampf, die sich beim Starren schockverliebt hatten.

29.

Die Erklärung von Angela zu Saschas Background ließ mich ein paar Tage nachdenklich zurück. Meine Probleme schienen zu schrumpfen wie ein Schneemann in der Sonne. Ich hatte nur einen langweiligen Job und eine doofe Chefin. Aber ich lebte in Sicherheit – niemand war in Gefahr, durch Gewalt sein Leben zu lassen.

Ich hielt Ludger auf Abstand. Wenn ihm etwas an mir lag, würde er verstehen, dass ich nicht gleich wieder zur Tagesordnung übergehen mochte. Zumal ich keine Ahnung hatte, wie diese Tagesordnung aussehen konnte. Irgendwann würden wir sprechen, und dann würde ich schauen, wie es sich in mir anfühlte. An wenigstens einer Front brauchte ich mal Ruhe. Wenn das Telefon klingelte, zuckte ich zusammen. Bloß nicht die Schreiber! Bloß keine neuen Katastrophen.

Es klingelte. Hilfe! Ach nee, das kam von der Haustür. Die Schreiber würde sich wohl kaum zu einem persönlichen Besuch herablassen. Ich überlegte: Die nächste

Trainingsstunde mit Sascha war zwar heute, aber so früh würde er nicht kommen. Bernd hatte nur kurz den Kopf gehoben, blieb aber wie angeleimt im Körbchen liegen.

„So ist fein! Super Mops!"

Mopskringel wackelte. Hund blieb liegen. Es funktionierte tatsächlich. Man konnte Hunden etwas beibringen, wenn man das konsequent wiederholte und gutes Verhalten lobte.

Um meinen Arbeitstag mit Spannung abzuschließen, drückte ich auf den Summer und ließ mich überraschen, wer zu mir wollte. Wenn es die Zeugen Jehovas waren, würde ich sie um einen Job bitten. Da kam man ordentlich rum und lernte neue Leute kennen.

Ich ließ die Tür auf und mahlte Kaffeepulver. Wer immer es war – zur Not auch Ludger –, würde einen Cappu mit mir trinken müssen. Wobei ich nicht glaubte, dass er sich so erniedrigen würde, nachdem ich ihn um Bedenkzeit gebeten hatte. Der machte Hausbesuche nur, wenn die Chance auf Geschlechtsverkehr nicht ausgeschlossen war.

Während ich über Ludger nachdachte, schob sich immer wieder die Szene in meinen Kopf, wie ich ihn kennengelernt hatte. Mir wurde flau bei dem Gedanken, dass ich einer Apomorphin-Attacke vielleicht nur entgangen war, weil seine Mitarbeiterin an dem Abend noch in der Praxis gearbeitet hatte. Am Ende hatte dann die Droge Alkohol bei mir funktioniert. Konnte jemand, der so gerne Kühe mochte, gleichzeitig auch ein Casanova sein? Unterstellte man tierlieben Menschen automatisch eine gewisse Treue und Verlässlichkeit? Das eine sagte über das andere nichts aus. Es gab ja auch Bankräuber mit Familie und Metzger, die ihren Hund liebten.

„Klopf, klopf. Jemand zu Hause?"

Julis Kopf lugte um die Ecke. Das war eine gute Überraschung.

„Juli? Bist du das? Oder ist es dein Avatar?"

„Ich hoffe, ich bin es selbst. Was ist mit dem Ferkel? Wieso liegt es in seiner Kiste? Ich will eine Massage."

„Komm erst mal rein. Das ist eine längere Geschichte. Bernd soll auf keinen Fall wieder damit anfangen."

„Ach, das ja schade." Juli grinste und trat ein. „Ich wollte dir ein Dankeschön bringen, damit du den tristen Alltag bequem ausklingen lassen kannst."

Juli erklärte, dass sie erleichtert gewesen sei, weil ich der Schreiber nichts von ihrem Erotik-Job erzählt hatte. Wir waren uns einig, dass Juli auf die freien Aufträge meines aktuellen und ihres Ex-Arbeitgebers noch nicht verzichten konnte. Ich hätte die Abmahnung so oder so bekommen.

Sie griff hinter ihren Rücken und zog ein buntes Etwas hervor, das so lang war wie ein Sofakissen, nur schmaler. Ich lachte. Der Stoff kam mir sehr bekannt vor. Petrolfarben mit kleinen Knochen und einem Mops samt Hundehütte.

„Ist der immer noch nicht alle?"

„Schlimmer. Ich habe ihn nachbestellt."

„Und was daraus gemacht?"

„Einen Leseknochen. Das sieht man doch."

Sie warf mir das Knochendings zu. Jetzt sprang Bernd aus seinem Korb und schnappte danach.

„Aus!"

Bernd ließ los, setzte sich und sah mich an. Ich griff nach einem Leckerli und gab es ihm. „Feiner Hund, ganz fein gemacht", jauchzte ich.

„Was ist denn mit dem passiert?"

„Wir üben."

Ich betrachtete das Kissen mit den Ausbuchtungen an

den Längsseiten genauer. Es sah tatsächlich aus wie ein riesiger Stoffknochen.

„Wofür ist das gut?"

„Zum Lesen?"

Ich studierte die Schrift auf der Hundehütte. „Le Mops", las ich laut vor.

„Sehr gut."

„Und jetzt? Ich habe den Knochen gelesen. Was passiert damit?"

„Hasi, sei nicht so begriffsstutzig. Den legst du dir beim Lesen bequem hinter den Kopf – und gut."

„Ach so. Er ist ein Hilfsmittel, nicht das Lese-Objekt. Wie kommt man auf sowas?"

„Den hatte ich schon lange fertig. Als ich ihn für meinen neuen Blog fotografiert hatte, fragten mich zwei Facebook-Freundinnen nach dem Schnitt und ob es schwer sei, den Knochen zu nähen. Eine Bloggerin, die sowieso vorhatte, einen für ihre Freundin zu nähen, bot an, zwei zusätzliche Exemplare zu fertigen. Ich schickte ihr den Stoff und die Vorlage, sie nähte, und die beiden Frauen bekamen ihr fertiges Produkt. Die wiederum wollten unbedingt über den Materialpreis hinaus ein Extra bezahlen."

„Und das Geld habt ihr versoffen?"

„Besser. Ich habe neuen Stoff gekauft."

„Wahnsinn. Danke! Den Knochen probiere ich heute Abend gleich aus."

Ich schäumte uns Milch auf. Beim Cappuccino erzählte Juli mit leuchtenden Augen von ihren Nähanfällen und Näheinfällen. Die Ideen schienen sich schneller in ihrem Kopf auszubreiten, als sie sie umsetzen konnte.

Juli fummelte in ihrer Tasche herum und steckte sich seufzend einen Stift in den Mund. Was sollte das denn?

„Wieso saugst du an einem Kugelschreiber?“

Juli stieß hellen Rauch aus. „Elektrozigarette.“

„Ich denke, du hast schon lange aufgehört?“

„Wieder angefangen. Bis der schlimmste Stress vorbei ist.“ Juli zeigte auf ihre Finger, die vom Nähen wund waren. Der Kindergarten ihrer Neffen würde jetzt Sammelbestellungen einreichen, und sie käme kaum hinterher. Wahnsinn! So viel Aufregendes hatte ich nicht zu bieten. Nachdem ich resigniert von meinem Tag berichtet hatte, konnte ich als einziges freudiges Ereignis die kommende Trainingsstunde erwähnen.

„Mit dem Soldaten-Hundetrainer?“

„Juli! Sag das bloß nie in seiner Gegenwart.“

„Wenn ich den mal sehen sollte, würde ich angesichts seines Heldentums sowieso vor Ehrfurcht erstarren.“

„Steinbock.“

„Was?“

„‚Steinbock‘ ist die Antwort auf deine Frage.“

„Er ist Steinbock? Jetzt echt?“

„Ist das schlimm? – Massenmörder? Callboy? Buchhalter?“

„Das ist ein Traum!“

„Traum? Ein mordender Callboy, als Controller getarnt?“

„Ein rationaler, zuverlässiger und ehrlicher Steinbock.“ Juli nickte anerkennend. „Jetzt will ich den aber auch mal kennenlernen.“

„Juli, er ist Bernds Trainer, nicht mein Liebhaber.“

„Das wird sich vielleicht bald ändern.“

„Warum sollte es? Den letzten Reinfall aus der Tierszene habe ich noch nicht verdaut.“

„Apropos: Wie willst du mit dem Wolf im Löwenpelz weitermachen? Du weißt ja nie, wann er wieder, chemisch motiviert, ein Frauchen bespringt.“

„Ich lasse ihn zuerst ein bisschen zappeln. Dann gehen wir essen, und ich guck mal genau hin. Deswegen kann ich auch nicht gleichzeitig romantische Gedanken an einen Steinbock verschwenden."

„Ihr Hetero-Frauen seid anstrengend. Ich muss los und Knochen herstellen."

Als Sascha minutengenau zur vereinbarten Zeit – Steinbock! – kam, war ich befangen. Ich wusste nun so viel mehr über ihn und war verwirrt. Seine gerade Haltung erschien mir auf einmal militärisch, und seine kurzen Sätze erinnerten mich an effiziente Befehle. Dass er so distanziert war, verärgerte mich nicht mehr. Ich wusste ja jetzt, woher das kam. Im Gegenteil, es machte ihn anziehend. Augenscheinlich war ich völlig meschugge.

„Was habt ihr trainiert?", überbrückte Sascha meine ungewohnte Wortkargheit.

„Alle Grundkommandos und die Klingelübung." In Gedanken schlug ich die Hacken zusammen und salutierte.

„Was bereitet noch Probleme?"

„Er will keine Bällchen zurückbringen."

„Warum sollte er auch?"

„Weil ich sie schmeiße?"

„Er ist ein Begleithund, kein Apportierhund. Ein Labrador steht sabbernd vor dir und wartet begeistert auf jeden Ball. Einem Mops ist das egal. Dem fehlt der dazu nötige Instinkt."

„Und was kann ein Begleithund?"

„Begleiten."

„Aha."

Sascha lachte los. Die Grübchen tanzten über seine Wangen. Auch ich musste grinsen. Auf einmal war alles ganz leicht.

Den Mops an der Leine, zogen wir zum Stadtwald. Wie ein Zirkuspferd tänzelte Bernd neben Sascha her und ließ ihn nicht aus den Augen. Der Hund wollte unbedingt ein Kommando ausführen. Blieb Sascha stehen, setzte Bernd sich hin und schaute ihn hingerissen an. Vorbeikommende Frauen blickten auf das ungleiche Männer-Duo und ignorierten mich vollständig. Einige zwinkerten sogar. Was sollte das denn? Sascha war so auf Bernd konzentriert, dass er das gar nicht wahrzunehmen schien.

„Sag mal, siehst du nicht, dass die dich mit den Augen beinahe ausziehen?", platzte ich irgendwann raus, nachdem eine Radfahrerin beim Zwinkern beinahe einen Baum gerammt hatte.

„MM. Das ist normal."

„MM?"

„Muschi-Magnet. So nennen wir die Hunde, auf die Frauen abfahren."

„Wir? Eine Selbsthilfegruppe? Ein Dating-Portal mit angeschlossenem Mops-Verleih?"

„Nein, meine ehemaligen Kameraden beim Bund."

Er erwähnte sein Vorleben. War das ein gutes Zeichen? Oder war das wie in Filmen, wo der Entführer die Maske absetzte, weil er nach Ende seiner Beichte alle niedermähen würde? Und wie verhielt sich das Opfer – also ich – am besten? Den Täter zum Reden ermutigen, den eigenen Namen nennen, damit man als Mensch und nicht als zu tötendes Objekt gesehen wurde.

„Ich heiße Kay."

„Was?"

Erstaunlich. Mein Gehirn konnte Gedanken ohne Plausibilitätskontrolle in Worte verwandeln. Erdspalte, zu mir. Sofort!

„Ach nix", stotterte ich.

Sascha musterte mich. Mein Gesicht wurde heiß. Ich grinste dämlich.

„Okay. Dann schauen wir mal, ob ihr geübt habt." Er gab mir die Leine.

Ich öffnete den Leckerli-Beutel. Sitz, Platz, Komm und einmal sogar Bleib funktionierten tadellos.

„Wenn du nicht willst, dass der Mops irgendwann platzt, musst du langsam die Belohnungsweise umstellen."

„Ich kann nicht immer juchzen und so tun, als würde der Hund fortwährend Außergewöhnliches leisten, nur weil er sich auf seinen Mopshintern hat fallen lassen."

„Ein Hund hört, ob du gestresst bist oder dich wirklich freust. Daher musst du die Belohnung anders aufbauen."

„Ich zeichne mein Juchzen auf und spiele es immer gleichbleibend vor, wenn er was richtig macht?"

„Ein Klicker reicht."

„Natürlich. Reicht völlig. – Ein was?"

„Klicker. Aber das sollten wir besser bei euch zu Hause üben. Ohne Ablenkung."

„Cooler Trick. Den merke ich mir." Wenn ich mal einen Kerl aufreißen wollte, würde ich ihn bitten, mir daheim seinen Klicker zu zeigen. Hach!

„Ja, in der Tat. Wir haben das mit den Armee-Hunden auch so aufgebaut, damit es ein eigenes Geräusch ist, das sie im Chaos eines Einsatzes genau raushören können."

Ich heiße Kay! Nicht schießen! Ich sag nichts der Polizei! Ich habe Ihr Gesicht gar nicht gesehen! Diese plötzliche Offenheit wurde mir langsam unheimlich.

„Okay. Zu Hause. Kein Ding."

Oben in der Wohnung zeigte mir Sascha einen blauen Kasten, der so groß war wie eine Streichholzschachtel und oben drauf einen gelben Knopf hatte. Sascha drückte auf den Knopf, und es klickte.

„Wenn Bernd ein Kommando befolgt hat, drückst du sofort auf den Klicker und gibst ihm ein Leckerli. So wird er beides miteinander verknüpfen. Später reicht der Klicker als Belohnung aus."

„Okay." Das klang leicht, und Bernd fand sowieso alles toll, was mit Sascha zusammenhing. Ich verstand den Hund zunehmend besser.

„Darf ich mir mal die Hände waschen?" Sascha sah sich suchend um.

„Hinter der Küchenzeile rechts ist das Gästeklo." Ich drehte den Klicker in den Händen. Was es nicht alles gab.

Ein Lachen drang durch die Klotür. Was war los? Hatte Juli einen Vibrator als Geschenk auf dem Klo versteckt? War Sascha eine Familienpackung Tampons vom Regal in den Nacken gefallen? Tampon-Konfetti für die Gäste. Heißa!

Sascha kam aus dem Klo und hielt in der Hand ... eine Flasche Kröver Nacktarsch. Oh nein! Die hatte ich völlig vergessen.

„Was für ein schöner Name für eine Flasche Wein. Wo kriegt man denn sowas her?"

„Ähm ... die war ein Geschenk von einem Bekannten."

Saschas Augenbrauen hoben sich. Er sagte nichts. Er schaute nur. Für jemanden, der so gerne plapperte wie ich, war Schweigen die beste Verhörmethode. Guck mich an und sag nichts. Dann gestehe ich alles. Auch historische Verbrechen. Egal. Aber sprich wieder mit mir.

„Die ist von einem Tierarzt, der sich um Bernd gekümmert hat, nachdem er eine quietschende Karotte verschluckt hatte. Der war hier auf Hausbesuch. Also, er hat

Bernd hier zu Hause besucht. Wir sind dann mal ausgegangen."

Sascha schwieg, legte aber den Kopf ein wenig schief und sah mich weiter stumm an.

Mein Folterknecht! Sag was! Ich gestehe Waterloo und den Dreißigjährigen Krieg. Ja, und ich habe auch diesen Abhörskandal angezettelt. Mein halbes Leben lang habe ich für die CIA gearbeitet – und für den KGB. Und für die anderen sowieso.

„Also, da war mal kurz was, weil ich wegen des Läufers so frustriert war. Ach nee, das war ja danach. Ich weiß auch nicht, aber er aß Meerschweinchen und liebte Kühe. Verrückt, oder? Also, ich meine ... ach, egal. Es ist auf jeden Fall vorbei."

In der Sekunde, als ich es ausgesprochen hatte, lag es klar vor mir: Es war tatsächlich vorbei. Aus und vorbei. Ich hatte Ludger das nur noch nicht gesagt, weil ein kleiner, hungriger Teil meiner Seele das Werben und Entschuldigen genoss, während die anderen Seelenbausteine kopfschüttelnd der Minderheit zuschauten. Ich hatte versucht, mich in Ludger zu verlieben, aber es hatte einfach nicht gepasst. Ich war nur eine seiner Eroberungen gewesen. Er war untenrum, und vielleicht auch ein Stück mit dem Herzen, schon bei seiner nächsten Jagd. Hätte ich ihn nicht zwischen den Beinen des Duchesse-Frauchens erwischt, wäre es schon lange vorbei gewesen. Oder es würde noch auf Sparflamme laufen, aber ohne Aussicht auf ein Happy End.

Von diesen Erkenntnissen überwältigt, trat ich einen Schritt auf Sascha zu und küsste ihn. Aus Dankbarkeit, weil er mir, ohne dass er was dafür konnte, die Augen geöffnet hatte. Oder aus Zuneigung, weil ich hoffte, dass so die Grübchen wieder ihren Weg auf seine Wangen fanden.

Zögernd öffnete sich Saschas Mund, und ich fühlte seine weiche Zungenspitze. Er wehrte sich nicht, aber er umarmte mich auch nicht. Was tat ich hier eigentlich? Kay! Aufwachen!

Abrupt löste ich mich. Hitze schoss mir ins Gesicht. Sascha behielt seinen Verhör-Blick bei. Ganz neutral.

„Tschuldigung. Also, das ... das ist mir ... ich glaube, ich sollte mich mal frischen ... äh ... waschen ... also frisch machen ..."

Sascha lächelte, zog mich zu sich heran und küsste mich. Ganz leicht, nicht fordernd. Seine Hand auf meinem Rücken ahnte ich nur. Auf einmal trat er einen Schritt nach hinten und gab mich frei. Überrumpelt blieb ich mit offenen Mund und geschlossenen Augen stehen.

Dann lachte er leise. „Jetzt kannst du dich frischen."

Ich klappte den Mund zu und öffnete die Augen. Grübchen samt Sascha standen vor mir und lächelten. Herrgott! Musste ich dämlich ausgesehen haben. Gleich würde mein Kopf von dem Durcheinander darin und der Hitze explodieren. Ich flüchtete ins Bad und schloss ab.

Während kaltes Wasser über meine Unterarme lief, schaute ich in den Spiegel. Mein sonst blasses Gesicht leuchtete wie von innen mit einem Scheinwerfer angestrahlt. Ich schmiss mir Wasser ins Gesicht und wunderte mich, dass es nicht sofort verdampfte. Draußen dudelte Mozart. Legte Sascha schon romantische Musik auf? Was sollte ich tun? Ich konnte doch nicht den gleichen Fehler noch mal machen. Wein trinken und dann ab in die Federn – das wurde ja langsam peinlich. Aber rausgehen und auf den Klicker drücken, ging auch nicht mehr – nach diesem Kuss. Diesem unglaublichen Kuss! Eigentlich nur ein Hauch. Aber was für einer. Wie ein Tornado, bei dem man keine Chance mehr hatte zu entkommen. Mein Herz dachte allerdings die ganze Zeit, dass ich auf der Flucht war. Zumindest schlug es so gehetzt. Das doofe Ding!

Aus dem Wohnzimmer drang eine Männerstimme zu mir.

„Komme gleich! Äh ... ich erscheine gleich. Sekunde!“

Alles schien von Andeutungen durchtränkt. Ich musste dringend nachdenken, sonst hätte ich morgen eine neue Kerbe am Bett und vielleicht einen Steinbock vergrault, der so ganz anders war als der Löwen-Wolf. Ich drückte die Spülung, trocknete mir das Gesicht ab. Einmal durchatmen und cool rausgehen.

Betont lässig öffnete ich die Tür. „So, da bin ich wieder.“

Bernd saß direkt vor der Klotür und schaute vorwurfsvoll zu mir hoch. Zumindest sah das für mich so aus. Wobei er fast immer vorwurfsvoll schaute. Das lag aber an seinem Gesicht.

„Sascha?“

War er wieder im Gästeklo? Brauchte auch er eine Abkühlung? Ich lächelte und versuchte lasziv zur Klotür zu schauen. Wenn er dann rauskam, sah er das sofort.

Irgendwann schmerzte das ungewohnte Grinsen. Was trieb der da? Ich klopfte. „Sascha? Alles okay?“

Keine Antwort. Ich drückte die Klinke runter. Die Tür schwang nach innen auf. Das Bad war leer. Sascha war weg.

30.

Er rief nicht an. Keine SMS, keine Erklärung, nichts. Ich wartete einen ganzen Tag. Die Runden mit Bernd, bei denen ich mein Smartphone umklammert hielt, fielen kurz aus. Während dieser Zeit legte ich in der Wohnung immer den Hörer daneben. Damit auf dem Festnetz besetzt war und er es wieder versuchen konnte. Er konnte mich auf allen Nummern erreichen, wenn er nur wollte. Damals nach der Alien-Attacke hatte er sich nach einigen Stunden gemeldet. Dieses Mal, nach der Kay-Kuss-Attacke, schwieg er.

So konnte ich nicht arbeiten. Ich war verwirrt und traurig. Ich brauchte einen Rat und rief Juli an. Die ließ sich den Verlauf des Abends sogar zweimal erzählen, weil sie dachte, dass sie etwas übersah. Dass ich irgendwas getan hatte, was Sascha in die Flucht geschlagen hatte. Wir gingen das Beweismaterial auch bei der Wiederholung ergebnislos durch.

„Küsst du so schlecht?", fragte Juli schließlich.

„Bisher ist noch keiner weggerannt."

„Aber der Moment, wo es zum Kuss kam, scheint irgendwie der Wendepunkt gewesen zu sein. Wenn ich mehr Zeit hätte, würden wir beide es mal versuchen, und du würdest von mir eine professionelle Einschätzung bekommen."

„Juli!"

„Keine Sorge, du bist null mein Typ. Aber wir müssen hier ernsthaft Ursachenforschung betreiben."

„Aber doch nicht so."

„Fällt dir was Besseres ein? Anrufen kommt nicht in Frage. Er ist gegangen. Er muss sich melden."

„Wortlos gegangen!"

„Wortlos? Sagtest du nicht, dass du ihn durch die Tür hast reden hören?"

„Ja, aber die Tür war zu. Ich habe nichts verstanden. Kann auch sein, dass er mit dem Mops gesprochen hat. Er ist Hundetrainer. Die machen sowas."

„Bist du traurig?" Julis Stimme wurde ganz weich.

Ich kriegte einen Kloß im Hals. „Ja. Ich weiß gar nicht

genau warum. Es war ja nichts. Fast nichts." Die Tränen schossen so schnell in meine Augen, dass ich sie gar nicht wegblinzeln konnte. Sie rannten mein Gesicht runter, als würden sie vor den Augen flüchten. Ich schluchzte.

„Ach, Hasi, ich weiß auch nicht, was da los ist. Gib ihm einfach ein bisschen Zeit. Er hat ja auch einiges mitgemacht. Wer weiß, welchen Trigger du versehentlich gedrückt hast. Lenk dich mit Arbeit ab."

Ich schluchzte lauter.

„Entschuldige. Arbeit ist vermutlich nicht besonders tröstend. Geh mit Bernd raus, komm ein wenig zur Ruhe. Ich rufe nachher noch mal an. Okay?"

Ich nickte und schluchzte.

„Kay, ist das okay? Wir telefonieren nachher noch mal?"

Nicken war doof. Zumindest am Telefon.

„Ja, ist okay. Bis nachher."

Mit dem Telefon in der Hand schlich ich zum Rechner. Das Ding nahm ich sogar mit aufs Klo. Haare wusch ich mir auch getrennt vom Duschen, um schneller rangehen zu können, wenn es klingelte.

Ich musste unbedingt ein paar Stunden arbeiten, damit ich keinen erneuten Droh-Anruf bekam. Prompt fiedelte Mozart los. „Schreiber ruft an", informierte mich das Display. Ich schaute nach den Pannen der letzten Tage immer erst aufs Display. Bloß nicht rangehen. Aber das ging auch nicht. Es war Arbeitszeit, und wenn ich dann nicht erreichbar war, würde die Schreiber Amok laufen.

Ich wischte mir mit dem Ärmel über die Augen und räusperte mich. „Kay Bielefeld."

„Schreiber, guten Tag."

„Hallo Frau Schreiber, was kann ich für Sie tun?"

„Sind Sie von allen guten Geistern verlassen?"

„Das kann sein, aber wieso sind Sie schon darüber informiert?"

Zack. Blut-Hirn-Schranke hatte nicht gegriffen.

„Was erlauben Sie sich?"

„Ihre Frage zu beantworten?"

Kay, aus! Sitz! Hör auf! Die Vernunftteile meines Gehirns versuchten, den ungezügelten Bereich abzuschotten, bevor ein Unglück geschah.

„Angesichts des Ernstes Ihrer Lage würde ich die Frechheiten vermutlich einstellen."

Ernst meiner Lage? Wusste Sie etwa vom Kay-Kuss-Sascha-weg-Drama? Ich sagte nichts.

„Was haben Sie sich dabei gedacht? Sofern Sie überhaupt noch denken, seit Sie dieses plattgedrückte Schwein betreuen."

Bernd beleidigen ging gar nicht. Meine Schranken gaben den ungezügelten Bereich frei.

„Ich betreue nicht Ihren Sohn, sondern einen Mops."

Die Schreiber schnappte nach Luft. Einen Krieg mit seinem Chef konnte man nicht gewinnen, aber so eine kleine Schlacht am Rande schon. Die Genugtuung hielt leider nur Sekunden. Dann merkte ich, dass ich keine Ahnung hatte, welche Bombe noch hochgehen würde.

„Das war unangemessen. Tut mir leid."

„Ihnen wird noch ganz was anderes leidtun!"

Vor meinem geistigen Auge sah ich, dass sie beim Reden die Wut nur so herausspuckte. Ein Home-Office-Platz hatte auch Vorteile.

„Ich verstehe nicht ganz ..."

„Nein, verstehen tun Sie wirklich nicht viel. Was haben Sie sich dabei gedacht, als Sie sich in einem Pornokatalog haben ablichten lassen?"

„Was habe ich? Das ist eine Lüge."

„Lüge? Ich habe die Bilder hier sehr deutlich vor mir liegen. Und da sind nicht nur Sie zu sehen."

„Der Mops kann nichts dafür!"

Verdammt! Wie kam die Schreiber an einen Erotik-Katalog? Der war doch keine Postwurfsendung.

„Von dem Hund spreche ich nicht. Frau August ist hier ebenfalls sehr deutlich zu erkennen, in geradezu unappetitlicher Weise."

„Sie hatte eine Genehmigung für Nebentätigkeiten. Das weiß ich aus ihrer Personalakte."

„Ja, aber ich denke, dass ihr klar sein musste, dass diese sogenannte Nebentätigkeit nicht eingeschlossen war."

„Außerdem ist sie ja nicht mehr angestellt und kann sich die Aufträge nicht aussuchen."

„Zum Zeitpunkt der Aufnahmen war sie sehr wohl hier angestellt. Wir erwägen eine Klage und Schadenersatz."

„Warum? Sie hat doch niemandem Schaden zugefügt. Das halte ich für schwer zu beweisen."

„Und wo wir gerade dabei sind, habe ich hier noch einen ähnlichen Sachverhalt, der Sie betrifft."

„Mich?"

„Ja, Ihr Ausflug in die pornografischen Bereiche des Internets mit unserem Firmenaccount hat der IT einen Virus beschert. Überall auf den Rechnern öffneten sich am Morgen danach pornografische Chat-Fenster. Das gesamte Netzwerk musste runtergefahren und neu aufgesetzt werden."

Die Vorstellung, wie an allen Arbeitsplätzen die Riesenbrüste mit den grotesk geschminkten Frauen um Kontaktaufnahme baten, hatte fast etwas Komisches. Leider nur fast. Zum Lachen war mir nicht.

Es raschelte in der Leitung.

„Wir haben eine Aufstellung der Netzwerkfirma, was uns Ihr Ausflug gekostet hat. Natürlich werden wir das bei Ihnen einklagen. Sie haben klar gegen die Richtlinien verstoßen."

„Das war ein Versehen! So etwas muss doch versichert sein."

„Ja, aber dazu kommt Ihre seltsame Nebentätigkeit in einem Erotik-Katalog."

„Nebentätigkeit? Das war doch nur ein Spaß!"

„Spaß? Und Sie haben dafür keine Entlohnung erhalten und könnten das im Ernstfall beweisen?"

Mein Blick fiel auf den Ablagekorb. Obenauf lag die Quittung des Internetversenders für Bernds und meinen Mähdrescher-Auftritt. Juli hatte sich so gefreut, dass ich dafür ein Honorar bekommen hatte. Na bravo!

„Nur eine Aufwandsentschädigung", murmelte ich.

Ich war geschlagen und wusste das. Sie hatte mich eingekreist und erlegt. Aber woher hatte sie die Bilder?

„Sie sind so gedankenlos und dumm. Wie konnte ich nur jemals daran denken, Sie langfristig zu meiner Nachfolgerin aufbauen zu wollen?"

Ich schloss die Augen. Das hatte ich immer gehofft, aber nie geglaubt. Die Schreiber schubste nicht nur, die trug mich eigenhändig zum Abgrund. Soeben war ich mit dem Mähdrescher über eine vielversprechende Karriere gebrettert.

„Wir werden Ihnen in den nächsten Jahren die Kosten für den IT-Einsatz bis zum nicht pfändbaren Mindestbetrag vom Gehalt abziehen. Alle Gratifikationen oder Prämien werden ebenfalls einbehalten."

„Das können Sie doch nicht machen!"

„Falls Sie sich weigern, klagen wir, wie gesagt, die Kosten ein."

„Aber wie soll das gehen? Ich muss doch irgendwie über die Runden kommen."

„Frau Bielefeld, wissen Sie was? Das ist mir total egal."

„Gibt es denn nichts, was ich tun kann, um das Problem aus der Welt zu schaffen? Da springt doch bestimmt auch eine Versicherung ein oder so?!"

„Eine Idee hätte ich ..." Die Stimme der Schreiber verhieß nichts Gutes. Es fühlte sich an, als wollte man eine Operation am Finger vermeiden, indem man den Arm abhackte.

„Ja?", fragte ich hoffnungsvoll.

„Sie kündigen."

Der Arm war ab.

Ich starrte auf den Hörer. Nicht das auch noch! Mein Leben zerfaserte wie ein Papiertaschentuch. Ich mochte den Job zwar nicht besonders, aber ganz ohne Arbeit war auch keine Lösung. Mein Gehirn überschlug sich bei den vielen neuen Baustellen und kam mit dem Ausschildern der Umleitungen gar nicht mehr hinterher.

Einem spontanen Impuls nachgebend, um mich nicht weiter mit dem neuen Problem beschäftigen zu müssen, googelte ich Saschas Hundeschule. Ich las jeden einzelnen Text auf seiner Homepage. Ich suhlte mich in den Wörtern und Bildern, die von der Welpenschule und von seinem Trainingsgelände erzählten. Trainingsgelände? Davon hatte er nie etwas erwähnt. Ich prüfte die Adresse und fand raus, dass das nicht weit weg war.

Bevor eine hoffentlich noch vorhandene Restvernunft das Vorhaben abbrechen konnte, schnappte ich mir den

Mops und führte ihn geradewegs zum Trainingsgelände. Einmal quer durch den Wald, und schon standen wir fast direkt davor. Eine Rasenfläche, die mit Wippen, irgendwelchen Kindertunneln, Schwebebalken und anderen Gerätschaften vollgestellt war. Nur durch eine Straße getrennt, beobachtete ich, wie Sascha einer Gruppe von Hundebesitzern etwas erklärte. Es waren überwiegend Frauen. Ich musterte jede einzelne von ihnen ganz genau. War etwa die Size-Zero-Frau dabei? Dann würde ich sie mit Bernds Leine erdrosseln. Da! War sie das? Ich kniff die Augen zusammen.

Die Leine sauste durch meine Finger. Bernd! Er rannte über die Straße. Kurz vor ihm bremste ein Audi mit quietschenden Reifen. Bernd rannte weiter. Es krachte! Auf den Audi fuhr ein anderer Wagen auf. Glas splitterte. Bernd rannte auf den Bürgersteig und sprang kläffend an dem Zaun hoch, der die Trainingswiese umschloss. Zwei riesige Hunde rissen sich von ihren Besitzern los und rannten ebenfalls zum Zaun. Ich sah alles wie in Zeitlupe und war wie zur Salzsäule erstarrt. Ich konnte immer nur denken: Geschafft! Geschafft! Er ist nicht überfahren worden! Ein Zittern baute sich in meinen Händen auf und griff auf den ganzen Körper über.

Bernd flippte völlig aus und lieferte sich durch den Maschendraht ein Duell mit den beiden Höllenhunden. Der Fahrer des Audis sprang aus seinem Wagen und schrie mich an. Die Fahrerin des Wagens dahinter keifte in Richtung des Audifahrers. Als stummes Publikum fungierten die Teilnehmer der Hundeschule. Alle starrten in meine Richtung.

Mein Blick fiel wieder auf die Hundehalterin, die ich noch vor wenigen Sekunden fixiert hatte. Gott sei Dank war es nicht Duchesses Size-Zero-Frauchen! Eine Ähnlichkeit war zwar nicht zu leugnen, aber diese Frau hier war viel molliger. Die trug mindestens eine Sechsunddreißig. Mein Gehirn schien der soeben erlebten Situation das einzig Positive abgerungen zu haben, wenn man davon absah, dass mein wunderschöner, kleiner Mops heil auf die andere Straßenseite gelangt war. Ich fühlte den Kloß im Hals.

Sascha hatte alles völlig regungslos beobachtet. Er schickte das Nicht-Size-Zero-Frauchen zu den beiden Hunden am Zaun. Dann öffnete er das Tor und pfiff. Bernd vergaß zu bellen und schaute in Saschas Richtung. Ich vergaß zu atmen und schaute auf das, was sich vor meinen Augen abspielte. Der Mops erkannte den Mann und galoppierte zu ihm. Sascha ging in die Knie. Er tastete Bernd ab. Als Sascha sich wieder aufrichtete, blickte er mich an.

„Sind Sie total bescheuert? Können Sie nicht auf Ihre hässliche Töle aufpassen?“, herrschte mich der Audifahrer von der Seite an.

Die Worte drangen zu mir wie aus einer anderen Galaxis. Ich fixierte Sascha und Bernd, die über die Straße auf mich zukamen. Saschas Kiefer mahlte und seine Augen funkelten. Mein Herz jaulte auf. In wenigen Sekunden würde er mir den Todesstoß versetzen.

„Ich glaube langsam auch, dass du total bescheuert bist. Kannst du nicht mal auf einen Mops aufpassen? Es hätte nicht viel gefehlt, und der Hund wäre überfahren worden. Verdammt noch mal!“, stieß Sascha mit zusammengepressten Zähnen hervor und drückte mir die Leine in die Hand. Dann drehte er sich abrupt um und ging zurück auf die Hundewiese.

Direkt vor mir baute sich der Audifahrer auf. „Sind Sie taub oder was?“

Ich löste mich aus meiner Zitterstarre und blickte dem aufgebrachten Autofahrer verwirrt ins Gesicht.

Nachdem Bernd und ich endlich wieder zu Hause angekommen waren, war ich völlig durch den Wind. Bei dem Auffahrunfall war nur ein Blinker zu Bruch gegangen und eine angekratzte Stoßstange zu beklagen. Die Fahrerin, die den Audi gerammt hatte, gab zu, geträumt zu haben. Ihr Vater, der Inhaber einer Kfz-Werkstatt, war nach einem Anruf sofort zur Unfallstelle gekommen und hatte sich mit dem Audifahrer geeinigt. Als die Adressen ausgetauscht waren, war die Angelegenheit erledigt. Die Fahrzeuge würden wieder repariert werden. Für mein Herz sah es allerdings schlecht aus. Die Wut, die ich in Saschas Augen gesehen hatte, erschütterte mich. Er hielt mich augenscheinlich für eine verantwortungslose, dumme Pute.

Ich beschloss, über diesen Teil des Nachmittages nicht mal mit Juli zu sprechen. Meine Angst war zu groß, dass ich zu weinen beginnen und nie wieder damit aufhören würde. Jetzt hatte ich es endgültig versaut. Ich schämte mich in Grund und Boden. Einen sowieso schon schlimmen Nachmittag hatte ich in einen Untergang erster Güte verwandelt. Sowas musste man erst mal hinbekommen.

Bernd und ich saßen in Julis Küche und tranken Eierlikör aus einer Flasche, die seit einem halben Jahr abgelaufen war. Was anderes war nicht da, und mein Besuch war ein Notfall, auch ohne dass Juli das ganze Ausmaß meiner Katastrophen erfuhr. Gerade bei rohen Eiern machte aber ein in ferner Vergangenheit liegendes

Mindesthaltbarkeitsdatum sicher nichts. Die waren ja ewig haltbar. Wie Zwieback. Also, eigentlich tranken nur Juli und ich den Likör. Bernd nagte an einem Schweineohr.

Juli war nicht mal erstaunt, dass ich während des sich verdunkelnden Gesprächsverlaufs mit der Schreiber spontan gekündigt hatte. Sie glaubte auch nicht, dass bei einem von uns noch eine Klage kommen würde. Die Schreiber hatte uns zeigen wollen, wo bei ihr der Hammer hing, und wir hatten ihn gefunden. Rums! Auf'n Kopp! Der Nächste bitte.

Julis Hoch der ersten hammerlosen Freitheitstage ebbte allerdings langsam ab. Sie schien in Arbeit und Chaos zu versinken. Schon in der Küche fand ich kaum noch eine freie Stelle für mein Likörgläschen. Überall hingen Post-its und Stoffproben. Zerstreut beobachtete Juli den Mops und war entsetzt, dass man zur Abnahme eines Ohres vorher das Schwein totmachte. Das Ohr sah noch so voller Leben aus. Da zogen sich kleine rote Äderchen durch, und es wackelte die ganze Zeit. Das tat es aber nur, weil Bernd so engagiert dran nagte.

„Juli, ich kann mich damit nicht betrinken. Mir wird schon nach dem zweiten Glas schlecht. Dieses zähe Zeug ist eher eine Hauptmahlzeit."

„Wir haben auch alles erledigt. Zwei Gläschen einer Flasche abgelaufenen Eierlikörs pro Kündigung sollten reichen."

Ich nickte. Bernd kaute.

Wenn Juli wüsste, was noch so passiert war, müsste ich die ganze Flasche vermutlich auf ex trinken.

Juli schüttete die gelbliche Eiterbrühe in den Ausguss. Am Ende würgte sich ein Plocken durch den Flaschenhals. Bäh!

„Das war ein der Schreiber würdiges Getränk", sagte

ich und drehte mich weg. Wenn ich dem Plocken beim Auflösen zuschauen müsste, würde ich speien. Dabei war ich doch eher in Aufbruchsstimmung, zumindest beruflich. Die Kündigung hatte mich befreit, und ich wusste gar nicht so genau warum. Schließlich war ich nun arbeitslos. Egal. Sollten die Löwen sich über die Gazellen hermachen, die Läufer ihre Mütter heiraten und die Soldaten ... ja, also die Soldaten ... Der Gedanke musste zurück in den Giftschrank. Den Soldaten konnte ich noch nicht schmerzfrei weghecheln. Diese Wehe, die nach Bernds Beinahe-Unfall eher noch zu einer Presswehe angewachsen war, quälte mich weiterhin. Darum würde ich mich später kümmern.

Ich klatschte in die Hände. „So, wie kann ich dir am besten helfen?", fragte ich Juli, um meine Gedanken in eine andere Richtung zu lenken.

„Was kannst du denn besonders gut? Ich habe an allen Ecken und Enden zu tun. Nähen?"

„Null."

„Zuschneiden?"

„Keine Ahnung. Zerschneiden ginge vielleicht."

„Entwerfen? Schnitte beurteilen?"

„Wenn null nichts können ist, dann wäre das ungefähr minus drei." Ich fühlte mich unzulänglich.

Juli seufzte, nagte an ihrer Unterlippe und versank im Stoff-Strudel. Ich konnte rein gar nichts an Fähigkeiten vorweisen, um sie da wieder rauszuziehen.

„Die Sachen zur Post bringen?", schlug ich vor.

„Und verpacken?"

„Wenn es nicht hübsch sein muss. Unterm Weihnachtsbaum hat man meine Geschenke immer sofort erkannt. Die sahen aus wie ein Resozialisierungsprojekt straffälliger Jugendlicher. Ich kann sowas nicht gut."

„Worin warst du als Kind besonders gut?"

„In nix."

Lachend schüttelte Juli den Kopf.

„Ich war immer durchschnittlich", erklärte ich ihr. „Größe, Haarfarbe, Gewicht, Kunst, Sport. Nur in Schwimmen war es anders. Da war ich sogar noch unter dem Durchschnitt."

„Gut. Schwimmen streichen wir."

„Das Durchschnittliche hat mich doch gut geschützt. Stell dir nur mal eine Hochbegabung an der Geige oder am Klavier vor. Meine Kindheit wäre vorbei gewesen. Ich würde für den Rest meines Lebens mit schiefem Kopf ein Holzstück eingeklemmt halten und darauf rumschruppen. Wenig Verdienst, viel Konkurrenz – und abends nie frei. Oder kennst du Menschen, die morgens um acht Uhr in Konzerte gehen? Ich konnte aber immer prima organisieren und erkennen, was andere gut machten. Deswegen liebe ich ja Personalarbeit."

„Dann hätte ich eine Idee", murmelte Juli.

Wir gingen ins Wohnzimmer, wo sich Schnitte, Stoffe und Gerümpel zwischen halb gepackten Paketen und zwei Nähmaschinen türmten. Innerhalb weniger Tage hatte sich der sorgfältig arrangierte Raum in ein Messie-Chaos-Zimmer verwandelt. Hatte jemand ein Nähgeschäft auf einen Lkw gekehrt und hier wieder abgekippt?

„Ich verliere den Überblick. Die ersten Bloggerinnen haben sich gemeldet, weil ich ihnen falsche Stoffe geschickt habe. Der Kindergarten wartet auf seine Bestellung, und mehr als fünfzig Anfragen aus meinem Blog sind unbeantwortet."

Bernd trottete an uns vorbei, steuerte zielsicher den Mops-Stoff an, der zum Zuschnitt bereit lag, und rollte sich darauf zusammen. Mops, ruhend im Chaos. Ihn schien die

Verwandlung des Zimmers kein Stück zu beeindrucken. Ich zückte mein Smartphone und machte ein Foto. Der Mops zum Stoff.

Das Bild brachte mich auf eine Idee. „Juli, ich weiß, wie wir ganz sympathisch mit Mops um ein paar Tage Luft bitten können. Wir stellen das Foto von Bernd auf deine Seite. Bildunterschrift: ‚Hier wird hart gearbeitet. Wir bitten um etwas Geduld.'"

„Und dann? Ich schaffe das trotzdem nicht. Die Marienkäfer- und die Pinguingruppe wollen die Shirts haben. Das sind über vierzig Stück, alle in unterschiedlichen Größen. Keine Chance! Was soll ich nur tun? Am besten sage ich denen ab. Die wollen das für ein Kinderfest haben, bei dem alle gleich angezogen sein sollen. Das ist in zwei Wochen!"

„Warte noch. Wir sortieren das mal und listen auf, was bis wann zu tun ist."

Juli und ich räumten Stoffe zur Seite, sortierten Anfragen und hefteten sie, nach Dringlichkeit geordnet, an die Wand. Irgendwann klebten lauter Fussel an uns, und ich bekam Rückenschmerzen. Wir mussten mal raus.

Beim Spaziergang mit Bernd besprachen wir die nächsten Schritte.

„Hattest du nicht gesagt, dass dir neulich eine Bloggerin bei dem Knochendingsda geholfen hat?"

„Ja, das war super."

„Sehr gut. Bei der fragen wir heute mal an, ob sie nicht Lust hat, weitere Näharbeiten zu übernehmen. Die Kindergartensachen bekommst du bezahlt?"

„Na klar!"

Wir entwarfen einen Plan. Ich schrieb mit lieben Grüßen von Juli die Bloggerin an und fragte, ob sie helfen könne. Die Antwort kam nach wenigen Minuten.

„Liebe Kay, ich freue mich sehr über Deine Anfrage. Immer nur für die eigenen Kinder nähen, ist langweilig. Da ich keine Betreuung habe, bin ich auf Heimarbeit angewiesen. Wann soll ich loslegen? Viele Grüße an Juli. Hanni"

Derart ermutigt schickte ich ähnlich lautende E-Mails an weitere Bloggerinnen. Ich bot an, sie prozentual am Umsatz zu beteiligen, wenn sie schnell liefern konnten. Die Antworten kamen ähnlich schnell wie die von der ersten Bloggerin. Alle waren begeistert von dem Projekt. Juli schaute mir über die Schulter.

„Wahnsinn. Da hätte ich auch drauf kommen können."

„Auf keinen Fall. Irgendwas muss ich auch können. Du brauchst dein Gehirn für deine überbordende Kreativität. Ich versuche derweil, deine PS auf die Straße zu bringen."

Wir packten Pakete mit Stoffen und Schnittmustern und vergaben Aufträge an fünf Bloggerinnen, die uns geeignet erschienen, weil die selbst genähten Kindersachen auf deren Seiten sehr professionell verarbeitet aussahen.

Ich legte mir eine Excel-Liste an, in der ich eintrug, welche Bloggerin was bekommen hatte und was diejenige laut ihrem Blog am liebsten nähte, und klickte mich weiter durch die Seiten. Eine weitere Bloggerin besaß eine ausgetüftelte Stickmaschine und bestickte alles, was ihr in die Finger kam.

„Juli, wie hießen die Kindergartengruppen noch mal? Regenwurm und Stubenfliege?"

„Fast. Marienkäfer und Pinguin."

„Weißt du, welche Größen an welche Gruppe gehen?"

„Äh ... ich glaube ... das muss doch hier ..." Juli wühlte in einem Stapel Zettel. Ich stand auf, ging an die neu gestaltete Auftragswand und fand die Notizen mit einem Griff.

„Was hältst du davon, wenn wir die Aufhänger im Nacken der Shirts mit dem Namen der Gruppe besticken lassen? Das kostet wenig und ist schön persönlich."

„Au ja. Gute Idee."

„Später könnten wir auch noch die Namen der Kids auf die Aufhänger sticken lassen. Dann sind alle Shirts personalisiert, und nichts geht mehr im Gewühl verloren."

„Kay, du bist genial."

„Warte! Geht noch weiter: Wir lassen Paspelband mit den entsprechenden Vornamen sticken und verkaufen das über deine Facebook-Seite. So können die Mütter das an Handtücher nähen, an Jacken und was die kleinen Teppichratten sonst noch so an Gegenständen haben."

„Woher kennst du Paspelband?"

Grinsend zeigte ich auf einen Blog, in dem die Einsatzgebiete ausführlich erklärt wurden.

„Du bist meine Heldin!"

Für den Moment war ich fast glücklich. Mein Hirn rannte im Kreis vor Begeisterung, weil es endlich wieder eingesetzt wurde, und verdrängte alles andere. Ich durfte Pläne schmieden, Ideen entwickeln!

„Alles in Handarbeit von kreativen Frauen aus ganz Deutschland für Kids hergestellt. So cool!", quietschte Juli vergnügt. Die Erleichterung, einen Berg Nähanfragen los zu sein, den sie kaum hätte bewältigen können, war wohl größer, als sie sich bis eben eingestanden hatte. Sie hatte ja auch noch ihre Foto- und Modelaufträge.

Julis Bemerkung hallte in mir nach. Handarbeit – gemeinsam arbeiten – alle zusammen. Meine Gedanken sausten durchs Gehirn, verbanden sich, wurden wieder verworfen, suchten sich neu und blinkten vor Aufregung, als sie die richtige Assoziation gebildet hatten.

Ich lächelte.

„Kay, ich glaube, ich konnte dir gerade beim Denken zuschauen." Juli sah mich fragend an. „Schieß los!"

„Hast du Lust, deine Facebook-Seite und deinen Blog umzubenennen?"

„Wie? Umbenennen?"

„In ‚Homemade-Kombinat'!"

Nach wenigen Tagen kamen die fertig genähten Shirts mit den von uns beigelegten Freiumschlägen von den Bloggerinnen zurück. Juli nähte die Etiketten ein, die Stoffreste banden wir als Schleife um die beiden Pakete. Ich schrieb eine Sammelrechnung für den Kindergarten, und wir machten uns mitsamt Bernd auf den Weg. Unsere erste Auslieferung!

„Oh! Wie süß!", quietschte eine der Erzieherinnen, als sie ein Mops-Shirt aus dem Marienkäfer-Paket hochhielt, und rief zwei Mütter zu sich.

Wir kamen genau zur Kinder-Abholzeit. Das hatte ich vorher auf der Internetseite der Einrichtung recherchiert.

„Ist das etwa der kleine Kerl auf dem Stoff?" Die Erzieherin zeigte auf Bernd, der sich in der Aufmerksamkeit der Kinder sonnte.

„Selbstverständlich", erwiderte ich.

Die beiden Mütter rissen der Erzieherin die Shirts aus der Hand und stülpten sie ihren Kleinen über. Nach und nach kamen weitere Mütter hinzu, die erfreut in den Shirtstapel griffen. Irgendjemand kam auf die Idee, Kind und Mops zu fotografieren. Sogleich zückten alle Mütter ihre Smartphones. Kinder grinsten, Fotos im Kasten. Bernd ertrug den Rummel mit heiterer Gelassenheit. So viel Aufmerksamkeit empfand er als seinem Status absolut angemessen.

„Juli, du bist die Größte! Wie du das nur alles geschafft hast", rief Julis ältere Schwester Karin und drückte Juli an sich. Karin war nicht nur die Keimzelle ihrer Sprösslinge, sondern auch die der Näh-Idee.

„Ohne Kay keine Chance. Sie hat weitere Näherinnen engagiert, die uns geholfen haben."

Und schon wurde auch ich geherzt und umarmt. Von so viel Zuneigung eingelullt, genehmigten Juli und ich uns ein großes Stück Torte im benachbarten Café. Bernd bekam einen Klecks Sahne auf einer Untertasse und schlabberte zufrieden. Der Teller war danach so blitzblank, den konnte man ungewaschen wieder in den Schrank stellen.

Als ich zu Hause die Tür aufschloss, ging mein erster Blick zum Anrufbeantworter. Wie jedes Mal seit einigen Tagen. Da blinkte nichts. Mein Smartphone trug ich fast immer in der Hand. Wenn Sascha sich mobil melden sollte, wüsste ich das innerhalb einer Sekunde. Wäre ich bloß niemals zu diesem Trainingsgelände gefahren. Damit hatte ich alles versaut. Das Hochgefühl, das mich im Kindergarten befallen hatte, verebbte. Was war nur los mit diesem Kerl? Leider schien mir die Notwendigkeit, ihn zu sprechen, mit jedem Tag dringender statt unwichtiger zu werden. Warum war es nur immer so, dass mir das, was ich nicht haben konnte, ungleich attraktiver erschien als das, was gerade verfügbar war. Verfügbar? Moment mal. Da war nichts verfügbar! Ludger hatte meinen Wunsch nach Abstand so umfassend beherzigt, dass der Kröver Nacktarsch neben der Palastwache auf dem Gästeklo Staub ansetzte. Vielleicht sollte ich den trinken.

Noch in Gedanken versunken hörte ich Mozart dudeln. Sascha! Endlich. Er würde sich für sein Verhalten entschuldigen, ich mich für meine Unachtsamkeit. Alles würde gut werden. Ich riss den Hörer hoch.

„Kay!? Kay, bist du das?"

„Hallo? Juli? Klar bin ich das. Wer denn sonst? Du hast auf Festnetz angerufen."

Die schrille Stimme war kaum als die meiner Freundin zu identifizieren.

„Ist was passiert?", fragte ich.

„Du musst sofort kommen! Bring dein Notebook mit!"

Aufgelegt.

Ich schnappte mir Autoschlüssel, Notebook, Bernd und Jacke und raste los. Juli hatte aufgeregt geklungen, aber nicht aufgelöst. Eher wie jemand, der einen Elefanten auf seinem Balkon fand statt eines Tigers. Ungewöhnlich zwar, aber man war nicht in Gefahr.

Wir fanden eine Parklücke und galoppierten zu Juli. Ich schmiss mich gegen die verklemmte Tür und stürzte in den Hausflur. Wie ein Duracell-Hund mopste Bernd hinter mir die Treppen hoch. Der süße, treue, kleine Kerl. Ich hatte den Verdacht, dass ihm diese hysterische Hatz sogar Spaß machte.

Julis Tür stand offen. „Komm schnell her!", hörte ich sie von drinnen rufen.

Nach diesem Treppensprint schnaufte ich so sehr, dass ich nicht antworten konnte und mir die Tasche entglitt. Wieso sollte ich eigentlich mein Notebook mitbringen? Juli zog mich, als ich im Flur noch nach Luft rang, zu ihrem PC und drückte mich auf den Stuhl. Sitzen war okay. Da kam ich auch besser zu Atem.

Juli klickte auf ihr Profil und trat einen Schritt zurück. „Bitte schön!"

Fassungslos sah ich auf die Seite. Ganz viele der Mütter

hatten die Bilder ihrer Kinder auf Julis umgeflaggtes Profil gepostet. Ich hatte nämlich auf die Aufhänger neben dem Namen der Kindergartengruppe auch „Homemade-Kombinat“, unseren neuen Namen, drucken lassen. Die Bloggerinnen, die alles genäht hatten, klickten bei jedem einzelnen Mama-hat-Knirps-im-Shirt-fotografiert-Bild auf „Gefällt mir“ und teilten die Fotos auf ihren eigenen Seiten. Dort wurden sie mit Fragen nach weiteren Stoffen und Schnitten gelöchert und gaben diese an uns weiter. Mehrere Hundert Kommentare mit Anfragen waren bereits eingegangen. Juli saß in Schockstarre vor dem Homemade-Kombinat-Profil und sah der Fangemeinde beim Wachsen zu.

„Juli, aufwachen! Wir müssen an die Arbeit!“

„Wie sollen wir das nur schaffen?“

„Ganz leicht. Erst mal bedanken wir uns für die überwältigende Nachfrage. Dann sortieren wir die Anfragen, entwerfen Textbausteine für die Antworten und legen los.“

Nach drei Stunden Arbeit blinkte der Akku meines Notebooks, Julis Druckerpatrone war leer, und mir tränten die Augen. Aber wir hatten alles halbwegs sortiert. Es gab Anfragen nach neuen Stoffen, nach weiteren Schnitten und nach Kleidungsstücken jeder Art für Kids. Auch Anfragen für Näh-Aufträge waren eingegangen. Juli stand vor den verschiedenen Stapeln und schaute wie jemand, dessen Haus einem Tornado zum Opfer gefallen war und der nun überlegte, wie er aus dem Steinhaufen ein neues Heim formen konnte.

„Und nun?“

„Wie – und nun? Das ist doch ganz einfach“, antwortete ich. Sah Juli nicht, was hier vor uns lag?

„Das ist Chaos!“

„Chaos? Kein Stück. Juli, sag mal, hattest du nicht erzählt, dass du einen Draht zu einer netten skandinavischen Designerin hast?"

„Ja, aber was hat das hiermit zu tun?"

„Hatte sie nur diesen Mopsstoff oder auch noch andere?"

„Jede Menge! Sie betreibt ja einen Online-Handel für Stoffe."

„Das ist fein. Dann fordere doch mal ein paar Muster und Bilder an."

„Aha. Wozu?"

„Wir präsentieren die neuen Stoffmuster in deinem Blog. Dann fragen wir die Netzgemeinde, was sie daraus genäht haben möchte. Und schließlich suchen wir die Stoffe aus, die am meisten nachgefragt werden, und schicken sie mit den beliebtesten Schnitten an die Bloggerinnen, die so gerne nähen."

Juli schaute immer noch, als hätte ich ihr vorgeschlagen, ein Space Shuttle zu stricken. Auf einmal wurden ihre Augen ganz weit. Die Rakete hatte gezündet, und wir konnten endlich abheben.

In den folgenden Tagen bauten wir Julis Wohnzimmer in unsere Auftragszentrale um. Ich entwarf Fragebögen für die Näherinnen und erstellte mit einer fertigen Software einen Online-Shop. Hier konnten sich sowohl Kunden als auch Zulieferer über einen entsprechenden Eingang einloggen. Wir bewarben den Shop auf Facebook und wurden erneut von Anfragen überrannt. Juli konferierte mit Stoffhändlern, und täglich wurden Pakete angeliefert. In Julis Schlafzimmer hingen Entwürfe an allen Wänden, im Wohnzimmer die Anfragen und die Profile der Näherinnen. Im Klo befanden sich sämtliche Rechnungen – über der

Wanne die der Lieferanten an uns, über dem Klo die von uns an unsere Kunden. Im Flur ließen wir zwischen den Paketen eine schmale Gasse.

Die Tage vergingen, und wir konnten förmlich zuschauen, wie uns neue Aufträge erreichten.

Nachdem wir wieder einen ganzen Tag lang ohne Pause gearbeitet hatten, klatschte Juli in die Hände und verkündete: „Wir gehen heute aus. Wer so viel arbeitet, muss auch mal essen."

Ich schaute sie mit brennenden Augen an. Essen gehen? Das war für mich nur noch eine verblasste Erinnerung an ein anderes Leben. Seit Kurzem befand ich mich im Arbeitsrausch und überlegte, ob wir größere Räume brauchten, ob wir die Näherinnen auf Minijob-Basis anstellen sollten oder ob es besser war, sie gegen Rechnung zu beschäftigen. Bestimmt ließ sich der Ablauf optimieren, und auch eine Modenschau mit den Kindern aus dem Kindergarten, deren Mütter bereits neue Shirts bestellt hatten, war in Planung. Ein ehemaliger Kollege hatte unser Homemade-Kombinat entdeckt und Hilfe angeboten. Seine Stelle war reduziert worden, und nun suchte er Aufträge. Es gab so viel zu tun!

„Dafür haben wir keine Zeit", erwiderte ich und beugte mich wieder über meine Excel-Listen.

„Oh doch! Und wie wir dafür Zeit haben!" Juli packte mich an der Hand und zog mich hoch.

Ich blinzelte wie jemand, der nach hundert Tagen Kerkerhaft ans Licht kam. Juli war unerbittlich, und so brachen wir auf ins Restaurant. Bernd hatte seinen Kopf nicht bewegt und nur ein Auge riskiert. Er wollte lieber pennen. Also ließen wir ihn auf einem seiner diversen Kissen ruhen, die Juli aus den Resten des Mopsstoffs für ihn genäht hatte.

33.

„Ausgerechnet ...", murmelte ich, als Juli vor dem Unglücksitaliener einparkte.

„Ja, ausgerechnet. Damit sich das Pipi-Trauma erst gar nicht richtig festsetzen kann, gehen wir hierhin. Sitzt dein Knopf an der Hose richtig?"

„Ich gehe da nur rein, wenn du sicherstellst, dass Johannes' Mutter dort nicht mit ihrer doppelzüngigen Kopfrunde lauert."

„Kein Problem." Juli verschwand im Laden, kam grinsend wieder raus und winkte. Die Luft war rein.

Beim Eintreten bohrte mir jemand kleine Nadeln ins Herz. Hier war nicht nur das Pipi-Drama geschehen. Das war ja nur ein Teil des Sascha-Abends gewesen. Heute fühlte es sich an, als wären seit dem Abend drei neue Sternzeiten entstanden – so viel war passiert. Mein Leben schien im Moment fast jede Woche auf links gedreht, geschleudert und neu sortiert zu werden. Heute wollte ich an all das nicht denken, sondern einfach nur einen Abend mit meiner Freundin und Geschäftspartnerin genießen. Geschäftspartnerin – wie das klang. Wahnsinn!

„Bitte hier entlang", sagte der glatzköpfige Kellner und geleitete uns durch das volle Lokal zu einem der hinteren Tische. Gott sei Dank hinten. Auf dem Tisch am Fenster, an dem Sascha und ich gesessen hatten, prangte ein Reserviert-Schild. Aber ganz sicher nicht für Juli und mich. Wir setzten uns an den uns zugewiesenen Tisch und suchten uns in der Karte etwas Meerschweinchenfreies aus, das nicht nach Wagyu-Art zubereitet war. Auf meinen besonderen Wunsch hin sollte es auch nicht nach Alpaka schmecken. Nachdem ich die Bitte vorgetragen hatte, grinste der Kellner und nickte. Als Juli ihm irgendwas zuflüsterte, lächelte er und nickte wieder. Bruce Willis hatte auf jeden Fall Humor. Und noch besser, er war nicht der, zu dem Sascha gesagt hatte: „Sie hat die Kontrolle über ihre Blase verloren."

„Auf uns!", prostete Juli mir wenig später mit einem Sherry-Glas voller Eierlikör zu. Der Likör war es, den sie flüsternd beim Kellner bestellt hatte.

„Wie kommt es, dass Sie Eierlikör vorrätig haben? Sind Sie nicht eher so der Kröver-Nacktarsch-Laden?", fragte ich den Überbringer der eiterfarbenen Flüssigkeit.

Juli verschluckte sich am Eierlikör und hustete.

„Nein, gnädige Frau", antwortete der Kellner. „Den von Ihnen genannten Riesling führen wir nicht. Im Vertrauen gesagt finde ich zwar, dass er ein angenehm trockener Kabinettwein ist, aber unser Chef hat damit mal schlechte Erfahrungen gemacht."

„Ist der Tierarzt?"

„Was?"

„War nur Spaß. Ihr Chef ist ein kluger Mann. Darauf trinken wir noch ein Likörchen."

„Einen kann ich Ihnen gerne noch geben."

„Aber die Flasche ist doch noch halb voll. Wirken wir schon so betrunken, dass wir nicht mehr gesellschaftsfähig sind?"

Bruce Willis beugte sich zu uns runter und flüsterte: „Auch eine Anordnung vom Chef: Vorsicht bei Frauen mit dem Alkohol vorm Essen! Vor Kurzem hat hier eine betrunkene Kundin eingenässt. Daraufhin musste vorne am Fenster die gesamte Bank neu bezogen werden. Jetzt steht da immer ein Reserviert-Schild. Wenn mein Chef die Kundin noch mal sieht, kriegt die einen Platz dicht am Klo. Nämlich diesen hier." Demonstrativ klopfte der Kellner auf die Lehne von Kays Stuhl.

Juli presste die Lippen zusammen und ich die Blase.

Mein Gehirn schickte mir rote Farbe und Wärme ins Gesicht.

„Sinnvoll, absolut sinnvoll“, erwiderte Juli gepresst und kurzatmig. Sie würde gleich vor Lachen explodieren. Dann hätte der Chef einen Grund, die hinteren Tische zum Sperrgebiet für Gäste mit Likörproblem zu ernennen. Bruce bemerkte nichts und eilte zurück an seine Bar, weil neue Gäste eingetroffen waren.

Juli japste nach Luft. „Das wird unser Stammlokal. Das ist lustig hier.“

„Geht so“, grummelte ich.

„Auf Homemade-Kombinat“, prostete Juli mir mit dem Likör-Rest zu.

„Die Sonne scheint, die Füße stinken, komm, lass uns ein Likörchen trinken“, erwiderte ich.

„Alkohol, du böser Geist, auch wenn du mich zu Boden reißt, ich steh auf, du schlägst mich nieder, ich kotz dich aus und trink dich wieder!“

„Juli, aus! Woher kennst du so einen Kram?“ Ich konnte vor Lachen nicht mal mehr meine Eierpfütze trinken.

„Nachdem sich ‚Tabu‘-Spielen beim letzten Mal als Flop und Beziehungskiller erwiesen hatte, hat meine Mädelsrunde lyrische Abende ausgerufen. Kennst du etwa keinen Trinkspruch?“

„Ich weiß nicht, ob ich den einen noch zusammenbekomme. Er geht ungefähr so:

> Likörchen, du edle Salbe,
> hast schon manch gemacht zum Kalbe,
> hast schon manch geschmissen von der Ofenbank,
> warst ein Taugenichts ein Leben lang,
> drum soll es deine Strafe sein
> ab mit dir in den Schlund hinein!“

Juli lachte. „Siehste wohl! Geht doch!“ Sie kippte den Likör runter, knallte das Glas auf den Tisch und ließ den Mund offen stehen. Dabei sah sie aus, als wäre sie schockgefrostet worden.

„Sollen da Fliegen drin landen und starten?“, erkundigte ich mich.

Sie klappte den Mund zu und sagte: „Nicht umdrehen!“

Das hatte noch nie geklappt. Das war so, wie nicht an einen rosa Elefanten zu denken, wenn man dazu aufgefordert wurde. Ich drehte mich auf der Stelle um.

Ludger und das Sonnenbrille-im-Haar-Gestell steuerten den Pipi-Tisch an. Duchesse war nicht dabei. Die war vermutlich traumatisiert, seitdem sie ihr Frauchen unter Ludger gesehen hatte. Wer hätte gedacht, dass Duchesse und ich mal Gemeinsamkeiten haben würden?

Ich schaute interessiert zu, wie der Oberkellner das Reserviert-Schild entfernte und Ludger für Size-Zero-Blondie den Stuhl gegenüber „meiner“ Bank zurechtrückte. Wusste ich eigentlich ihren Namen? Ich grübelte. Seitdem ich Hundeleihbesitzerin war, hatte sich das Adressbuch in meinem Kopf um eine vormals unbekannte Rubrik erweitert. Früher hatten Menschen entweder einen Vor- oder einen Nachnamen gehabt. Einige hatten auch einen Spitznamen. Nun gab es die Erweiterung „Herrchen oder Frauchen von X“. Menschen, die ich im Wald mit Leinen-Anhang traf, nannten oft ungefragt den Namen ihres Tieres und fragten nach dem Mopsnamen. Die eigene Identität verschwand dann hinter Wortgebilden wie „Barbie“ (für einen Rottweiler), „Dr. Snuggles“ (Dackel), „Bellmaschine“ (Terrier) oder „Orthopäde“ (Mischung aus Dackel und Rottweiler). Ohne Hund waren die Menschen für mich unsichtbar. Das klappte leider bei Dünnschiss-

Frauchen wie der Begleitung von Ludger nicht. Deutlich sichtbar saß sie mit ihrem Vierzig-Kilo-Körper an meinem Ex-Tisch. Und auch noch mit meinem Ex-Lover. Der zauberte soeben aus einer mitgebrachten Designer-Papiertüte eine Flasche mit roter Schleife heraus. Nicht das auch noch! Die würde ich selbst als Flaschenpost am fernen Horizont erkennen: Kröver Nacktarsch für die Dame.

„Und was machen wir jetzt?", fragte Juli und ließ mich nicht aus den Augen.

„Abendessen?"

„Mit den beiden Menschen im Nacken?"

„Ich kann ja mal aufstehen und sie bitten, dass sie gehen sollen."

„Schlägst du ihnen zur Bekräftigung deiner Meinung auf den Hinterkopf?"

„Ich verspüre Lust dazu."

Auf einmal nahm Juli meine Hand und schaute mich ganz ernst an. „Kay, warum eigentlich? Du wolltest den Tierarzt nicht wirklich. Du warst in einer Situation, in der dich unverbindlicher Sex auf andere Gedanken gebracht hat. Er hat dir nicht die Ehe versprochen, und du bist ihm auch nichts schuldig."

„Das stimmt. Aber muss er gleich bei nächster Gelegenheit über Blondie herfallen?"

„Nein, muss er nicht. Kann er aber. Vielleicht ist das unterbewusst seine Art, dir zu sagen, dass es schön war, aber nun vorbei ist?"

„Ein Anruf wäre nicht gegangen?"

„Hast du ihn angerufen, um ihm das zu sagen?"

„Nein. Ich war mir aber auch nicht sicher, ob ich das Ende schon wollte."

„Du wolltest ihn vor allem, als er dich auf diese Art und Weise auf die Auswechselbank gesetzt hat. Da wolltest du wieder Tore schießen, weil du die andere Spielerin nicht ertragen konntest."

„Wenn du in Fußballmetaphern redest, ist es vermutlich ernst. Wir sollten jetzt besser abpfeifen. Die Nachspielzeit ist vorbei."

„Such dir einen neuen Verein. Mit diesem hier wirst du nicht glücklich. Das habe ich dir gleich gesagt. Löwe und Fische – das kann nicht funktionieren."

„Toll. Mit dem Steinbock hat es auch nicht geklappt."

„Ja, ich weiß. Und ich kapiere noch nicht ganz warum. Die Sterne standen hervorragend. Ich sehe, wie du leidest. Du bist die einzige Frau, die ich kenne, die sich beim Arbeiten das Smartphone in den BH schiebt, um das Brummen nicht zu verpassen."

„Das hast du bemerkt?"

„Du bist nicht Dolly Buster ..."

„Und was mache ich jetzt mit dem Steinbock?"

„Er hat sich nie wieder gemeldet?"

„Null."

„Was kann passiert sein? Hast du schlimme Fotos in der Wohnung rumliegen? Oder von dir verfasste Erpresserbriefe, die ihm Angst vor der Zukunft machen?"

„Nichts dergleichen."

Ich wand mich vor Verlegenheit. Die Unfallgeschichte hatte ich tief in mir verschlossen. Die wollte auf keinen Fall erzählt werden. Außerdem hatte sich Sascha ja schon vorher nicht gemeldet. Die Situation hatte sich also durch mein Auftauchen am Trainingsplatz nicht verändert.

„Ich bin ratlos. Steinböcke sind tolle, geradlinige Menschen. Die gehen nicht einfach so."

Unser Essen wurde gebracht, und wir schwenkten wieder auf unsere aus Versehen entstandene Geschäftsidee um. Das Kombinat war ein voller Erfolg und verbreitete sich dank Internet mit rasender Geschwindigkeit. Juli würde sich um die Auswahl der Stoffe, Schnitte und Designs kümmern, während es meine Aufgabe war, die Bloggerinnen zu organisieren und mich um die Rechnungen und alles Weitere zu kümmern. So waren wir beide typgerecht eingesetzt.

Wir bezahlten unser Essen. Ich drehte mich noch einmal zu dem Geturtel am Fenster um. Ludger und Blondie hatten uns in dem voll besetzten Restaurant nicht entdeckt. Die waren auch viel zu sehr mit sich selbst beschäftigt. Blondie stand auf und küsste Ludger, als würde er gleich für drei Jahre in die Arktis reisen, und klapperte Richtung Restauranttoilette.

„Willst du jetzt die Konstanze machen und sie im Klo verprügeln?" Juli sah mich fragend an.

„Nee, wir machen den Sittich und fliegen hier ganz schnell raus. Du zuerst!" Ich schlängelte mich hinter Juli durch die voll besetzten Reihen. Bei Ludger angekommen, beugte ich mich zu seinem Nacken runter und flüsterte: „Lass den Hund nicht immer zuschauen. Der ist sensibel."

„Was ...?"

Noch bevor Ludger sich umgedreht hatte, waren Juli und ich schon kichernd auf der Straße.

Ab sofort war ich nicht nur Geschäftsführung, Finanzvorstand und Personalleitung – mein neuer, zusätzlicher Job hieß „Trendscout". Früher wäre ich einfach shoppen gegangen, jetzt betrieb ich Recherche. Da ich dringend Lebensmittel einkaufen musste, aber unsere neue Firma nicht für fünf Minuten aus den Gehirnwindungen spülen konnte, wollte ich im Einkaufscenter auch ein paar Läden für Kindermode aufsuchen und die neuesten Modelle fotografieren.

Mir war klar, dass ich mich auf das Firmenprojekt stürzte, um von dem Männerkarussell abzuspringen. Obwohl nur noch einer eine Dauerkarte gelöst hatte, drehte der sich in meinem Kopf unaufhörlich weiter. Ich mochte keine offenen Baustellen. Zumal, wenn ich nicht verstand, wer das Loch gegraben hatte, und vor allem warum. Also flutete ich mich mit Gedanken rund um Stoffe, Schnitte und Trends.

Bernd und ich standen im überdachten Shoppingcenter in einem angesagten Coole-Mode-für-Kids-Laden und fotografierten Shirts. Meist ließ ich den Mops neben der ausgestellten Schaufensterpuppe sitzen. Der hockte sich seit Neuestem artig und voller Freude auf Leckerlis an jede Stelle, auf die ich zeigte.

„Hey Sie! Was machen Sie da eigentlich?" Eine säuerlich guckende Verkäuferin bahnte sich einen Weg durch die Kleiderständer.

„Fotos."

„Fotos? Was soll das?"

„Meine Nichte ist durch eine schwere Krankheit ans Bett gefesselt. Ich fotografiere alles, was ihr gefallen könnte." Was redete ich da?

„Aha. Vielleicht sollten Sie mit ihr gemeinsam herkommen, wenn es ihr besser geht. Wir haben das hier nicht so gern. Zumal ihr Hund alle Kleider vollhaart."

„Bei Ihnen dürfen also nur gesunde Kinder ohne Hunde einkaufen?"

„Wenn Sie so wollen: Ja."

Vermutlich erwischten wir uns gerade an jeweils

ungünstigen Zyklustagen. Mir stieg Ärger die Kehle hoch. Eine Verkäuferin für Kindermode, die keine Hunde und keine kranken Kinder mochte?

„Vielleicht haben Sie den falschen Beruf ergriffen? Bei Ihrer Einstellung."

„Sicher nicht. Mir gehört der Laden. Daher würde ich Sie jetzt auch bitten zu gehen."

„Das wollte ich sowieso gerade." Ich zog den Hund aus dem Laden.

Was war denn los? Normalerweise lachte ich doch über solche Menschen? Ich holte mir einen Coffee to go und hockte mich vor ein exklusives Geschäft für Taschen, Gürtel und allerlei Gedöns. Durch die verglaste Front sah ich eine gelangweilte Verkäuferin gähnend ihre Nägel betrachten und eine Kundin, die sich durch einen Haufen Seidentücher wühlte. Ihre Haltung und die teure Kelly-Bag kamen mir irgendwie bekannt vor. Hauptsache, das war nicht schon wieder Ludgers neue Blondie.

Ich trank einen Schluck Kaffee und versuchte, mehr von der Frau zu sehen. Aber ein Regal versperrte mir den Blick. Ich sah nur eine dünne Frau in militärisch gerader Haltung, die ... eines der Tücher in ihrer Tasche verschwinden ließ. Das gab es doch gar nicht! Die klaute! Ich war so empört, dass ich aufsprang. Bernd, der zwischen meinen Füßen gedöst hatte, erschrak und bellte. Die Verkäuferin löste den Blick von ihren Nägeln und musterte uns durch die offene Tür. Und die Frau am Tuchstand? Die griff sich in der gleichen Sekunde noch ein zweites Tuch und stopfte es ebenfalls in ihre Kelly-Bag. Das ging so schnell, dass ich fast dachte, ich hätte es nur geträumt. Die Frau schlenderte auf die Verkäuferin zu und verließ den Laden. Dann stand sie vor mir. Mir klappte der Unterkiefer herunter.

„Du?", rief ich.

Vor mir stand Konstanze Zwickel. Johannes' Mutter. Eine Diebin! Für einen Moment entgleisten ihre Gesichtszüge, aber sie hatte sich, wie ich es von ihr kannte, schnell wieder unter Kontrolle.

„Kay Eske, welche Überraschung! Ich hätte nicht gedacht, dass du dich für solche hochpreisigen Geschäfte interessiert."

Dieser blasierte Blick, der herablassende Tonfall. Dazu mein Rauswurf aus dem Kinder-Geschäft. Das war eine explosive Mischung. Ich stand kurz vor etwas Unüberlegtem und schluckte meine Worte, die ich liebend gern gesagt hätte, mühsam beherrscht wieder runter.

„Ach. Und dieses bemitleidenswerte Geschöpf ist der Hund, den du hüten musst?" Sie musterte den Mops mit einem Blick, als wäre er Gewölle. Frisch von einer Eule erbrochen.

Das überschritt meine Selbstbeherrschung. Johannes' Mutter brachte es fertig, in weniger als einer Minute das Schlechteste aus mir herauszuholen. Die Worte triumphierten und kamen wieder hochgeklettert. „Ach! Und in dieser Tasche sind die Tücher, deren Kaufpreis du soeben eingespart hast?" Ich äffte ihren blasierten Tonfall nach.

„Kay Eske, pass auf, was du da an Lügen in die Welt setzt!" Konstanzes Gesichtsfarbe schlug trotz des sorgfältig aufgetragenen Make-ups ins Rötliche um. Treffer! C4 versenkt!

„Du behauptest also, dass ich lüge?"

„Du hast schon immer nur in allem deinen Vorteil gesehen. Und kaum kommt es dir in den Sinn, bist du auf und davon, weil du vielleicht etwas Besseres gefunden hast."

Mit ihrem Gewölle-Blick schaute sie auf Bernd. Der

knurrte leise. Er klang dabei zwar wie eine Biene im Sinkflug, aber er konnte die Situation eindeutig einschätzen.

„Wenn du dein Muttersöhnchen meinst, dann hast du recht. Da ist so ein Mops ein deutlich angenehmerer Partner."

„Lass Johannes aus dem Spiel! Ich bete jeden Abend zwei Vaterunser aus Dankbarkeit, dass du nicht mehr da bist."

„Und ich mindestens vier. Dann wende ich mich gen Mekka, und zu guter Letzt meditiere ich für Buddha. Sicher ist sicher. Ich weiß ja nicht genau, wer mir die Erleuchtung gebracht hat, euch zu verlassen."

„Hoffentlich war das der gleiche Gott, der dafür gesorgt hat, dass du wegen deines unerhörten Verhaltens deinen Job verloren hast! Nicht auszudenken, wenn man so etwas mit Johannes in Verbindung bringen würde. Wir haben einen Namen in dieser Stadt!"

Job verloren? Woher wusste sie das? Sie hatte die Schreiber mal auf einer Charity-Veranstaltung beim Tag der offenen Tür kennengelernt und sie danach nur noch meine „reizende Chefin" genannt. Aber das war Jahre her.

„Ich habe keine Ahnung, wovon du sprichst. Ich klaue zumindest keine Tücher in teuren Geschäften." Meine Stimme war lauter geworden.

Vorbeischlendernde Menschen blieben stehen.

„Du hast keine Ahnung? Du verdienst dein Geld mit pornografischen Aufnahmen und hast deinen Arbeitgeber hintergangen!", zischte Konstanze, meine Anschuldigung ignorierend. Sie kam so nahe an mich heran, dass ich jeden einzelnen Puderkrümel in ihren Krähenfüßen erkennen konnte.

„Ich? Du spinnst doch!"

„Du hast einfach keine Klasse. Du bist gewöhnlich und heißt wie ein Mann."

„Ich habe keine Klasse? Immerhin bezahle ich die Dinge, die ich haben möchte."

„Ja, aber woher kommt das Geld? Ich habe mit eigenen Augen gesehen, wie du zu Sexaufnahmen in diesen fragwürdigen Schuppen gegangen bist."

„Du hast mir also doch nachspioniert!"

„Und wenn schon. Du solltest dich schämen. Zum Glück prahlen diese gottlosen Menschen auch noch mit Werbung auf ihren Autos!"

Bernd knurrte wieder, diesmal lauter. Er hörte sich jetzt an wie zehn Bienen auf Kriegspfad. Konstanze trat einen Schritt zurück und spie ein Wort in Bernds Richtung: „Missgeburt!" Dann drehte sie sich um und ging wie eine Königin mit erhobenem Kopf davon.

Das konnte doch nicht wahr sein! War diese bösartige alte Schachtel mir nachgefahren und hatte dann der Schreiber die Bilder aus dem Katalog geschickt? Das machte Sinn. Sonst hätte die das nie so schnell erfahren können. Unglaublich! Ich stieß die angehaltene Luft aus und ließ mich wieder auf die Bank fallen. Die Menschen, die unseretwegen stehen geblieben waren, gingen enttäuscht weiter. Vermutlich hatten sie sich auf einen Boxkampf gefreut.

„Entschuldigung?"

Ich schaute hoch. War ich gemeint?

Vor mir stand die beklaute Verkäuferin. Die schien aber nicht mehr gelangweilt zu sein. Im Gegenteil: Sie grinste breit. „Sie kennen diese Person?"

„Am liebsten nicht. Wieso?"

„Ich konnte es nicht vermeiden, Ihr Gespräch mitzuhören. Der Laden wird videoüberwacht. Möchten Sie zusammen mit mir mal einen Blick auf die Aufzeichnung der letzten Minuten werfen?"

Ich schloss die Tür auf, und Bernd rannte zu seinem Napf. Wir hatten beide unsere Heimkehrrituale. Wir waren hungrig. Er auf Leckerlis, ich auf Sascha. Ich schielte auf den Anrufbeantworter. Er blinkte! War heute der Tag der großen Ereignisse? Konstanze bekam die Quittung für ihre Intrigen und ich den Hundetrainer? Ich schaute dem roten Licht beim Blinken zu. Vielleicht wollte ich gar nicht hören, was er mir zu sagen hatte. Wollte ich Sascha auch wiedersehen, wenn er mir mit emotionsloser Stimme neue Termine fürs Hundetraining vorschlug? Der doofe Klicker lag noch auf dem Wohnzimmertisch.

Sollte ich erst mal einen Tee aufbrühen und mich sammeln? Vielleicht noch eine Achtsamkeitsübung machen, bei der ich meinen Atem beobachtete und sah, wie der Bauch sich beim Einatmen hob und beim Ausatmen senkte? Die Spannung loslassen und mit jedem Atemzug tiefer in den Teppich einsinken?

Nichts von all dem wollte ich jetzt tun. Ich ließ meine Sachen fallen, hechtete zum Anrufbeantworter und drückte auf „Abhören". Klaras Stimme füllte den Raum. Dann hörte ich ein Knacken und Rauschen, so dass sich Klara wie eine alte Schallplatte anhörte.

„Kay, meine Süße. Geht es euch gut? Ich mache mir Sorgen. Meine E-Mails an dich kommen alle zurück, weil du in deiner Firma angeblich nicht mehr existierst. Was ist da los? Ich darf ausnahmsweise das Satellitentelefon nutzen und mache es kurz. Ich hatte dir eine E-Mail geschickt, weil eine alte Affäre mir nachstellt. Als ich mich entschloss, nach Simbabwe zu gehen, wollte ich auch diese Sache beenden. Das ging schon viel zu lange, und der Kerl klammerte. Ich wollte eine gute Zeit, er Kinder und Familie. Ich hatte mich verabschiedet und gesagt, dass ich nicht zu erreichen sei. Mein Mobiltelefon ist abgemeldet. Ich dachte, dass damit alles erledigt wäre. Nun scheint es aber so zu sein, dass du mit dem Wagen irgendwo in der Stadt warst und er das Auto gesehen hat. Vielleicht bei dem Italiener, zu dem wir früher gelegentlich gegangen sind. Er heißt übrigens Alexander Vogtländer und wohnt dort nebenan. Nun denkt er, dass ich in der Stadt bin, und macht Terror.

Falls der mal vor der Tür stehen sollte, stell dich dumm und sag ihm, dass man dir die Wohnung untervermietet hat. Er ist harmlos, konnte nur nicht einsehen, dass wir kein Paar mehr waren.

Ach ja, schick mir unbedingt eine E-Mail-Adresse, unter der ich dich erreichen kann! Du, ich muss Schluss machen. Einen Kuss an Bernd und an dich!"

Aufgelegt. Die Wohnung war wieder still.

Ich überlegte. War mir in den letzten Tagen jemand gefolgt? Hatte ich jemanden gesehen? Keine Ahnung. Ich glaubte aber nicht, dass ich mit diesem Alexander Vogtländer Kontakt gehabt hatte.

Das Band lief weiter und kündigte einen älteren Anruf an. „Na, du kleiner, geiler Nacktarsch. Hast du schön den Q5 vor meiner Tür geparkt, damit ich weiß, dass du beim Italiener bist? Die ganze Nacht? Ich weiß, dass die anderen es dir nicht so gut besorgen ..." Es folgten eine ganze Reihe Obszönitäten, die ich nicht mal unter der Rubrik „Dirty-Talk" ausgehalten hätte. Gottogott, was hatte sich denn meine wunderschöne, liebe Klara bei dem Kerl gedacht?

Die nächste Nachricht lautete: „... Ich warte, bis der Waldschrat weg ist, und komm dann hoch. Dann versohle ich dir deinen kleinen, nackten Hintern.“

Waldschrat? Weg? Wie entfesselt morste mein Bauch etwas an den Kopf. Langsam drang auch der Sinn der Nachricht zu mir durch. Als Sascha da gewesen war, hatte ich gedacht, dass er im Wohnzimmer mit dem Hund gesprochen hatte. Aber das war ganz anders gewesen! Dieser Mistkerl hatte angerufen ... der Anrufbeantworter war angegangen ...

Ich sank auf den Boden. Die Erkenntnis war so ungeheuerlich! Was sollte ich jetzt nur tun? Sascha anrufen und alles erklären? Ja!

Ich wählte seine Nummer und lauschte auf das Freizeichen. Es klingelte so lange, bis sich ein Anrufbeantworter einschaltete und mich bat, eine Nachricht zu hinterlassen. Was ich sagen wollte, hatte ich mir natürlich nicht überlegt. Das tat ich ja nie, wenn es darum ging, überlegt zu handeln. Mist! Welche Worte waren angemessen? Da piepte es schon.

„Äh ... hallo Sascha, hier spricht Kay. Du weißt schon ... wegen neulich. Wir müssen reden. Bitte. Es ist nicht so, wie du denkst. Melde dich bitte.“

Hugh! Stammel-Else hatte mal wieder gesprochen. Hoffentlich hatte ich nicht alles nur noch schlimmer gemacht. Durch meine Adern galoppierten Ameisen. Ich musste raus und mich bewegen.

Bernd beobachtete mich und rülpste wie ein Bierkutscher. Bevor er sichs versah, hatte ich ihm sein Geschirr angelegt, und wir standen im Fahrstuhl. Endlich wusste ich, was mit Bewegungsdrang gemeint war. Wenn es das war, was Johannes bei Wind und Wetter nach draußen trieb, hatte er jetzt meinen Segen.

Ich stapfte so entschlossen die kurze Strecke bis zum Wald, dass Bernd wie ein Musterschüler neben mir her galoppierte. War das das Geheimnis? Einfach entschlossen sein, und dann dachte so ein Hund: Okay, sie ist der Boss?

Im Wald angekommen, ließ ich Bernd von der Leine, damit er in Ruhe seine Hunde-E-Mails am Wegesrand lesen konnte. Ich wollte keine Befehle trainieren, keine Meter machen, nur nachdenken. Im Nicht-Dolly-Buster-Ausschnitt brummte mein Smartphone. Sascha!? Der Rückruf? Ich angelte nach dem Gerät. Nein, es war nur eine Nachricht von Juli.

„Hey Chefin, wie war es im Konsumwunderland? Hast du tolle Bilder gemacht? Drei neue Designerinnen haben uns angeschrieben und schicken Muster! Wahnsinn! Wir haben auch noch einen Großauftrag für Mops-Shirts. Von drei verschiedenen Kindergärten! Bis gleich. Juli"

Ach ja, die Bilder! Für die war in meinem Kopf kein Speicherplatz mehr bevorratet. Für den Moment hatte ich unsere wunderschöne Firmenidee beinahe vergessen. Meine Lebenszentrifuge hatte das Tempo erhöht und drückte mich mit verzerrtem Gesicht an die Außenwände.

„Kay! Hallo Kay! Da bist du ja."

Angela kam winkend auf uns zu. Im ersten Moment sah es aus, als würde sie hinken. Dann erkannte ich, dass sie das linke Bein nicht so hoch heben konnte, weil Bibi die Kontaktfläche brauchte, um den Weg zu finden.

Bernd sauste los. Die Kombination „junger Bursche und erfahrene Frau" fand er augenscheinlich super – er war ein moderner Mops. Die beiden stießen mit den Köpfen zusammen und blieben, begeistert mit den Schwänzen wedelnd, voreinander stehen.

„Hallo Angela, hast du mich gesucht?"

„Ich hatte zumindest gehofft, dich zu treffen."

„Ist was passiert?"

„Nicht direkt. Ich habe ein schlechtes Gewissen. Andeutungen machen finde ich grundsätzlich dämlich."

„Meinst du das mit Saschas Werdegang?"

„Ja. Ich hätte dir erzählen sollen, dass er die Hundeschule mit seiner Freundin zusammen aufmachen wollte. Das war eigentlich ihr Ding, und er wollte nur nebenbei mitmachen."

Bei dem Hinweis „mit seiner Freundin" zog sich mein Magen spontan auf Erbsengröße zusammen. Gab es die noch? Hatte sie an besagtem Nachmittag auf dem Hundeplatz gestanden und meine Unfähigkeit bewundert? Gott, das wurde ja immer schlimmer!

„Und dann?"

„Nach diesem furchtbar schiefgelaufenen Einsatz kam er eher nach Hause und erwischte sie mit einem Kerl im Bett. Eigentlich ein Klassiker. Aber in der Verfassung, in der Sascha war, muss ihm das den Rest gegeben haben."

Himmel! Kein Wunder, dass er rausgerannt war, wenn er diese bescheuerte Ansage auf dem AB gehört hatte. Warum hatte der Stalker auch noch das Wort „Nacktarsch" einbauen müssen? Kurz nachdem Sascha den Wein auf dem Klo gefunden hatte, konnte er das nur missverstehen.

„Endgültig ausgeflippt ist er, als sie auch noch anrief und sagte: „‚Es ist nicht so, wie du denkst.' Danach ist er für Wochen zu uns gezogen und hat bis heute jeden Kontakt zu ihr vermieden."

Erdspalte! Bei Fuß! Aufmachen, ansaugen, zumachen! Ich konnte nur starren. Nichts sagen.

„Ich fand, dass du das wissen solltest, weil ich das Gefühl hatte, dass du Sascha etwas bedeuten könntest. Auch wenn er dich mit keinem Wort mehr erwähnt."

Meine Augen wurden wässrig. Ich schluckte. Mein Kloß im Hals wurde so groß, dass kein Wort mehr den Weg nach draußen fand. Das war ein Albtraum!

„Kay? Ist alles gut? Lass uns mal einen Moment hinsetzen. Okay?"

Nun rannen heiße Tränen über meine Wangen. Alles war den Bach runtergegangen, und ich trug nicht mal die Schuld! Wieso war die Welt nur so ungerecht? Ich holte tief Luft und redete mir mein Unglück von der Seele. Die Muttersohn-Beziehung mit Johannes, meine Flucht in Klaras Wohnung, das Ludger-Drama, garniert mit einer Prise Job-Verlust, eine Messerspitze Neuanfang mit Juli – und dann Sascha. Am Ende aller Katastrophen war ich drauf und dran gewesen, mich zu verlieben. Schließlich war er nach einem einzigen Kuss aus der Wohnung geflüchtet, war Zeuge von Bernds Beinahe-Unfall geworden und hatte sich nie wieder gemeldet.

Kopfschüttelnd hörte Angela zu. „Was für ein Schlamassel. Du musst ihn anrufen."

Ich schluchzte.

Angela legte den Arm um mich. „Das schaffst du! Er wird dich anhören. Er ist zwar misstrauisch, aber kein Idiot."

„Ich habe ihn angerufen."

„Und?"

„Ich habe ihm vorhin auf dem AB gesprochen, dass es nicht so ist, wie es für ihn aussah."

„Ach du Sch... Ausgerechnet."

„Ja. Ausgerechnet. Was soll ich denn jetzt machen?"

„Geh zu deiner Freundin und konzentriere dich erst

mal auf eure Geschäftsidee. Komm ein wenig runter und überlege deine nächsten Schritte ganz in Ruhe."

„Ich kann doch mit dem Wissen jetzt nicht weiter Mops-Pullis nähen lassen!"

„Ach! Diese neuen Hunde-Pullis sind von euch? Das ist ja ein Ding. Da sind die Kids bei uns alle ganz verrückt nach. Am Wochenende war ich bei einem Fußballturnier der KiGas. Da trug eine Mannschaft diese Shirts."

„Die helfen mir jetzt auch nicht weiter", seufzte ich und wischte mir die Tränen von den Wangen.

„Nein. Tut mir leid."

„Schon okay. Ich gehe dann mal. Juli wartet auf neue Bilder und braucht dringend meine Hilfe."

„Kopf hoch, Kay. Nichts wird so heiß gegessen, wie es gekocht wird."

Etwas in mir verdrehte die Augen. Das hatte schon meine Mutter bei jeder Gelegenheit gesagt. Fünf in Mathe? Über den Rektor gelästert und vom Lehrer belauscht worden? „Nichts wird so heiß gegessen, wie es gekocht wird." Das galt auch für zerbrochene Freundschaften und junge, gescheiterte Lieben. Aber die waren dann abgekühlt, und aufgewärmt hatten sie nicht geschmeckt.

„Komm, Bernd." Ich zog den verliebten Mops von seiner angebeteten älteren Lady weg, und wir machten uns auf den Weg.

Ich hörte nichts mehr von Angela, ebenso wie von Sascha. Meine ganze Geschichte klang so absurd, dass er sie vermutlich nicht geglaubt hatte. Ich konnte es ihm nicht übel nehmen. Es durfte doch nicht so schwer sein, ihn abzuhaken. Die meiste Zeit, die wir zusammen gewesen waren, hatte ich ihn bezahlt. Das waren Übungsstunden gewesen. Der Kuss hingegen war umsonst gewesen – finanziell ebenso wie auf die Zukunft bezogen.

Wie jeden Morgen in den letzten Tagen ging ich fast noch im Dunkeln aus dem Haus. Juli, Bernd und ich hatten einen Arbeitsrhythmus gefunden, der allen behagte. Früh anfangen, mittags lange spazieren gehen und bis zur Tagesschau den Rest erledigen. Abends war ich erledigt, aber zufrieden. Mein Herz nahm eine Auszeit, während sich mein Gehirn in Arbeit vergrub. Wer brauchte schon Privatleben?

Vor zwei Tagen hatte ich zum ersten Mal das Gefühl gehabt, dass Klaras Ex mir nachspionierte. Ich war früh im Dunkeln losgefahren, und hinter mir waren Scheinwerfer angegangen, die mich daraufhin lange begleiteten. Vor lauter Angst war ich kreuz und quer durch die Stadt gefahren, hatte aber den Wagen, dessen Marke ich nicht erkannte, erst an einer Baustelle abhängen können. Mir war ganz komisch geworden. Klara hatte zwar gesagt, dass ihr Ex harmlos sei, aber dass enttäuschte Männer nicht rational handelten, war mir mittlerweile durch eigenes Erleben klar geworden.

Heute früh flammten hinter mir wieder Scheinwerfer auf. Aber hinter mir fuhr jetzt kein Auto mehr. Oder doch? Ich raste fast über eine rote Ampel, weil ich immer in den Rückspiegel schaute. Als ich vor Julis Haustür einen Parkplatz fand, schlich ein Wagen viel zu langsam an mir vorbei. Mein Herz hämmerte los. War er das? Ach, Quatsch! Der suchte nur einen Parkplatz. Genau wie ich.

Ich klingelte und sah aus dem Augenwinkel, wie der Wagen wendete. Juli, komm schon. Mach auf! Der Fahrer gab Gas. Gleichzeit brummte der Summer. Ich schmiss mich gegen die Tür, zog den Mops hinter mir her und sprang ins Haus. Der Wagen raste vorbei. Hatte der Fahrer mich gesehen?

Oben angekommen erzählte ich Juli nichts von meinem Verdacht. Ich wollte dem Mann und seinen Problemen keinen Raum geben. Der sollte sich einen neuen Nacktarsch suchen.

Bis zur ersten Kaffeepause arbeiteten wir konzentriert vor uns hin. Ich bedankte mich via E-Mail für die Bestellungen, verteilte nach den mir bekannten persönlichen Vorlieben die Näharbeiten auf die Bloggerinnen und packte die Pakete.

Es klingelte. Erschreckt fuhr ich zusammen.

„Wer kann das sein?", fragte ich alarmiert.

Vor meinem geistigen Auge sah ich einen Kerl mit Hackebeil, der aus mir eine Klara schnitzen wollte. Bernd bellte. Das hatte ich ihm doch eigentlich so toll abgewöhnt. Meine Stimme hatte ihn wohl alarmiert. Er hörte, dass Gefahr drohte.

„Der Paketbote, der die Berge an Päckchen abholen will?" Juli zeigte auf den Stapel vor uns.

Ich schaute auf die Uhr. „Juli, der kommt immer mittags."

Sie zuckte mit den Schultern und ging von Bernds Gebell begleitet zur Tür. Als sie den Summer gedrückt hatte, kam sie zurück ins Wohnzimmer.

„Und? Wer war es?"

„Keine Ahnung. Sehen wir ja gleich."

„Bist du wahnsinnig? Hast du die Tür aufgelassen?"

„Ja klar. Sie ist angelehnt. Was ist denn los?"

Ich sprang auf. Bernd war schon bellend im Treppenhaus

verschwunden. Oh Gott! Der Irre würde erst den Hund zerhacken und dann uns. Ich sah mich im Wohnungsflur nach einer Waffe um und riss eines der silbernen Hirschgeweihe von der Wand. Verflucht, war das schwer. Aber damit würde ich dem Irren den Schädel spalten.

Bernds Gebell verstummte abrupt! Der Wahnsinnige hatte meinen Hund. Oh nein!

Ich riss die Tür ganz auf und holte aus. Das Gewicht des Geweihs riss mich nach hinten. Ich stolperte und landete auf dem Hintern. Der Schmerz krachte bis ins Hirn. Mir schossen Tränen in die Augen. Vor meinem Tränenschleier baute sich eine Gestalt auf, die Bernd auf dem Arm trug. War er schon tot? Er bellte nicht. Er jaulte nicht. Er winselte. Ich blinzelte die Tränen weg und konnte wieder klar sehen.

Da stand ... Sascha! Bernds Kringel rotierte, während er Saschas Gesicht leckte.

Sascha streckte mir den freien Arm entgegen.

„Du? Was tust du denn hier?“, fragte ich verständnislos.

Sascha lachte, setzte den Mops auf den Boden und half mit hoch. „Ich sehe, dass hier noch ein wenig Schulungsbedarf ist“, schmunzelte er, als Bernd damit begann, seine Spezial-Massage an ihm zu verrichten.

„Was ... was machst du hier?“

„Angela hat mir alles erzählt. Ich wollte dich nicht anrufen, weil mit missverstandenen Anrufen ja all das Durcheinander angefangen hat. Nachdem ich dich aber seit Tagen zu Hause nicht angetroffen habe und nicht wusste, was ich tun sollte, habe ich einem Freund davon erzählt. Der ist Jäger und sitzt gerne mal mit einer Thermosflasche voll Kaffee auf der Lauer. So könne man dich früher oder später aufspüren, meinte er und ließ sich von der Idee nicht abbringen. Und am Ende hat er dich ja auch gefunden.“

„Das war der Mann, der mich verfolgt hat?"

„Ja, er hat sich leider wie ein Anfänger angestellt. Ein Hirsch verhält sich eben doch anders als eine Kay. Als er dich aus den Augen verloren hatte, war es für ihn eine Frage der Ehre, sein Vorhaben durchzuziehen, bis er Erfolg haben würde. Heute hat er dann endlich gesehen, in welches Haus du gegangen bist."

Aber ... aber ...", stotterte ich. „Auf dem Trainingsgelände ... Du warst so wütend auf mich. Du hattest aber auch recht, weil ..."

Sascha ließ mich nicht ausreden und erklärte: „Ich hatte mich unfassbar erschrocken. Es war so knapp! Beinahe wäre Bernd überfahren worden. Da merkte ich, wie viel ihr zwei mir bedeutet. Ich war verwirrt und wütend. Aber auf mich."

„Auf dich?" Ich verstand gar nichts mehr.

Sascha kam einen Schritt näher. Seine Augen blitzten. „Lass uns da weitermachen, wo wir aufgehört haben." Er zog mich zu sich ran und küsste mich.

Bernd bellte. Juli applaudierte.

ENDE

Danke an ...

... Herrn Karlsson, der seinen Lebenszweck, mich zu erheitern, täglich erfüllt.

... meine motivierenden Montags-Erstleser: Totti, Sandra, Angela und Karin.

... Hanni fürs Erstlesen, den Titel und für die klugen Ideen bei den morgendlichen Laufrunden.

... Dr. Resi, meine Rinderpraktikerin, die mich in die Geheimnisse der Kuh-Szene und des Apomorphins eingeweiht hat.

... Daniele und ihre wunderbare Firma Lillestoff für den Stoff zum Buch und für alles Wissen rund um Näh-Blogs und Kinder-Designs.

... Wibke, Britta, Oaxel, Steffi, Pia, Gabi, meine Schwester und alle anderen lieben Menschen fürs Zuhören, Lesen oder womit sonst ich euch beim Entstehen des Buches belästigt habe.

... Sandra Thoms, Kathrin Lange und alle Mitarbeiter des Dryas-Verlages für die liebevolle Begleitung bei diesem Projekt und für meine Fehlerjägerin Birgit, mit deren Hilfe ich die letzten Meter bis zum Ziel geschafft habe.

... an S., weil du mich Tag für Tag gelassen aushalten kannst und nur manchmal beim Korrekturlesen vom Sekundenschlaf übermannt wirst.

Ein besonderes Danke an die Menschen in meiner Firma für ihr Vertrauen, die Freiheiten, die ihr mir gestattet, und die unglaubliche Leistung, den Laden am Laufen zu halten. Ihr macht einen tollen Job, und ich sage das viel zu selten.

Ein unbekanntes Danke an alle Leser dieses Buches, die es bis hierher geschafft haben, obwohl auf der ersten Seite schon zweimal das Wort „Hoden“ auftaucht.

le MOPS